Mit offenen Karten

Jubiläums-Edition

AGATHA CHRISTIE

Mit offenen Karten

Jubiläums-Edition

Scherz
Bern – München – Wien

Einmalige Jubiläums-Ausgabe 1993
Überarbeitete Fassung der einzig berechtigten Übertragung
aus dem Englischen von Fr. von Wurzian
Titel des Originals: »Cards on the Table«

1

»Mein lieber Monsieur Poirot!«
Es war eine sanfte, gurrende Stimme – eine Stimme, die sehr bewußt eingesetzt wurde –, sie hatte nichts Impulsives oder Unüberlegtes.
Hercule Poirot drehte sich rasch um.
Er verbeugte sich.
Ein förmlicher Händedruck.
Es war etwas Ungewohntes in seinem Blick, man hätte sagen können, daß diese zufällige Begegnung eine seltsame Empfindung in ihm auslöste.
»Mein lieber Mr. Shaitana«, sagte er.
Sie machten beide eine Pause. Sie waren wie zwei Duellanten *en garde.*
Um sie herum schob sich langsam ein elegantes, blasiertes Londoner Publikum hin und her. Man hörte flüsternde oder schleppende Stimmen.
»Darling – bezaubernd!«
»Einfach himmlisch, nicht wahr, meine Liebe?«
Es war die Ausstellung antiker Dosen im Wessex House zugunsten der Londoner Spitäler. Eintritt eine Guinee.
»Mein Lieber«, sagte Mr. Shaitana, »wie schön, Sie zu treffen! Mir scheint, es wird augenblicklich weder gehängt noch guillotiniert? Tote Saison in der Verbrecherwelt? Oder soll heute nachmittag hier ein Raub stattfinden – das wäre zu köstlich.«
»Leider«, sagte Poirot, »bin ich lediglich als Privatmann hier, Monsieur.«
Mr. Shaitana wurde einen Augenblick durch ein reizendes, junges Geschöpf mit dichten Pudellöckchen hoch oben an der einen Seite ihres Kopfes und drei Füllhörnern an der anderen Seite abgelenkt.
»Meine Liebe – *warum* sind Sie nicht zu meiner Gesellschaft gekommen? Es war wirklich bezaubernd . . .«
Während die beiden Artigkeiten austauschten, vertiefte Monsieur Poirot sich in das eingehende Studium des Bartschmucks auf Mr. Shaitanas Oberlippe.

Ein schöner Schnurrbart – ein *sehr* schöner Schnurrbart – vielleicht der einzige in London, der sich mit dem von Monsieur Hercule Poirot messen konnte.
Aber er ist nicht so üppig, beruhigte er sich. Nein, er ist in jeder Hinsicht dem meinen unterlegen. *Tout de même* zieht er die Blicke auf sich.
Die ganze Erscheinung Mr. Shaitanas zog die Blicke auf sich – und das war beabsichtigt. Er wollte mephistophelisch wirken. Er war groß und hager, hatte ein langes, melancholisches Gesicht, stark ausgeprägte, tintenschwarze Brauen, trug einen Schnurrbart mit steif gewichsten Enden und einen kleinen Knebelbart. Seine Anzüge waren Kunstwerke – von erlesenem Schnitt, aber eine Spur bizarr.
Jeder normale Engländer empfand den dringenden Wunsch, ihm einen Fußtritt zu versetzen! Sie sagten mit charakteristischem Mangel an Originalität: »Da kommt der verfluchte Talmikavalier Shaitana!«
Ihre Frauen, Töchter, Schwestern, Tanten, Mütter und sogar Großmütter drückten sich, in je nach Generation variierenden Idiomen ungefähr folgendermaßen aus: »Ich weiß, meine Liebe, natürlich ist er *zu* schrecklich. Aber *so* reich! Und gibt so *wundervolle* Gesellschaften! Und er weiß immer etwas Boshaftes über seine lieben Mitmenschen zu sagen.«
Niemand wußte, ob Mr. Shaitana Argentinier, Portugiese oder Grieche war oder irgendeiner anderen Nationalität angehörte, die von Briten normalerweise verachtet wird.
Aber drei Dinge standen fest:
Er lebte in einer Luxuswohnung in Park Lane.
Er gab wundervolle Gesellschaften – große Gesellschaften, kleine Gesellschaften, makabre Gesellschaften und ausgesprochen »merkwürdige« Gesellschaften.
Er war jemand, vor dem sich fast alle ein wenig fürchteten.
Warum letzteres so war, läßt sich nicht leicht sagen. Man spürte vielleicht, daß er ein wenig zu viel von jedem wußte. Und man fühlte auch, daß sein Sinn für Humor etwas eigentümlich war.
Auf jeden Fall waren sich alle einig, es sei besser, Mr. Shaitana nicht vor den Kopf zu stoßen.

An diesem Nachmittag war er in der Laune, diesen komischen kleinen Mann namens Hercule Poirot zu necken.
»Also, sogar ein Kriminalist braucht Erholung?« bemerkte er. »Sie studieren noch in Ihren Jahren die schönsten Künste, Monsieur Poirot.«
Poirot lächelte gutmütig.
»Ich sehe, daß Sie selbst der Ausstellung drei Dosen zur Verfügung gestellt haben.«
Mr. Shaitana machte eine geringschätzige Handbewegung.
»Man ergattert eine Kleinigkeit hier und dort. Sie müssen einmal zu mir kommen. Ich habe einige interessante Stücke. Ich beschränke mich weder auf eine besondere Periode noch auf ein besonderes Genre.«
»Sie haben einen allumfassenden Geschmack«, meinte Poirot lächelnd.
»Sie sagen es.«
Plötzlich begannen Mr. Shaitanas Augen zu tanzen, seine Mundwinkel hoben sich, seine Augenbrauen beschrieben einen phantastischen Bogen.
»Ich könnte Ihnen sogar Dinge aus Ihrem eigenen Fach zeigen, Monsieur Poirot.«
»Haben Sie denn ein privates ›Gruselkabinett‹?«
»Bah!« Mr. Shaitana schnippte verächtlich mit den Fingern. »Die Schale, aus der der Mörder von Brighton trank, das Brecheisen eines berühmten Einbrechers – lächerliche Kindereien! Ich würde mich nie mit solchem Kram belasten. Ich sammle nur die besten Dinge jedes Genres.«
»Und was halten Sie, vom künstlerischen Standpunkt aus betrachtet, für die besten Objekte in der Kriminalistik?« erkundigte sich Poirot.
Mr. Shaitana beugte sich vor und legte zwei Finger auf Poirots Schulter. Er zischte die Worte dramatisch hervor. »Die menschlichen Wesen, die die Verbrechen begehen, Monsieur Poirot.«
Poirot zog die Augenbrauen eine Spur empor.
»Aha, ich habe Sie verblüfft«, stellte Mr. Shaitana mit Genugtuung fest. »Mein Verehrtester, Sie und ich, wir betrachten diese Dinge von entgegengesetzten Polen! Für Sie ist ein

Verbrechen alltägliche Routine: Ein Mord, eine Untersuchung, ein Anhaltspunkt und schließlich (denn Sie sind ein sehr fähiger Mann) eine Überführung. Solche Banalitäten würden mich nicht interessieren! Ich interessiere mich nicht für Zweitklassiges. Und ein Mörder, der gefaßt wird, ist eben darum ein Versager. Er ist zweitklassig. Nein, ich betrachte die Sache vom künstlerischen Standpunkt aus. Ich sammle nur das Beste!«

»Und das Beste ist?« fragte Poirot.

»Mein Lieber – *jene, die entwischt sind!* Die Erfolgreichen! Jene Verbrecher, die ein angenehmes Leben führen und die kein Hauch eines Verdachtes je berührt hat. Sie müssen zugeben, daß das ein amüsantes Steckenpferd ist.«

»Ich hatte ein anderes Wort im Sinn – nicht ›amüsant‹.«

Shaitana überhörte Poirots Bemerkung und rief: »Ich habe eine Idee! Ein kleines Diner! Ein Diner, um meine Ausstellungsstücke zu treffen! Das ist wirklich ein höchst amüsanter Einfall. Ja – ja, ich sehe alles – ich sehe es genau vor mir . . . Sie müssen mir ein wenig Zeit lassen – nicht nächste Woche – sagen wir übernächste Woche. Sind Sie frei? Bestimmen wir den Tag.«

»Jeder Tag der übernächsten Woche würde mir zusagen«, erwiderte Poirot mit einer Verbeugung.

«Gut – dann sagen wir also Freitag. Das ist der 18. Ich werde es sofort in mein Notizbuch eintragen. Die Idee gefällt mir großartig.«

»Ich weiß nicht, ob sie mir so gut gefällt«, meinte Poirot langsam. »Das soll nicht heißen, daß ich Ihre liebenswürdige Einladung nicht zu schätzen weiß – nein – nicht das . . .«

Shaitana unterbrach ihn.

»Aber es schockiert Ihr bourgeoises Zartgefühl? Mein lieber Freund, Sie müssen sich von dieser beschränkten Polizeimentalität befreien.«

»Es stimmt, daß meine Einstellung zum Mord *völlig bürgerlich* ist.«

»Aber warum, mein Lieber? Eine stupide, stümperhafte, grausame Angelegenheit – zugegeben. Aber Mord kann eine Kunst sein. Ein Mörder kann ein Künstler sein.«

»Gewiß.«
»Nun, und?« hakte Mr. Shaitana nach.
»Aber darum bleibt er doch ein Mörder!«
»Aber eine Sache vollendet ausführen, ist doch eine Rechtfertigung, mein lieber Monsieur Poirot! Sie wollen ohne jede Phantasie jeden Mörder festnehmen, fesseln, einsperren und ihm eventuell in den frühen Morgenstunden das Genick brechen. Meiner Meinung nach sollte ein wirklich erfolgreicher Mörder von Staats wegen pensioniert und zum Diner eingeladen werden!«
Poirot zuckte die Achseln.
»Ich bin für die künstlerische Note eines Verbrechens nicht so unsensibel wie sie glauben. Ich kann den vollendeten Mörder bewundern – ich kann auch einen Tiger bewundern, dieses herrliche gelbgestreifte Tier. Aber ich bewundere ihn von außerhalb der Gitterstäbe. Ich gehe nicht in den Käfig hinein. Das heißt, es sei denn meine Pflicht. Denn, sehen Sie, Mr. Shaitana, der Tiger könnte zum Sprung ansetzen . . .«
Mr. Shaitana lachte.
»Ich verstehe. Und der Mörder?«
»Könnte morden«, sagte Poirot ernsthaft.
»Mein Lieber – was für ein Pessimist Sie sind! Also dann wollen Sie nicht kommen, meine Sammlung von – Tigern – zu sehen?«
»Im Gegenteil, ich werde entzückt sein.«
»Wie tapfer!«
»Sie mißverstehen mich, Mr. Shaitana. Meine Worte sollten eine Warnung sein. Sie wollten eben, ich sollte zugeben, daß Ihre Idee einer Mördersammlung amüsant sei. Ich sagte, mir fiele ein anderes Wort ein als ›amüsant‹, und zwar das Wort ›gefährlich‹. Ich glaube, Mr. Shaitana, daß Ihr Steckenpferd ein gefährliches sein könnte!«
Mr. Shaitana brach in ein sehr mephistophelisches Lachen aus. »Ich darf Sie also am 18. erwarten?«
Poirot machte eine kleine Verbeugung.
»Sie dürfen mich am 18. erwarten. *Mille remerciements.*«
»Ich werde eine kleine Gesellschaft arrangieren«, sagte Shaitana. »Vergessen Sie nicht, acht Uhr!«

Er entfernte sich. Poirot blieb stehen und blickte ihm nach. Er schüttelte langsam und nachdenklich den Kopf.

2

Die Eingangstür von Mr. Shaitanas Wohnung öffnete sich lautlos. Ein grauhaariger Butler bat Poirot näher zu treten. Dann schloß er die Tür ebenso lautlos und nahm dem Gast gewandt Hut und Mantel ab.

Er murmelte leise: »Wen darf ich melden?«

»Hercule Poirot.«

Ein gedämpftes Stimmengewirr drang in die Halle, als der Butler die Tür öffnete und meldete:

»Monsieur Hercule Poirot.«

Das Sherryglas in der Hand, kam Shaitana auf ihn zu. Er war wie immer tadellos angezogen. Die mephistophelische Note trat heute abend noch stärker als üblich zutage. Der spöttische Zug der Augenbrauen schien noch ausgeprägter.

»Darf ich Sie vorstellen – kennen Sie Mrs. Oliver?«

Der Marktschreier in Shaitana genoß Poirots sichtliche Verblüffung.

Mrs. Ariadne Oliver war als eine der hervorragendsten Autorinnen von Detektiv- und anderen Sensationsromanen sehr bekannt. Sie schrieb im munteren Plauderton (wenn auch nicht immer grammatikalisch ganz korrekt) Artikel über den »Hang zum Verbrechen«, »Mord aus Liebe versus Mord aus Gewinnsucht« usw. Sie war auch eine ungestüme Frauenrechtlerin, und wenn irgendein aufsehenerregender Mord die Zeitungsspalten füllte, so erschien bestimmt ein Interview mit Mrs. Oliver, und es wurde zitiert, daß Mrs. Oliver gesagt hatte: »Ja, wenn eine Frau an der Spitze von Scotland Yard stünde.« Sie glaubte fest an die weibliche Intuition.

Im übrigen war sie eine sympathische Frau in mittleren Jahren, hübsch, wenn auch etwas unordentlich, mit breiten Schultern und einer Menge widerspenstigen grauen Haares,

mit dem sie unentwegt herumexperimentierte. An manchen Tagen war ihre Erscheinung ausgesprochen intellektuell – die Haare straff aus der Stirn gekämmt und im Nacken zu einem großen Knoten verschlungen –, ein andermal erschien Mrs. Oliver mit Madonnenrollen oder einer Unzahl etwas zerraufter Löckchen. An diesem besonderen Abend versuchte es Mrs. Oliver mit Ponyfransen.
Sie begrüßte Poirot, den sie einmal auf einem literarischen Diner getroffen hatte, mit einer angenehmen Baßstimme.
»Und Superintendent Battle kennen Sie zweifellos«, sagte Mr. Shaitana.
Ein großer vierschrötiger Mann mit einem hölzernen Gesicht kam auf sie zu. Superintendent Battle wirkte nicht nur, als wäre er aus Holz geschnitzt, sondern es gelang ihm auch, den Eindruck zu erwecken, als stamme besagtes Holz von einem Kriegsschiff.
Battle galt als Scotland Yards bester Mann.
Er blickte immer gleichmütig und eher dumm drein.
»Ich kenne Monsieur Poirot«, sagte Battle.
Sein hölzernes Gesicht verzog sich zu einem Lächeln, um gleich wieder seine frühere Ausdruckslosigkeit anzunehmen.
»Colonel Race«, fuhr Shaitana fort.
Poirot war Colonel Race noch nicht begegnet, aber er hatte von ihm gehört. Ein brünetter, gutaussehender Mann von fünfzig Jahren, befand er sich zumeist auf einem vorgeschobenen Posten des Empire, besonders wenn dort Unruhen drohten. Geheimdienst ist ein etwas melodramatischer Ausdruck, aber er bezeichnet für den Laien ziemlich genau die Art von Colonel Races Tätigkeit.
Poirot hatte die Idee seines Gastgebers bereits erfaßt und gebührend gewürdigt.
»Unsere anderen Gäste verspäten sich«, erklärte Mr. Shaitana. »Vielleicht ist es meine Schuld. Ich glaube, ich habe ihnen acht Uhr fünfzehn gesagt.«
Aber in diesem Augenblick öffnete sich die Tür, und der Butler meldete:
»Dr. Roberts.«

Dr. Roberts trat ein, als würde er aufmunternd an ein Krankenlager treten. Er war ein jovialer Mann in mittleren Jahren mit frischen Farben, kleinen blinzelnden Augen, einer beginnenden Glatze, Neigung zum Embonpoint und dem ganzen Aussehen des gut gewachsenen und gut desinfizierten praktischen Arztes. Sein Auftreten war gut gelaunt und sicher. Man hatte das Gefühl, daß er korrekte Diagnosen stellen und keine unangenehmen Dinge verschreiben würde – etwas Champagner in der Rekonvaleszenz, vielleicht.
Ein Mann von Welt.
»Ich hoffe, ich bin nicht zu spät«, sagte Dr. Roberts munter.
Er schüttelte seinem Gastgeber die Hand und wurde den anderen vorgestellt. Er schien besonders erfreut, Battle zu treffen. »Sie sind doch eine der großen Kanonen von Scotland Yard, nicht wahr? Das ist aber interessant! Ich weiß, es schickt sich nicht, aber ich warne Sie, daß ich mit Ihnen fachsimpeln werde. Ich habe mich immer für Kriminalistik interessiert. Ich darf das allerdings meinen nervösen Patienten nicht sagen – ha, ha!«
Die Tür öffnete sich wieder.
»Mrs. Lorrimer.«
Mrs. Lorrimer war eine elegante Sechzigerin. Sie hatte feingeschnittene Züge, wunderbar frisiertes graues Haar und eine klare, schneidende Stimme.
»Ich hoffe, ich habe mich nicht verspätet«, sagte sie, auf ihren Gastgeber zugehend. Dann wandte sie sich an Dr. Roberts, den sie kannte, um ihn zu begrüßen.
Der Butler meldete:
»Major Despard.«
Major Despard war ein großer, gutaussehender, schlanker Mensch, dessen Gesicht durch eine Narbe an der Schläfe gekennzeichnet war. Nach den üblichen Vorstellungen gesellte er sich zu Colonel Race, und die beiden sprachen bald über Sport und ihre Jagderlebnisse.
Die Tür öffnete sich zum letzten Mal, und der Butler meldete:
»Miss Meredith.«
Die Eintretende war ein junges Mädchen Anfang Zwanzig.

Sie war mittelgroß und hübsch, hatte große, graue, weit auseinanderstehende Augen und dichte braune im Nacken zusammengebundene Locken. Ihr Gesicht war nur leicht gepudert, sonst aber nicht geschminkt. Ihre Stimme war gedehnt und eher schüchtern.

»O weh, ich bin die letzte, glaube ich?«

Mr. Shaitana kam mit einem Glas Sherry und einem blumenreichen Kompliment auf sie zu. Seine Art vorzustellen war förmlich, fast zeremoniell.

Miss Meredith blieb, ihren Sherry nippend, an Poirots Seite.

»Unser Freund hält sehr viel auf Formen«, sagte Poirot lächelnd.

Das junge Mädchen stimmte zu.

»Ich weiß. Heute wird kaum mehr vorgestellt. Man sagt einfach, ›ich vermute, Sie kennen alle‹, und läßt es dabei bewenden.«

»Ob man sie kennt oder nicht?«

»Ob man sie kennt oder nicht. Manchmal ist es peinlich – aber so ist es einschüchternder.«

Sie zögerte und fragte dann:

»Ist das die Schriftstellerin Mrs. Oliver?«

Mrs. Olivers Baßstimme dröhnte gerade durch den Raum. Sie sprach mit Dr. Roberts.

»Sie können den Instinkt einer Frau nicht täuschen, Doktor. Frauen wissen derlei Dinge.«

Sie wollte ihr Haar aus der Stirn zurückstreichen, vergessend, daß sie heute einen Pony trug.

»Das ist Mrs. Oliver«, sagte Poirot.

Miss Meredith runzelte ein wenig die Stirn.

»Und dieser hölzerne Kerl – ein Superintendent, hat Mr. Shaitana gesagt?«

»Von Scotland Yard.«

»Und Sie?«

»Und ich?«

»Ich weiß alles über Sie, Monsieur Poirot. Sie waren es, der eigentlich die ABC-Verbrechen aufgedeckt hat.«

»Mademoiselle, Sie beschämen mich.«

Miss Meredith zog die Brauen zusammen.

»Mr. Shaitana«, begann sie und stockte. »Mr. Shaitana ...«
Poirot meinte gelassen:
»Man könnte sagen, daß er einen ›Hang zur Kriminalistik‹ hat. Es sieht jedenfalls so aus. Zweifellos möchte er uns disputieren hören. Er hetzt schon Mrs. Oliver und Dr. Roberts aufeinander. Sie diskutieren jetzt über unaufspürbare Gifte.«
Miss Meredith sagte ein wenig beklommen:
»Was für ein sonderbarer Mensch er ist!«
»Dr. Roberts?«
»Nein, Mr. Shaitana.«
Sie fröstelte ein wenig.
»Er hat etwas Beängstigendes. Man weiß nie, was ihn amüsieren könnte. Es könnte – ich meine, es könnte leicht etwas Grausames sein.«
»Wie eine Fuchsjagd, nicht?«
Miss Meredith warf ihm einen vorwurfsvollen Blick zu.
»Ich meinte eher – etwas Orientalisches!«
»Vielleicht hat er irgendwelche Komplexe.«
»Ich kann nicht sagen, daß ich ihn besonders mag«, vertraute Miss Meredith Poirot mit gesenkter Stimme an.
»Aber dafür werden Sie sein Diner mögen«, versicherte ihr Poirot. »Er hat einen wunderbaren Koch.«
Sie sah ihn zweifelnd an, dann lachte sie:
»Ich glaube gar«, rief sie aus, »Sie sind ein Mensch wie alle anderen.«
»Natürlich bin ich ein Mensch wie alle anderen!«
»Wissen Sie, alle diese Berühmtheiten sind ein wenig einschüchternd.«
»Mademoiselle, Sie sollten nicht eingeschüchtert, sie sollten im Gegenteil begeistert sein! Sie müßten mit gezückter Füllfeder um Autogramme bitten.«
»Wissen Sie, offen gestanden interessiere ich mich nicht so schrecklich für Verbrechen. Frauen interessieren sich im allgemeinen nicht so sehr dafür, glaube ich. Die Männer sind es, die immer Detektivgeschichten lesen.«
Hercule Poirot seufzte geziert.
»Ach!« flüsterte er, »was gäbe ich nicht jetzt darum, der allerkleinste Filmstar zu sein.«

Der Butler öffnete die Flügeltüren:
»Es ist serviert«, murmelte er.
Poirots Vorhersage erfüllte sich vollauf. Das Diner war erstklassig und wurde vollendet serviert. Gedämpftes Licht, poliertes Holz, das blaue Glitzern irischen Glases. Im Halbdunkel, an der Spitze des Tisches, sah Mr. Shaitana diabolischer aus denn je.
Er entschuldigte sich artig für die ungleiche Verteilung der Geschlechter.
Mrs. Lorrimer saß zu seiner Rechten, Mrs. Oliver zu seiner Linken. Miss Meredith war zwischen Superintendent Battle und Major Despard plaziert. Poirot zwischen Mrs. Lorrimer und Dr. Roberts.
Letzterer flüsterte ihm neckisch zu:
»Man wird Ihnen nicht gestatten, das einzige hübsche junge Mädchen den ganzen Abend lang zu monopolisieren. Ihr Franzosen verliert keine Zeit, was?«
»Genaugenommen bin ich Belgier«, murmelte Poirot.
»Das kommt wohl auf eins heraus, was die Frauen betrifft«, sagte Dr. Roberts munter.
Dann ließ er den scherzhaften Ton fallen und begann mit Colonel Race über die letzten Entwicklungen in der Behandlung der Schlafkrankheit zu sprechen.
Mrs. Lorrimer wandte sich an Poirot und begann über die letzten Theaterstücke zu plaudern. Er fand, sie sei eine gebildete und intelligente Frau.
An der gegenüberliegenden Seite des Tisches fragte Mrs. Oliver Major Despard, ob er irgend etwas über ausgefallene, unbekannte Gifte wisse.
»Nun – Curare zum Beispiel.«
»Aber, mein Lieber, das ist *vieux jeu*! Das wurde schon x-mal in Detektivgeschichten verwendet. Ich meine etwas *Neues.*«
Major Despard erwiderte trocken:
»Primitive Stämme sind eher konservativ. Sie halten sich an das gute alte Zeug, das ihre Großväter und Urgroßväter vor ihnen verwendet haben.«
»Das ist nicht nett von ihnen«, bemerkte Mrs. Oliver. »Ich dächte, daß sie immer herumexperimentieren, Kräuter zer-

stampfen und dergleichen. So eine gute Gelegenheit für Forscher, finde ich immer. Sie können nach Hause kommen und all ihre reichen Onkel mit einem Gift töten, von dem noch niemand etwas gehört hat.«

»Das findet man heute in der Zivilisation und nicht in der Wildnis«, sagte Despard, »in den modernen Laboratorien zum Beispiel. Kulturen scheinbar harmloser Keime, die wirkliche Krankheiten produzieren können.«

»Das wäre nichts für meine Leser«, sagte Mrs. Oliver. »Außerdem verwechselt man so leicht die Namen – Staphylokokken und Streptokokken –, so schwierig für meine Sekretärin und jedenfalls eher langweilig, nicht wahr? Was meinen Sie, Superintendent?«

»Im wirklichen Leben geben sich die Leute nicht mit solchen Finessen ab«, antwortete Battle. »Sie halten sich gewöhnlich an Arsenik, weil es so leicht zu haben ist.«

»Unsinn«, sagte Mrs. Oliver, »das kommt einfach daher, weil es eine Menge Verbrechen gibt, die Ihr in Scotland Yard nie aufklärt. Wenn Ihr eine Frau dort hättet . . .«

»Genaugenommen haben wir . . .«

»Ja, diese schrecklichen Polizistinnen in komischen Hüten, die die Leute in den Parks belästigen! Ich meine eine Frau an der Spitze, eine Frau, die etwas von Verbrechen *versteht.*«

Mr. Shaitana lachte leise.

»Gift ist die Waffe der Frau«, sagte er, »es muß viele Giftmörderinnen geben, die man nie ertappt hat.«

»Natürlich«, sagte Mrs. Oliver vergnügt und nahm sich reichlich von der *mousse de foie gras.*

»Auch ein Arzt hat seine Gelegenheiten«, warf Mr. Shaitana ein.

»Ich protestiere«, rief Dr. Roberts. »Wenn wir unsere Patienten vergiften, so ist es ganz unbeabsichtigt.« Er lachte herzhaft.

»Sollte ich ein Verbrechen begehen . . .« fuhr Mr. Shaitana fort. Er hielt inne, und etwas an dieser Pause ließ die anderen aufmerken.

Alle Gesichter waren ihm zugewandt.

»Ich glaube, ich würde es sehr einfach machen. Es gibt immer

Unfälle – Jagdunfälle zum Beispiel – oder die gewissen häuslichen Unfälle.«
Dann zuckte er die Achseln und nahm sein Weinglas zur Hand. »Aber wie darf ich es wagen, in Anwesenheit so vieler Experten meine Meinung auszusprechen . . .«
Er trank. Das Kerzenlicht warf einen roten Schatten vom Wein auf sein Gesicht mit dem gewichsten Schnurrbart, den kleinen Knebelbart, den phantastischen Augenbrauen . . .
Ein Schweigen entstand. Mrs. Oliver sagte:
»Ist es zwanzig vor oder zwanzig nach? Ein Engel fliegt durchs Zimmer . . . Meine Füße stehen nicht über Kreuz – es muß ein schwarzer Engel sein!«

3

Als die Gesellschaft in den Salon zurückkehrte, war ein Bridgetisch vorbereitet. Der Kaffee wurde serviert.
»Wer spielt Bridge?« fragte Mr. Shaitana, »Mrs. Lorrimer spielt, das weiß ich, und Dr. Roberts auch. Spielen Sie, Miss Meredith?«
»Ja, aber nicht besonders gut.«
»Ausgezeichnet. Und Major Despard? Gut. Wollen Sie vier also hier spielen?«
»Gott sei Dank, es wird Bridge gespielt«, flüsterte Mrs. Lorrimer Monsieur Poirot zu. »Ich bin eine passionierte Bridgespielerin, wissen Sie. Es wird immer ärger. Ich weigere mich auszugehen, wenn nachher nicht gespielt wird! Ich schlafe einfach ein. Ich schäme mich, aber es ist nun mal so.«
Sie zogen um die Partner, und es ergab sich, daß Mrs. Lorrimer mit Miss Meredith gegen Major Despard und Dr. Roberts spielen sollten.
»Frauen gegen Männer«, sagte Mrs. Lorrimer, während sie sich setzte. »Die blauen Karten, meinen Sie nicht, Partner? Jede Zweieransage ist bei mir Forcing.«
»Bedenken Sie, daß Sie gewinnen müssen«, mahnte Mrs. Oliver, deren emanzipatorische Gefühle sich regten. »Zei-

gen Sie den Männern, daß es nicht immer nach ihrem Kopf geht.«
»Die Unglücklichen haben nicht die geringste Chance«, sagte Dr. Roberts lachend, während er begann, das Spiel zu mischen. »Ich glaube, Sie geben, Mrs. Lorrimer.«
Major Despard setzte sich langsam. Er sah Anne Meredith an, als stellte er eben erst fest, daß sie auffallend hübsch sei.
»Bitte abheben«, sagte Mrs. Lorrimer ungeduldig. Er erschrak und beeilte sich mit einer entschuldigenden Geste, ihrem Wunsch nachzukommen.
Mrs. Lorrimer begann mit geübter Hand, die Karten zu verteilen.
»Es ist noch ein Bridgetisch im anderen Zimmer«, sagte Mr. Shaitana.
Er ging zu einer zweiten Tür hinüber, und die anderen vier folgten ihm in ein kleines, behaglich eingerichtetes Rauchzimmer, wo ein zweiter Bridgetisch vorbereitet war.
Mr. Shaitana erklärte:
»Ich spiele allerdings nicht. Bridge gehört nicht zu den Spielen, die mich amüsieren.«
Die anderen beteuerten, daß sie dann lieber auch nicht spielen wollten, aber er überredete sie energisch, und schließlich setzten sich alle. Poirot und Mrs. Oliver gegen Battle und Race.
Mr. Shaitana kiebitzte zuerst ein wenig, lächelte diabolisch, als er sah, mit welchem Blatt Mrs. Oliver zwei Ohne Atout ansagte, und ging dann lautlos ins andere Zimmer.
Sie waren alle ins Spiel vertieft. Die Gesichter waren ernst, die Ansagen kamen flott hintereinander. »Ein Herz.« – »Passe.« – »Drei Treff.« – »Drei Pique.« – »Vier Caro.« – »Ich kontriere.« – »Vier Herz.«
Mr. Shaitana beobachtete sie und lächelte in seinen Bart hinein.
Dann durchquerte er das Zimmer und setzte sich in einen Lehnstuhl am Kamin. Ein Tablett mit Getränken war hereingebracht und auf einen Tisch daneben gestellt worden. Das Kaminfeuer glänzte auf den Kristallstöpseln.
Immer ein Künstler in Beleuchtungseffekten, hatte Mr. Shai-

tana die Illusion geschaffen, der Raum sei nur vom Kaminfeuer erleuchtet. Eine kleine abgeschirmte Lampe an seiner Seite gab ihm gegebenenfalls das notwendige Licht zum Lesen. Ein etwas stärkeres Licht erhellte den Bridgetisch, von wo weiter die monotonen Ausrufe erklangen.
»Eine Sans Atout« – klar und schneidend, Mrs. Lorrimer.
»Drei Herz« – ein aggressiver Ton in der Stimme, Dr. Roberts.
»Passe« – eine ruhige Stimme, Anne Meredith.
Immer eine kleine Pause, bevor Major Despard sich hören ließ. Kein langsamer Denker, vielmehr ein Mann, der sicher sein wollte, ehe er sprach.
»Vier Herz.«
»Ich kontriere.«
Mr. Shaitanas Gesicht strahlte im flackernden Licht des Kaminfeuers, er lächelte. Seine Gesellschaft amüsierte ihn.

»Fünf Caro, Manche und Robber«, verkündete Colonel Race.
»Bravo, Partner«, sagte er zu Poirot. »Ich hätte nicht gedacht, daß Sie es machen würden. Ein Glück, daß nicht Pique ausgespielt wurde.«
»Ich glaube, es hätte keinen Unterschied gemacht«, meinte Battle, ein Mann von milder Großmut.
Er hatte Pique angesagt. Seine Partnerin, Mrs. Oliver, hatte zwar ein Piquet gehabt, aber »irgend etwas« hatte ihr gesagt, ein Treff auszuspielen, und das Ergebnis war katastrophal gewesen.
Colonel Race sah auf die Uhr.
»Zehn Minuten nach Zwölf, haben wir noch Zeit für einen Robber?«
»Sie werden mich entschuldigen«, sagte Superintendent Battle, »aber ich entwickle mich zu einem Frühschlafengeher.«
»Ich auch«, erklärte Hercule Poirot.
»Also rechnen wir ab«, meinte Race.
Das Ergebnis der fünf Robber des Abends war ein überwältigender Sieg des männlichen Geschlechts. Mrs. Oliver hatte drei Pfund und sieben Shilling an die anderen drei verloren. Der größte Gewinner war Colonel Race.

Mrs. Oliver war zwar eine schlechte Spielerin, aber eine gute Verliererin, und beglich ihren Verlust lächelnd.
»Alles ist heute abend schiefgelaufen«, seufzte sie. »Es geht manchmal so. Gestern hatte ich die fabelhaftesten Karten. Hundertfünfzig Honneurs dreimal hintereinander.«
Sie stand auf, nahm ihre gestickte Abendtasche und hielt sich gerade noch rechtzeitig zurück, ihr Haar aus der Stirn zu streichen.
»Ich vermute, unser Gastgeber ist nebenan«, sagte sie.
Sie ging durch die Verbindungstür, die anderen folgten ihr.
Mr. Shaitana saß in seinem Lehnstuhl am Kamin. Die Bridgespieler waren in ihr Spiel vertieft.
»Ich kontriere fünf Treff«, sagte Mrs. Lorrimer mit ihrer kühlen, schneidenden Stimme.
»Fünf Sans Atout.«
»Contra.«
Mrs. Oliver trat an den Bridgetisch. Das schien ein aufregendes Spiel zu sein.
Superintendent Battle folgte ihr.
Colonel Race ging zu Mr. Shaitana, Poirot hinter ihm.
»Ich muß leider gehen, Shaitana«, sagte Race.
Mr. Shaitana antwortete nicht. Sein Kopf war nach vorn gefallen, er schien zu schlafen. Race zwinkerte Poirot zu und ging ein wenig näher. Er hatte sich vorgebeugt, und plötzlich entfuhr ihm ein gedämpfter Ausruf. Poirot war im Nu an seiner Seite und blickte auch dorthin, wohin Colonel Race zeigte: Auf etwas, das wie ein besonders prächtiger Hemdknopf aussah – es aber nicht war . . .
Poirot beugte sich vor, hob eine von Mr. Shaitanas Händen empor und ließ sie wieder herabfallen. Er begegnete Races forschendem Blick und nickte. Race erhob seine Stimme.
»Superintendent Battle, einen Augenblick bitte.«
Battle kam zu ihnen herüber. Mrs. Oliver fuhr fort, dem Spiel der kontrierten fünf Sans Atout zuzusehen. Battle war trotz seiner scheinbaren Schwerfälligkeit ein äußerst behender Mann. Als er sich zu ihnen gesellte, zog er die Augenbrauen hoch und sagte leise:
»Ist etwas geschehen?«

Colonel Race deutete mit einem Kopfnicken auf die schweigsame Gestalt im Lehnstuhl.
Während Battle sich über sie beugte, blickte Poirot nachdenklich auf den Ausschnitt von Shaitanas Gesicht, den er sehen konnte. Es sah jetzt eher einfältig aus, mit dem offenen Mund und ohne den diabolischen Ausdruck...
Hercule Poirot schüttelte den Kopf.
Battle richtete sich auf. Er hatte, ohne es zu berühren, das Ding geprüft, das wie ein Extrahemdknopf aussah, und gefunden, daß es keineswegs ein Hemdknopf war. Er hatte die schlaffe Hand aufgehoben und fallen lassen.
Nun stand er da, aufrecht, unbewegt, soldatisch.
»Einen Augenblick bitte«, sagte er.
Die erhobene Stimme klang streng dienstlich und so anders als vorher, daß alle Köpfe sich vom Bridgetisch weg und ihm zuwandten. Anne Merediths Hand blieb über einem Pique-As in der Luft schweben.
»Ich bedaure, Ihnen allen mitteilen zu müssen, daß unser Gastgeber, Mr. Shaitana, tot ist.«
Mrs. Lorrimer und Dr. Roberts sprangen auf. Despard starrte vor sich hin und runzelte die Stirn. Anne Meredith stieß einen leisen Schrei aus.
»Sind Sie dessen sicher?«
Der Arzt in Dr. Roberts regte sich, und er ging mit dem elastischen Schritt des Doktors, der an ein Totenbett eilt, über das Parkett.
Scheinbar unbeabsichtigt stellte Superintendent Battle sich ihm in den Weg.
»Nur einen Moment, Dr. Roberts. Können Sie mir zuerst sagen, wer heute abend in diesem Zimmer ein und aus gegangen ist?«
Roberts starrte ihn an.
»Ein und aus gegangen? Ich verstehe Sie nicht. Niemand.«
Der Superintendent ließ seinen Blick weiterwandern.
»Stimmt das, Mrs. Lorrimer?«
»Vollkommen.«
»Nicht der Butler oder sonst jemand von der Dienerschaft?«

»Nein. Der Butler hat dieses Tablett hereingebracht, als wir uns an den Bridgetisch setzten. Seitdem hat er das Zimmer nicht betreten.«

Battle blickte Despard an.

Der nickte bejahend.

Anne sagte etwas atemlos: »Ja – ja, das stimmt.«

»Was soll das alles, Battle«, meinte Dr. Roberts ungeduldig. »Lassen Sie mich ihn untersuchen, es kann eine bloße Ohnmacht sein.«

»Es ist keine Ohnmacht, und ich bedaure – aber *niemand darf ihn berühren, ehe der Amtsarzt da war. Meine Damen und Herren, Mr. Shaitana ist ermordet worden!*«

Ein gänzlich bestürzter Blick von Despard.

»Ermordet?« Ein entsetzter, ungläubiger Seufzer von Anne.

Ein scharfes, schneidendes: »Ermordet?« von Mrs. Lorrimer.

Ein »Großer Gott« von Dr. Roberts.

Battle nickte langsam mit dem Kopf. Er sah aus wie ein chinesischer Porzellanmandarin. Sein Gesicht war völlig ausdruckslos.

»Erstochen«, erläuterte er, »so ist es, erstochen.«

Dann stieß er die Frage vor:

»Hat jemand von Ihnen im Laufe des Abends den Bridgetisch verlassen?«

Er sah in vier verstörte Gesichter. Er sah Angst – Begreifen – Empörung – Bestürzung; aber er sah nichts wirklich Aufschlußreiches.

»Nun?«

Es entstand eine Pause. Dann sagte Major Despard ruhig (er war aufgestanden und stand starr da wie ein Soldat auf einer Parade), sein kluges schmales Gesicht Battle zugewandt:

»Ich glaube, jeder von uns hat mal den Bridgetisch verlassen – entweder um etwas zu trinken oder Holz aufs Feuer zu legen. Ich habe beides getan. Als ich zum Kamin ging, war Shaitana im Lehnstuhl eingeschlafen.«

»Eingeschlafen?«

»So schien es mir – ja.«

»Möglich«, sagte Battle, »oder er war schon tot. Wir werden später näher darauf eingehen. Darf ich Sie nun alle bitten, ins

Nebenzimmer zu gehen.« Er wandte sich an die schweigsame Gestalt an seiner Seite. »Colonel Race, vielleicht gehen Sie mit ihnen.«
Race nickte sofort als Zeichen seines Einverständnisses.
Die vier Bridgespieler schritten langsam durch die Tür.
Mrs. Oliver setzte sich am äußersten Ende des Zimmers auf einen Stuhl und begann leise zu schluchzen.
Battle griff zum Telefonhörer und sprach einige Worte in den Apparat. Dann sagte er:
»Die Polizei wird sofort hier sein. Die Order von oben lautet, daß ich den Fall übernehmen soll. Der Bezirksarzt wird ebenfalls gleich hier sein. Wann, würden Sie sagen, Poirot, daß der Tod eingetreten ist? Ich selbst denke, vor einer guten Stunde.«
»Ich stimme Ihnen zu. Schade, daß man nicht sagen kann: ›Dieser Mann ist seit einer Stunde, fünfundvierzig Minuten und vierzig Sekunden tot.‹«
Battle nickte geistesabwesend.
»Er saß direkt vor dem Kaminfeuer, das macht einen Unterschied. Über eine Stunde – nicht mehr als zweieinhalb. Das wird unser Doktor sagen, davon bin ich überzeugt. Und niemand hat etwas gesehen, niemand etwas gehört. Unglaublich! Welches Risiko, was für ein Akt der Verzweiflung. Er hätte ja aufschreien können.«
»Aber er hat nicht aufgeschrien. Das Glück blieb dem Mörder treu. Wie sie richtig sagen, *mon ami,* war es ein Akt der Verzweiflung.«
»Haben Sie irgendeine Idee, Poirot, was das Motiv angeht?«
Poirot erwiderte langsam:
»Ja, ich habe da eine Idee. Sagen Sie, hat Mr. Shaitana Ihnen gegenüber nicht angedeutet, zu welcher Gesellschaft Sie heute abend eingeladen waren?«
Superintendent Battle sah ihn erstaunt an.
»Nein, Monsieur Poirot, er hat überhaupt nichts gesagt. Warum?«
Draußen klingelte es.
»Das sind unsere Leute«, sagte Battle. »Ich gehe und lasse sie herein. Wir werden gleich auf Ihre Geschichte zurückkom-

men. Ich muß sehen, daß ich mit dem Amtsschimmel weiterkomme.«
Poirot nickte. Battle verließ das Zimmer.
Mrs. Oliver schluchzte immer noch.
Poirot ging zum Bridgetisch. Ohne irgend etwas zu berühren, studierte er die Abrechnungen. Er schüttelte ein- oder zweimal den Kopf.
»Der dumme kleine Kerl! Oh, der dumme kleine Kerl!« murmelte er. »Sich als Satan zu verkleiden und zu versuchen, den Leuten Angst einzujagen. *Quel enfantillage!*«
Die Tür öffnete sich. Der Amtsarzt trat mit der Tasche in der Hand ein. Ihm folgte der zuständige Inspektor des Bezirks, der mit Battle sprach. Dann kam ein Fotograf, ein Constable wartete im Vorzimmer.
Das polizeiliche Räderwerk war in Gang gesetzt.

4

Hercule Poirot, Mrs. Oliver, Colonel Race und Superintendent Battle saßen um den Speisezimmertisch herum.
Es war eine Stunde später. Die Leiche war untersucht, fotografiert und fortgeschafft worden. Ein Spezialist für Fingerabdrücke war dagewesen und wieder fortgegangen.
Battle sah Poirot an.
»Ehe ich die andern vier hereinbitte, möchte ich hören, was Sie mir zu sagen haben. Was also steckte hinter der heutigen Abendgesellschaft?«
Möglichst genau wiederholte Poirot sein Gespräch mit Shaitana im Wessex House.
Superintendent Battle spitzte die Lippen, fast hätte er gepfiffen. »Ausstellungsstücke – wie? Lauter Mörder in Freiheit, oho! Und Sie glauben, daß er es *tatsächlich* so gemeint hat? Sie glauben nicht, daß er Sie zum besten halten wollte?«
»O nein, er hat es ganz ernst gemeint. Shaitana war ein Mann, der sich auf seine mephistophelische Einstellung

zum Leben viel eingebildet hat. Er war ungemein eitel und dazu dumm – und darum ist er jetzt tot.«

»Ich verstehe Sie«, sagte Battle, Poirots Gedankengang folgend. »Eine Gesellschaft von acht Personen außer ihm selbst. Vier ›Spürhunde‹ sozusagen – und vier Mörder!«

»Das ist nicht möglich«, schluchzte Mrs. Oliver. »Das ist vollkommen ausgeschlossen. Keiner von diesen Leuten kann ein Verbrecher sein.«

Battle schüttelte nachdenklich den Kopf.

»Ich würde da nicht so sicher sein, Mrs. Oliver. Mörder gleichen in ihrem Aussehen und ihrem Benehmen verblüffend allen anderen Menschen. Es sind häufig nette, ruhige, manierliche, vernünftige Leute.«

»Dann ist es Dr. Roberts«, entschied Mrs. Oliver. »Ich habe instinktiv gefühlt, daß bei dem Mann etwas nicht stimmt, sowie ich ihn sah. Mein Instinkt trügt nie.«

Battle wandte sich an Colonel Race. »Was denken Sie, Sir?«

Race zuckte die Achseln. Er bezog die Frage auf Poirots Feststellungen, nicht auf Mrs. Olivers Verdächtigung.

»Es wäre denkbar«, sagte er, »Es wäre denkbar. Es beweist, daß Shaitana zumindest in *einem* Fall recht hatte! Schließlich konnte er ja nur *vermuten,* daß die Leute Mörder seien – er konnte es ja nicht *wissen.* Er kann in allen vier Fällen recht gehabt haben, er kann aber auch nur in einem Fall recht gehabt haben – aber das bestimmt. Das beweist sein Tod.«

»Einer von ihnen hat es mit der Angst bekommen. Glauben Sie, daß es das ist, Monsieur Poirot?«

Poirot nickte.

»Der verstorbene Mr. Shaitana hatte einen bestimmten Ruf«, sagte er, »er besaß einen gefährlichen Sinn für Humor und galt als erbarmungslos. Das Opfer meinte, Shaitana mache sich einen heiteren Abend mit der Auslieferung des Opfers an die Polizei – an Sie, als Pointe! Er (oder sie) muß angenommen haben, daß Shaitana definitive Beweise hatte.«

»Hatte er sie?«

Poirot zuckte die Achseln.

»Das werden wir nie erfahren.«

»Dr. Roberts«, wiederholte Mrs. Oliver fest. »Ein so frischer, munterer Mensch. Mörder sind oft frisch und munter – aus Verstellung! An Ihrer Stelle, Superintendent, würde ich ihn sofort verhaften.«

»Das würde auch geschehen, wenn eine Frau an der Spitze von Scotland Yard stünde«, meinte Battle mit einem kleinen Augenzwinkern in seinem sonst unbewegten Gesicht. »Aber wissen Sie, da bloß wir Männer die Sache zu entscheiden haben, müssen wir vorsichtig sein. Wir müssen langsam ans Ziel gelangen.«

»Oh, diese Männer – diese Männer«, seufzte Mrs. Oliver und begann in ihrem Kopf einen Zeitungsartikel zu verfassen.

»Wir lassen sie jetzt lieber hereinkommen«, sagte Battle, »es geht nicht an, sie so lange warten zu lassen.«

Colonel Race machte Anstalten aufzustehen.

»Wenn Sie wünschen, daß wir uns entfernen . . .«

Battle zögerte einen Augenblick, da begegnete er Mrs. Olivers beredtem Blick. Er kannte sehr wohl Colonel Races offizielle Stellung, und Poirot hatte schon bei vielen Gelegenheiten mit der Polizei zusammengearbeitet, aber Mrs. Oliver dabeizulassen, war entschieden eine Konzession. Aber Battle war ein gutmütiger Mensch. Er erinnerte sich daran, daß Mrs. Oliver soeben drei Pfund und sieben Shilling verloren hatte, ohne mit der Wimper zu zucken.

»Was mich betrifft, so können Sie alle dableiben«, entschied er. »Aber keine Unterbrechungen, wenn ich bitten darf (er sah Mrs. Oliver an), und es darf keine Andeutung gemacht werden über das, was Monsieur Poirot uns soeben mitgeteilt hat. Das war Mr. Shaitanas kleines Geheimnis, und es muß sein, als wäre es mit ihm gestorben. Verstanden?«

»Vollkommen«, behauptete Mrs. Oliver.

Battle ging zur Tür und rief den Constable, der in der Halle Dienst tat.

»Gehen Sie in das kleine Rauchzimmer. Dort ist Anderson mit den vier Gästen. Bitten Sie Dr. Roberts hereinzukommen.«

»Ich hätte ihn bis zum Schluß aufgehoben«, sagte Mrs. Oliver. »In einem Buch, meine ich«, fügte sie entschuldigend hinzu.

»Im wirklichen Leben ist es ein wenig anders«, meinte Battle.
»Ich weiß«, bestätigte Mrs. Oliver, »schlecht aufgebaut.«
Dr. Roberts' Gang, als er eintrat, war etwas weniger elastisch als vorhin. »Hören Sie, Battle«, sagte er, »das ist eine verfluchte Geschichte. Verzeihen Sie, Mrs. Oliver, aber es ist so. Als Fachmann hätte ich es kaum für möglich gehalten! Einen Mann zu erstechen, wenn drei andere Leute ein paar Meter weit entfernt sind.« Er schüttelte den Kopf. »Brr! Ich wäre es nicht gern gewesen!« Ein leichtes Lächeln verzog seine Mundwinkel. »Was kann ich tun oder sagen, um Sie zu überzeugen, daß ich es nicht war?«
»Nun, wie steht es mit dem Motiv, Dr. Roberts?«
Der Doktor nickte energisch mit dem Kopf.
»Da besteht nicht der geringste Zweifel. Ich hatte keinerlei Grund, den armen Shaitana aus dem Weg zu räumen. Ich habe ihn nicht einmal besonders gut gekannt. Er hat mich amüsiert – er war ein so komischer Kauz. Er hatte etwas Orientalisches an sich. Natürlich werden Sie meine Beziehungen zu ihm gründlich untersuchen – darauf bin ich vorbereitet. Ich bin kein Narr. Aber Sie werden nichts finden. Ich hatte keinerlei Motiv, Shaitana umzubringen, und ich habe ihn nicht umgebracht.«
Battle nickte steif.
»Wie Sie sehr richtig sagen, Dr. Roberts, muß ich meine Nachforschungen anstellen. Sie sind ein vernünftiger Mensch. Können Sie mir etwas über die drei anderen Leute sagen?«
»Leider nicht viel. Despard und Miss Meredith habe ich heute abend zum erstenmal getroffen. Ich hatte von Despard schon gehört und seine – übrigens ausgezeichneten – Reisebeschreibungen gelesen.«
»Wußten Sie, daß er Shaitana kannte?«
»Nein. Shaitana hat mir gegenüber nie von ihm gesprochen. Wie gesagt, hatte ich von ihm gehört, ihn aber nie getroffen. Miss Meredith habe ich nie zuvor gesehen. Mrs. Lorrimer kenne ich flüchtig.«
»Was wissen Sie über sie?«
Roberts zuckte die Achseln.

»Sie ist Witwe, ziemlich wohlhabend, klug, eine Dame, erstklassige Bridgespielerin. So habe ich sie übrigens kennengelernt – auf einer Bridgeparty.«
»Und Mr. Shaitana hat auch sie nie erwähnt?«
»Nein.«
»Hm – das nützt uns nicht viel. Nun, Dr. Roberts, wollen Sie so gut sein, Ihr Gedächtnis anzustrengen und uns zu sagen, wie oft Sie selbst Ihren Platz am Bridgetisch verlassen haben, und uns die Bewegungen der anderen zu beschreiben, soweit Sie sich daran erinnern.«
Dr. Roberts nahm sich einige Minuten Zeit zum Überlegen.
»Es ist nicht leicht«, gestand er. »Ich kann mich mehr oder weniger an meine eigenen Bewegungen erinnern. Ich bin dreimal aufgestanden – das heißt, ich habe dreimal, als ich Strohmann war, meinen Platz verlassen, um mich nützlich zu machen. Einmal bin ich hinübergegangen und habe Holz aufs Feuer gelegt. Einmal habe ich den Damen Getränke gebracht. Einmal habe ich mir selbst ein Glas eingeschenkt.«
»Können Sie sich an die Zeiten erinnern?«
»Nur sehr ungenau. Wir begannen, glaube ich, um halb zehn zu spielen. Ich denke, ich habe ungefähr eine Stunde später das Feuer geschürt, kurz darauf habe ich die Getränke geholt (beim übernächsten Spiel, meine ich), und es war vielleicht halb elf, als ich mir selbst einen Whisky-Soda holte – aber diese Zeitangaben sind ganz ungefähr. Ich könnte nicht dafür einstehen, daß sie auch wirklich stimmen.«
»War der Tisch mit den Getränken auf der anderen Seite von Mr. Shaitanas Stuhl?«
»Ja. Das heißt, ich bin dreimal ganz nah an ihm vorbeigegangen.«
»Und jedesmal schien er nach Ihrem besten Wissen und Gewissen zu schlafen?«
»Das habe ich beim erstenmal geglaubt. Das zweitemal habe ich ihn gar nicht angesehen. Beim drittenmal schoß es mir, glaube ich, durch den Sinn: ›Wie der Kerl schläft!‹, aber ich habe ihn wirklich nicht näher angesehen.«
»Gut. Und wann verließen Ihre Mitspieler die Plätze?«
Dr. Roberts runzelte die Stirn.

»Das ist schwer zu sagen – sehr schwer. Despard ging und holte noch einen Aschenbecher, glaube ich. Und er holte sich einen Drink. Aber das war vor mir, denn ich entsinne mich, daß er mir auch einen anbot und ich ablehnte.«

»Und die Damen?«

»Mrs. Lorrimer ging einmal zum Kamin, um das Feuer zu schüren. Ich glaube fast, daß sie mit Shaitana sprach, aber ich kann es nicht fest behaupten. Ich habe gerade eine etwas komplizierte Ohne Atout gespielt.«

»Und Miss Meredith?«

»Sie hat bestimmt einmal den Tisch verlassen. Sie ist herübergekommen und hat in mein Blatt geschaut – ich war ihr Partner zu diesem Zeitpunkt. Dann ist sie im Zimmer herumgegangen. Ich weiß nicht genau, was sie tat. Ich habe nicht aufgepaßt.«

Battle sagte nachdenklich:

»War niemandes Platz am Bridgetisch genau gegenüber dem Kamin?«

»Nein, wir saßen alle irgendwie seitlich zum Kamin, und es war ein großer Schrank dazwischen – ein sehr schönes chinesisches Stück. Ich sehe natürlich, daß es ganz gut möglich war, den armen Kerl zu erstechen. Aber schließlich, wenn man Bridge spielt, dann spielt man Bridge. Man schaut nicht herum und paßt auf, was vorgeht. Die einzige Person, die das eventuell tut, ist der Strohmann. Und in diesem Fall . . .«

»Und in diesem Fall war der Strohmann zweifellos der Mörder«, ergänzte Superintendent Battle.

»Trotzdem gehörte eine Riesencourage dazu«, meinte Dr. Roberts. »Schließlich . . ., wer kann sagen, daß niemand im kritischen Moment aufschaut.«

»Ja«, bestätigte Battle, »es war ein ungeheures Risiko. Das Motiv muß entsprechend stark gewesen sein. Ich wollte, ich wüßte, was es war«, log er schamlos.

»Sie werden es sicher herausbekommen«, sagte Roberts. »Sie werden seine Papiere durchsehen und so weiter und vermutlich irgendeinen Anhaltspunkt finden.«

»Hoffentlich«, sagte Battle verdrossen.

Er warf dem anderen einen scharfen Blick zu.

»Würden Sie so gut sein, Dr. Roberts, mir – von Mann zu Mann – Ihre persönliche Meinung zu sagen?«
»Gewiß.«
»Auf wen tippen Sie?«
»Das ist nicht schwer. Ohne zu überlegen würde ich sagen – Despard. Der Mann hat Mut, er ist ein gefährliches Leben gewöhnt, wo man schnell handeln muß. Er ist auch der Mann, etwas zu wagen. Es scheint mir unwahrscheinlich, daß die Damen etwas mit der Sache zu tun haben. Es erfordert eine gewisse Kraft, würde ich meinen.«
»Nicht so viel, wie Sie glauben. Sehen Sie sich das hier an.«
Wie ein Zauberkünstler zog Battle plötzlich ein langes, schmales Instrument mit einem edelsteingeschmückten Knauf hervor. Dr. Roberts beugte sich vor und betrachtete es mit Kennerblick. Er prüfte die Spitze und pfiff leise.
»Was für ein Werkzeug! Was für ein Werkzeug! Das kleine Spielzeug ist wie für einen Mord geschaffen. Geht rein wie geschmiert – wie geschmiert. Er hat es vermutlich mitgebracht.«
Battle schüttelte den Kopf.
»Nein, es ist Mr. Shaitanas Eigentum, es lag auf dem Tisch bei der Tür zusammen mit einer Menge anderer Nippsachen.«
»Also hat der Mörder sich selbst bedient. Ein Glück, so ein Werkzeug zu finden.«
»So kann man es auch betrachten«, sagte Battle gelassen.
»Natürlich war es kein Glück für Shaitana, den armen Teufel.«
»Das habe ich nicht gemeint, Dr. Roberts. Ich meinte, daß man die Sache auch von einem anderen Gesichtspunkt aus betrachten kann. Es könnte sein, daß der Anblick dieser Waffe unseren Verbrecher erst auf die Idee des Mordes gebracht hat.«
»Sie meinen, es war eine plötzliche Eingebung – daß der Mord nicht vorbedacht war? Daß er den Gedanken erst faßte, nachdem er hier war? Hm – haben Sie einen Anhaltspunkt dafür?«
Er blickte ihn forschend an.

»Es ist nur eine Idee«, sagte Superintendent Battle unbewegt.
»Nun, es könnte natürlich so sein«, räumte Dr. Roberts langsam ein. Battle räusperte sich.
»Nun, ich will Sie nicht länger aufhalten, Doktor. Danke für Ihre Hilfe. Wollen Sie uns bitte Ihre Adresse dalassen.«
»Gewiß, 200 Gloucester Terrace, W. 2, Telefon Bayswater 2 38 96.«
»Danke sehr. Ich werde Sie wahrscheinlich dieser Tage aufsuchen.«
»Es wird mich immer freuen, Sie zu sehen. Hoffentlich wird die Sache in den Zeitungen nicht allzu breitgetreten. Ich möchte nicht, daß meine nervösen Patienten sich aufregen.«
Superintendent Battle sah sich nach Poirot um.
»Entschuldigen Sie, Monsieur Poirot, wenn Sie Dr. Roberts noch einige Fragen stellen möchten, so bin ich überzeugt, daß er nichts dagegen hätte.«
»Durchaus nicht, durchaus nicht. Ich bin ein großer Bewunderer Ihrer Kunst, Monsieur Poirot. Kleine graue Zellen: Ordnung und Methodik. Ich weiß Bescheid. Ich bin überzeugt, eine ganz tückische Frage wird Ihnen einfallen.«
Hercule Poirot spreizte in seiner fremdländischen Art die Finger auseinander.
»Nein, nein. Ich möchte mir nur alle Details klarmachen. Zum Beispiel, wie viele Robber haben Sie gespielt?«
»Drei«, sagte Roberts prompt. »Wir waren im vierten Robber, als Sie hereinkamen.«
»Und wer spielte mit wem?«
»Im ersten Robber Despard und ich gegen die Damen. Sie haben uns geschlagen. Eine verflixte Geschichte. Ein leichter Sieg; wir hatten überhaupt keine Blätter. Im zweiten Robber Miss Meredith und ich gegen Despard und Mrs. Lorrimer. Im dritten Robber Mrs. Lorrimer und ich gegen Miss Meredith und Despard. Wir haben immer gezogen, aber es ergab sich wie mit einem Pivot. Im vierten Robber wieder Miss Meredith und ich.«
»Wer hat gewonnen und wer verloren?«
»Mrs. Lorrimer hat jeden Robber gewonnen. Miss Meredith hat den ersten gewonnen und die beiden nächsten verloren.

Ich habe etwas gewonnen, und Miss Meredith und Despard müssen etwas verloren haben.«
Poirot sagte lächelnd: »Unser Freund Battle hat Sie um Ihre persönliche Meinung über Ihre Mitspieler als eventuelle Mörder gefragt. Ich möchte nun Ihre Meinung über sie als Bridgespieler hören.«
»Mrs. Lorrimer allererste Klasse«, erwiderte Dr. Roberts prompt. »Ich möchte wetten, daß sie sich ein ganz hübsches Jahreseinkommen mit Bridge verdient. Despard ist ein guter Spieler, ein gewiegter Spieler – ein kluger Kerl. Miss Meredith kann man als verläßliche Spielerin bezeichnen, sie macht keine Fehler, aber sie hat auch keine Phantasie.«
»Und Sie selbst, Doktor?«
Roberts zwinkerte mit den Augen.
»Ich sage zu viel an, wenigstens behauptet man das. Aber ich habe immer gefunden, daß es sich lohnt.«
Poirot lächelte.
Dr. Roberts erhob sich.
»Noch etwas?«
Poirot schüttelte den Kopf.
»Also dann guten Abend. Guten Abend, Mrs. Oliver. Das ist ein Stoff für Sie. Besser als Ihre unaufspürbaren Gifte, nicht wahr?«
Dr. Roberts verließ das Zimmer. Sein Gang war wieder elastisch. Als die Tür sich hinter ihm schloß, sagte Mrs. Oliver erbittert:
»Stoff! Stoff! Was der sich vorstellt. Die Leute sind so begriffsstutzig. Ich könnte gewöhnlich einen besseren Mord erfinden als irgend etwas *Wirkliches.* Ich bin *nie* um eine Handlung verlegen. Und meine Leser *schwärmen* für unaufspürbare Gifte!«

5

Mrs. Lorrimer betrat das Zimmer – ganz Dame. Sie sah blaß, aber gefaßt aus.

»Ich bedaure, Sie behelligen zu müssen«, begann Superintendent Battle.

»Sie müssen selbstverständlich Ihre Pflicht tun«, sagte Mrs. Lorrimer ruhig. »Ich gebe zu, daß es peinlich ist, in eine solche Lage zu geraten, aber es nützt nichts, sich zu drücken. Ich erfasse vollkommen, daß eine der vier Personen, die in jenem Zimmer waren, schuldig sein muß. Natürlich kann ich nicht erwarten, daß Ihnen mein Wort genügt, daß ich nicht diese Person bin.«

Sie nahm den Stuhl, den Colonel Race ihr anbot, und setzte sich Battle gegenüber. Ihre klugen, grauen Augen begegneten den seinen. Sie wartete gespannt.

»Kannten Sie Mr. Shaitana gut?« begann der Superintendent.

»Nicht sehr gut. Ich kenne ihn zwar seit einigen Jahren, aber es blieb immer eine flüchtige Bekanntschaft.«

»Wo lernten Sie ihn kennen?«

»In einem Hotel in Ägypten – ich glaube es war das Winter Palace in Luxor.«

»Was für einen Eindruck hatten Sie von ihm?«

Mrs. Lorrimer zuckte leicht die Achseln.

»Ich hielt ihn, aufrichtig gesagt, eher für einen Scharlatan.«

»Sie hatten – verzeihen Sie mir die Frage – keinen Grund, seinen Tod zu wünschen?«

Mrs. Lorrimer blickte leicht belustigt drein.

»Glauben Sie wirklich, Superintendent, daß ich es zugeben würde, wenn dem so wäre?«

»Es wäre immerhin möglich«, sagte Battle, »eine wahrhaft kluge Frau würde wissen, daß so etwas immer herauskommt.«

Mrs. Lorrimer senkte nachdenklich den Kopf.

»Das stimmt natürlich. Nein, Superintendent, ich hatte keinerlei Grund, Mr. Shaitanas Tod zu wünschen. Es ist mir wirklich völlig gleichgültig, ob er lebt oder tot ist. Ich hielt ihn für einen Poseur und für etwas theatralisch, und manchmal hat er mich gereizt. Das ist – oder vielmehr das war – meine Einstellung zu ihm.«

»Das wäre also das. Und nun, Mrs. Lorrimer, können Sie mir etwas über die anderen sagen?«

»Leider nicht. Major Despard und Miss Meredith traf ich heute abend zum erstenmal. Beide scheinen reizende Menschen zu sein, Dr. Roberts kenne ich flüchtig. Ich glaube, er ist ein sehr beliebter Arzt.«

»Ist er Ihr behandelnder Arzt?«

»O nein.«

»Nun, Mrs. Lorrimer, können Sie mir sagen, wie oft Sie heute abend aufgestanden sind, und wollen Sie uns bitte auch die Bewegungen der anderen drei schildern?«

Mrs. Lorrimer nahm sich keine Zeit, um zu überlegen.

»Ich war auf diese Frage gefaßt und habe versucht, es mir vor Augen zu führen. Ich selbst bin einmal aufgestanden, als ich Strohmann war; ich ging zum Kamin. Da lebte Mr. Shaitana noch. Ich sagte zu ihm, wie schön doch so ein Kaminfeuer sei.«

»Und er antwortete?«

»Daß er Radiatoren hasse.«

»Hat irgend jemand Ihr Gespräch gehört?«

»Ich glaube nicht, ich senkte meine Stimme, um die Spieler nicht zu stören.« Sie fügte trocken hinzu. »In der Tat haben Sie nur mein Wort dafür, daß Mr. Shaitana am Leben war und mit mir sprach.«

Battle machte keinerlei Einwand. Er fuhr in seiner ruhigen methodischen Fragestellung fort.

»Um welche Zeit war das?«

»Ich glaube, wir hatten bereits eine gute Stunde gespielt.«

»Und die anderen?«

»Dr. Roberts holte mir einen Drink. Etwas später holte er sich selbst einen. Major Despard hat sich auch einen Drink geholt – gegen elf Uhr fünfzehn würde ich sagen.«

»Nur einmal?«

»Nein – zweimal, glaube ich. Die Herren sind ziemlich viel herumgegangen, aber ich kann nicht sagen, was sie gemacht haben. Miss Meredith hat ihren Platz nur einmal verlassen,

glaube ich. Sie stand auf, um das Blatt ihres Partners anzuschauen.«
»Aber sie blieb beim Bridgetisch?«
»Das kann ich wirklich nicht sagen. Sie kann auch herumgegangen sein.«
Battle nickte.
»Das ist alles sehr ungenau«, brummte er.
»Ich bedaure.«
Battle vollführte nochmals sein Zauberkunststück und zog das lange, feine Stilett hervor.
»Wollen Sie sich das mal ansehen, Mrs. Lorrimer?«
Mrs. Lorrimer nahm es seelenruhig in die Hand.
»Haben Sie das je zuvor gesehen?«
»Nein.«
»Und trotzdem lag es auf einem Tisch im Salon.«
»Es ist mir nicht aufgefallen.«
»Sie begreifen vielleicht, Mrs. Lorrimer, daß mit einer solchen Waffe einer Frau der Mord genauso leicht gelingen konnte wie einem Mann.«
»Vermutlich«, sagte Mrs. Lorrimer ungerührt.
Sie beugte sich vor und reichte ihm das zierliche kleine Ding zurück.
»Aber trotzdem«, sagte Superintendent Battle, »müßte die Frau in größter Verzweiflung gehandelt haben. Es war ein enormes Risiko.«
Er wartete eine Minute lang, aber Mrs. Lorrimer schwieg.
»Wissen Sie etwas über die Beziehungen zwischen den anderen dreien und Shaitana?«
Sie schüttelte den Kopf.
»Gar nichts.«
»Würden Sie mir Ihre Meinung darüber sagen, wen Sie für den wahrscheinlichsten Täter halten?«
»Ich werde nichts dergleichen tun. Ich erachte diese Frage als höchst ungehörig.«
Der Superintendent sah plötzlich aus wie ein beschämter Schuljunge, der von seiner Großmutter gescholten wurde.
»Ihre Adresse, bitte«, murmelte er und zog sein Notizbuch zu sich heran.

»111 Cheyne Lane, Chelsea.«
»Telefonnummer?«
»Chelsea 4 56 32.«
Mrs. Lorrimer erhob sich.
»Irgendwelche Fragen, die Sie stellen wollen, Monsieur Poirot?« fragte Battle hastig.
Mrs. Lorrimer blieb stehen, den Kopf leicht geneigt.
»Wäre es ungehörig, Madame, Sie nach Ihrer Meinung über Ihre Gefährten, nicht als eventuelle Mörder, sondern als Bridgespieler zu fragen?«
Mrs. Lorrimer erwiderte kühl:
»Ich habe nichts dagegen – wenn es mit der strittigen Frage etwas zu tun hat –, obwohl ich nicht einsehe, wieso das der Fall sein kann.«
»Lassen Sie das bitte meine Sorge sein, Madame. Darf ich um Ihre Antwort bitten?«
Im Ton eines langmütigen Erwachsenen, der einem zurückgebliebenen Kind seinen Willen tut, erwiderte Mrs. Lorrimer:
»Major Despard ist ein guter, verläßlicher Spieler. Dr. Roberts sagt zu viel an, aber er spielt sein Blatt glänzend. Miss Meredith spielt nicht schlecht, aber etwas zu ängstlich. Sonst noch etwas?«
Poirot vollführte nun seinerseits ein Zauberkunststück und zog die zerknitterten Bridgeabrechnungen hervor.
»Ist eine dieser Abrechnungen die Ihre, Madame?«
Sie prüfte sie.
»Das ist meine Handschrift. Es sind die Ergebnisse des dritten Robbers.«
»Und diese hier?«
»Das muß Major Despard sein. Er streicht während des Spielens.«
»Und diese?«
»Von Miss Meredith. Der erste Robber.«
»Also ist diese unfertige von Dr. Roberts?«
»Ja.«
»Danke, Madame, ich glaube, das ist alles.«
Mrs. Lorrimer wandte sich an Mrs. Oliver:

»Gute Nacht, Mrs. Oliver. Gute Nacht, Colonel Race.«
Dann, nachdem sie allen die Hand geschüttelt hatte, ging sie hinaus.

6

»Aus ihr war nicht viel herauszubekommen«, bemerkte Battle. »Sie hat mich auch zurechtgewiesen. Sie ist noch vom alten Schlage. Voller Rücksicht für die anderen, aber hochmütig wie der Teufel! Ich kann nicht glauben, daß sie es getan hat, aber man kann nie wissen! Sie hat viel Energie. Was wollen Sie mit den Bridgeabrechnungen, Monsieur Poirot?«
Poirot breitete sie auf den Tisch aus.
»Sie sind äußerst aufschlußreich, finden Sie nicht? Was wollen wir in diesem Fall? Einen Hinweis auf den Charakter. Und nicht nur auf einen, sondern auf vier Charaktere. Und hier werden wir das am ehesten finden – in diesen hingekritzelten Zahlen. Hier ist der erste Robber, sehen Sie – eine zahme Angelegenheit, bald vorüber. Kleine ordentliche Zahlen, sorgfältige Addition und Subtraktion – das ist Miss Meredith. Sie spielte mit Mrs. Lorrimer, und die beiden gewannen.
Hier ist das Spiel nicht so leicht zu verfolgen, da gestrichen wurde, aber es sagt uns vielleicht etwas über Major Despard – ein Mann, der immer gleich auf den ersten Blick sehen will, wie er steht. Die Zahlen sind klein und charaktervoll.
Diese nächste Abrechnung stammt von Mrs. Lorrimer – sie und Dr. Roberts gegen die beiden anderen – ein homerischer Kampf. Der Doktor sagt zu viel an und sie fallen; aber da sie beide erstklassige Spieler sind, fallen sie nicht zu oft.
Hier haben wir die letzte Notierung. Der unvollendete Robber. Ich habe jeweils eine Abrechnung in der Handschrift jedes Spielers aufgehoben.
Sie glauben vielleicht, daß die Fragen, die ich stellte, unsinnig sind, aber das stimmt nicht. Ich will den Charakter dieser vier Spieler erfassen, und wenn ich sie über Bridge ausfrage, so ist jeder gern bereit zu reden.«

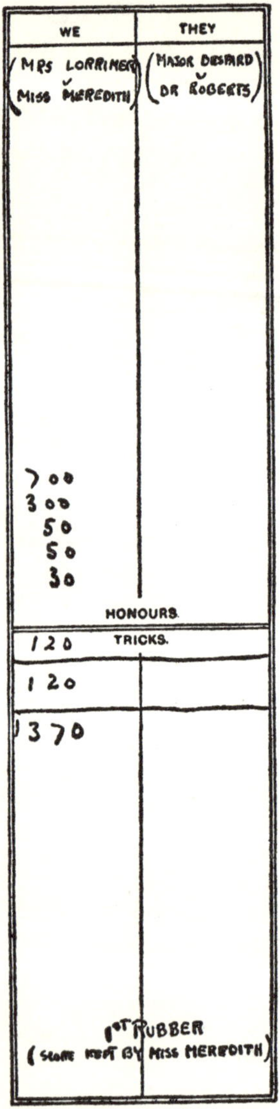
WE
THEY
MRS LORRIMER v MISS MEREDITH
MAJOR DESPARD v DR ROBERTS
700
300
50
50
30
HONOURS
120
TRICKS
120
1370
1ST RUBBER
(SCORE KEPT BY MISS MEREDITH)

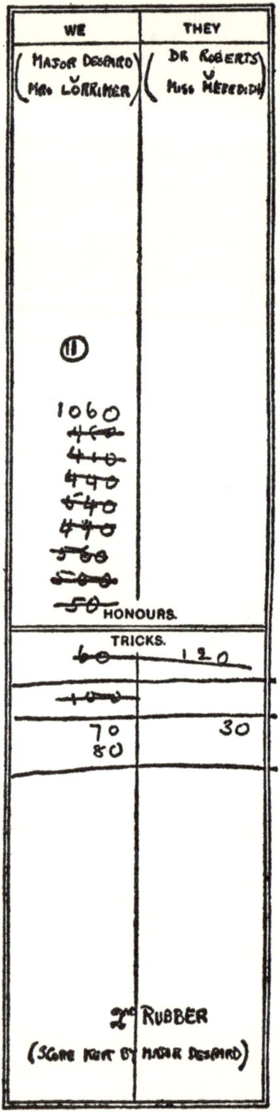
WE
THEY
MAJOR DESPARD v MRS LORRIMER
DR ROBERTS v MISS MEREDITH
11
1060
HONOURS
TRICKS
120
70
80
30
2ND RUBBER
(SCORE KEPT BY MAJOR DESPARD)

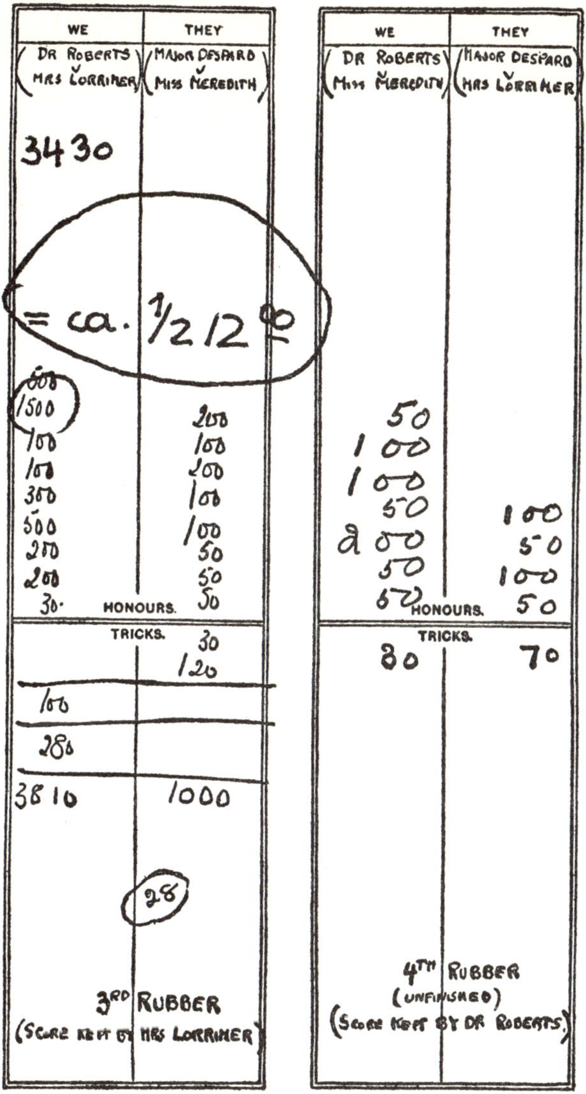
WE
THEY
DR ROBERTS v MRS LORRIMER
MAJOR DESPARD v MISS MEREDITH
3430
= ca. 1/2 12º
500
1500
100
100
300
500
200
200
30
HONOURS
200
100
200
100
100
50
50
50
TRICKS
30
120
100
280
3810
1000
28
3RD RUBBER
(SCORE KEPT BY MRS LORRIMER)
WE
THEY
DR ROBERTS v MISS MEREDITH
MAJOR DESPARD v MRS LORRIMER
50
100
100
50
200
50
60
HONOURS
100
50
100
50
TRICKS
80
70
4TH RUBBER
(UNFINISHED)
(SCORE KEPT BY DR ROBERTS)

»Ich halte Ihre Fragen nie für unsinnig, Monsieur Poirot«, widersprach Battle. »Ich habe Sie zu oft bei der Arbeit gesehen. Jeder hat seine eigene Methode, das weiß ich. Ich lasse meinen Inspektoren immer freie Hand. Jeder muß selbst herausfinden, welche Arbeitsweise ihm am besten zusagt. Aber wir können uns darüber jetzt nicht unterhalten. Lassen wir das Mädchen hereinkommen.«
Anne Meredith war sichtlich aufgeregt. Sie blieb in der Tür stehen, ihr Atem kam in unregelmäßigen Stößen.
Battle schlug gleich einen väterlichen Ton an. Er erhob sich und rückte ihr einen Stuhl zurecht.
»Setzen Sie sich, Miss Meredith, setzen Sie sich. Und regen Sie sich nicht auf. Ich weiß, das alles kommt Ihnen furchtbar vor, aber in Wirklichkeit ist es gar nicht so arg.«
»Ich kann mir nichts Ärgeres vorstellen«, sagte das junge Mädchen leise. »Es ist so entsetzlich – so entsetzlich zu denken, daß einer von uns – daß einer von *uns* . . .«
»Überlassen Sie das Denken mir«, sagte Battle gütig. »Nun, Miss Meredith, geben Sie uns erst einmal Ihre Adresse.«
»Wendon Cottage, Wallingford.«
»Keine Stadtadresse?«
»Nein, ich bin für einige Tage in meinem Club abgestiegen.«
»Und ihr Club ist?«
»Ladies' Naval and Military.«
»Nun, das hätten wir also, Miss Meredith. Wie gut haben Sie Mr. Shaitana gekannt?«
»Ich habe ihn gar nicht gut gekannt. Ich habe ihn immer für einen äußerst unheimlichen Menschen gehalten.«
»Warum?«
»Oh, weil er es *war*! Dieses schreckliche Lächeln! Und seine Art, sich über einen zu beugen. Als wollte er einen beißen.«
»Haben Sie ihn lange gekannt?«
»Ungefähr acht Monate. Ich traf ihn in der Schweiz beim Wintersport.«
»Ich hätte nie gedacht, daß er Wintersport betreibt«, meinte Battle erstaunt.
»Er lief nur Schlittschuh. Er war ein wunderbarer Eisläufer. Lauter Figuren, wie ein Kunstläufer.«

»Ja, das sieht ihm schon ähnlicher. Und haben Sie ihn nachher viel gesehen?«
»Ja – ziemlich viel. Er lud mich zu Gesellschaften und Cocktails ein, und da war es immer sehr lustig.«
»Aber ihn selbst mochten Sie nicht.«
»Nein, er war mir unheimlich.«
Battle sagte milde:
»Aber Sie hatten keinen besonderen Grund, sich vor ihm zu fürchten?«
Anne Meredith sah ihn mit großen, unschuldigen Augen an.
»Einen besonderen Grund? O nein.«
»Also gut. Und heute abend? Haben Sie Ihren Platz überhaupt verlassen?«
»Ich glaube nicht – oder doch, vielleicht einmal. Ich bin um den Tisch herumgegangen, um das Blatt meines Partners einzusehen.«
»Aber Sie sind die ganze Zeit beim Bridgetisch geblieben?«
»Ja.«
»Ganz bestimmt, Miss Meredith?«
Plötzlich wurde das junge Mädchen flammend rot.
»Nein – nein, ich bin herumgegangen.«
»Gut. Vergeben Sie mir, Miss Meredith, aber versuchen Sie die Wahrheit zu sagen. Ich weiß, daß Sie nervös sind, und wenn man nervös ist, ist man geneigt – nun, die Dinge so darzustellen, wie man sie gern haben möchte. Sie sind herumgegangen. Sind Sie zu Mr. Shaitana hinübergegangen?«
Das Mädchen schwieg einen Augenblick und sagte dann:
»Glauben Sie mir, ich kann mich wirklich nicht erinnern.«
»Nun gut, lassen wir es dabei, daß Sie es vielleicht getan haben. Wissen Sie irgend etwas über die anderen drei?«
»Ich kann es nicht glauben, ich kann es einfach nicht glauben. Es kann nicht Major Despard sein. Und ich kann auch nicht glauben, daß es der Doktor war. Ein Arzt kann jemanden auf viel einfachere Weise umbringen. Mit einem Medikament – oder so etwas.«
»Also glauben Sie, daß, wenn es jemand war, es Mrs. Lorrimer gewesen sein muß?«
»O nein. Ich bin überzeugt, daß sie so etwas nicht tun würde.

Sie ist so nett – und eine so angenehme Partnerin beim Bridge; obwohl sie selbst gut spielt, korrigiert sie nie und schüchtert einen nicht ein.«

»Und doch ließen Sie ihren Namen als letzten«, sagte Battle.

Battle vollführte sein Zauberkunststück. Anne Meredith zuckte zurück.

»Oh, wie schrecklich. Muß ich es – in die Hand nehmen?«

»Das wäre mir lieb.«

Er beobachtete sie, wie sie mit vor Abscheu verzerrtem Gesicht das Stilett zimperlich in die Hand nahm.

»Mit diesem winzigen Ding – mit diesem . . .«

»Geht hinein wie geschmiert«, erläuterte Battle mit Behagen. »Ein Kinderspiel.«

»Sie wollen sagen – Sie meinen . . .«, große, entsetzte Augen hefteten sich auf sein Gesicht – »daß *ich* es getan haben könnte? Aber ich habe es nicht getan. O nein. Warum hätte ich es tun sollen?«

»Das ist es eben, was wir gern wissen möchten«, erklärte Battle. »Wo ist das Motiv? Warum wollte jemand Shaitana umbringen? Er war ein Mensch mit etwas eigenartigem Humor, aber meines Wissens nicht gefährlich.«

Stockte ihr Atem – hob sich ihre Brust plötzlich?

»Er war doch zum Beispiel kein Erpresser oder etwas Ähnliches?« fuhr Battle fort. »Und jedenfalls, Miss Meredith, sehen Sie nicht wie ein Mädchen aus, das eine Menge düsterer Geheimnisse hat.«

Sie lächelte zum erstenmal, durch sein Wohlwollen beruhigt.

»Nein. Ich habe überhaupt keine Geheimnisse.«

»Also machen Sie sich keine Sorgen, Miss Meredith. Wir werden Sie wahrscheinlich aufsuchen und noch einige Fragen an Sie stellen müssen, aber das wird reine Formsache sein.«

Er stand auf.

»Jetzt gehen Sie nach Hause. Mein Constable wird Ihnen ein Taxi besorgen; und lassen Sie sich nicht durch böse Gedanken den Schlaf rauben. Nehmen Sie ein gutes Beruhigungsmittel.«

Er begleitete sie hinaus. Als er zurückkam, sagte Colonel Race leise und belustigt:
»Battle, was für ein vollendeter Heuchler Sie doch sind! Ihr väterlicher Ton war unübertrefflich.«
»Es hat keinen Sinn, mit ihr die Zeit zu vertrödeln, Colonel Race. Entweder das arme Kind ist zu Tode erschrocken – dann wäre es eine Grausamkeit, und ich bin kein grausamer Mensch, war es nie –, oder sie ist eine perfekte kleine Komödiantin, und da würden wir nicht weiterkommen, wenn wir sie die halbe Nacht hierbehielten.«
Mrs. Oliver seufzte und fuhr sich mit der Hand ungeniert durch ihre Ponyfransen, bis sie gerade in die Luft standen, was ihr ein völlig betrunkenes Aussehen verlieh.
»Wissen Sie«, sagte sie, »jetzt möchte ich fast glauben, daß sie es war! Ein Glück, daß es nicht in einem Buch ist. Man will nicht, daß es das schöne junge Mädchen gewesen ist. Trotzdem glaube ich fast, daß sie es getan hat. Was meinen *Sie*, Monsieur Poirot?«
»Ich, ich habe soeben eine Entdeckung gemacht.«
»Wieder in den Bridgeabrechnungen?«
»Ja, Miss Meredith dreht ihr Blatt um, liniert die Rückseite und verwendet es ebenfalls.«
»Und was schließen Sie daraus?«
»Daß sie von Haus aus arm oder von Natur aus sparsam veranlagt ist.«
»Sie trägt teure Kleider«, gab Mrs. Oliver zu bedenken.
»Schicken Sie Major Despard herein«, sagte Battle.

7

Despard betrat mit seinem schnellen, federnden Schritt das Zimmer. Ein Gang, der Poirot an irgend etwas oder irgend jemand erinnerte.
»Ich bedaure, daß ich Sie so lange warten ließ«, sagte Battle, »aber ich wollte die Damen so schnell wie möglich nach Hause gehen lassen.«

»Aber das ist doch selbstverständlich.«
Er setzte sich und sah Battle fragend an.
»Wie gut kannten Sie Mr. Shaitana«, begann dieser.
»Ich habe ihn zweimal getroffen«, erwiderte Despard rasch.
»Nur zweimal.«
»Bei welchen Anlässen?«
»Vor einem Monat trafen wir uns bei einem Diner, und eine Woche später lud er mich zu einer Cocktailparty ein.«
»So. Wo fand die statt – in diesem Zimmer oder im Salon?«
»In allen Zimmern.«
»Haben Sie dieses kleine Ding herumliegen gesehen?«
Battle zog noch einmal das Stilett hervor.
Despards Lippen kräuselten sich leicht.
»Nein«, sagte er, »ich hatte es mir bei jener Gelegenheit nicht zur künftigen Verwendung vorgemerkt.«
»Kein Grund, mir vorzugreifen, Major Despard.«
»Verzeihen Sie, die Schlußfolgerung war zu naheliegend.«
Es entstand eine kleine Pause, und dann nahm Battle das Verhör wieder auf:
»Hatten Sie irgendeinen Grund, Mr. Shaitana nicht zu mögen?«
»Jeden erdenklichen.«
»Wie?« Die Stimme Battles klang etwas verblüfft.
»Ihn nicht zu mögen, nicht ihn umzubringen«, betonte Despard. »Ich hatte nicht den leisesten Wunsch, ihn umzubringen, aber ich hätte ihm mit Vergnügen ein paar Ohrfeigen gegeben. Schade, jetzt ist es zu spät dazu.«
»Warum wollten Sie ihn ohrfeigen, Major Despard?«
»Weil er jene Sorte Talmikavalier war, dem das sehr gutgetan hätte. Es hat mich immer in den Händen gejuckt, wenn ich ihn gesehen habe.«
»Wissen Sie etwas über ihn – etwas Nachteiliges, meine ich?«
»Er war zu elegant angezogen – trug zu lange Haare und benutzte Parfum.«
»Und trotzdem haben Sie seine Einladung zum Diner angenommen«, bemerkte Battle.
»Ich fürchte, ich würde wenig unter Leute kommen, Superintendent, wenn ich nur in Häusern dinieren wollte, wo ich mit

dem Hausherrn völlig einverstanden bin«, erklärte Despard trocken.

»Sie lieben Gesellschaft, aber Sie schätzen sie nicht?« meinte der andere.

»Ich liebe sie für kurze Zeit. Aus der Wildnis in hellerleuchtete Räume mit gutangezogenen Frauen zurückzukommen, mit Tanz und gutem Essen und Lachen – ja, das genieße ich – eine Zeitlang. Aber dann ekelt mich die Falschheit der ganzen Geschichte an, und es zieht mich wieder fort.«

»Sie müssen dort in der Wildnis ein gefährliches Leben führen, Major Despard.«

Despard zuckte die Achseln und lächelte leicht.

»Mr. Shaitana führte kein gefährliches Leben – aber er ist tot, und ich lebe.«

»Er hat vielleicht ein gefährlicheres Leben geführt, als Sie glauben«, sagte Battle bedeutungsvoll.

»Was meinen Sie damit?«

»Der verstorbene Mr. Shaitana war ein sogenannter Schnüffler.«

Der andere beugte sich vor.

»Sie meinen, daß er sich zu viel mit fremden Angelegenheiten befaßte – daß er gewisse Dinge entdeckt hat, nicht wahr?«

»Ich habe eigentlich gemeint, daß er ein Mann war, der sich zu viel mit Frauen befaßte.«

Major Despard lehnte sich in seinem Stuhl zurück und brach in ein belustigtes, etwas verächtliches Lachen aus.

»Ich kann mir nicht vorstellen, daß die Frauen eine solche Witzfigur ernst genommen haben.«

»Wer, glauben Sie, hat ihn getötet, Major Despard?«

»Nun, ich weiß, daß ich es nicht war. Die kleine Meredith auch nicht. Ich kann mir nicht vorstellen, daß Mrs. Lorrimer so etwas tut. Sie erinnert mich zu sehr an eine meiner besonders gottesfürchtigen Tanten. Bleibt also nur der Medicus.«

»Können Sie mir Ihre Bewegungen und die der anderen Leute an dem heutigen Abend beschreiben?«

»Ich bin zweimal aufgestanden, einmal, um einen Aschenbecher zu holen und gleichzeitig das Feuer zu schüren – und einmal, um mir einen Drink einzuschenken . . .«

»Wann?«
»Das kann ich nicht genau sagen. Das erstemal dürfte es halb elf gewesen sein, das zweitemal elf, aber das ist reine Raterei. Mrs. Lorrimer ging einmal zum Kamin und sagte etwas zu Shaitana. Ich habe ihn nicht tatsächlich antworten hören, habe aber auch nicht weiter darauf geachtet. Miss Meredith ist ein wenig im Zimmer herumspaziert, aber ich glaube nicht, daß sie zum Kamin hinüberging. Roberts ist immer wieder aufgesprungen – mindestens drei- oder viermal.«
»Ich werde Ihnen nun Monsieur Poirots Frage stellen«, sagte Battle lächelnd. »Was halten Sie von den anderen als Bridgespieler?«
»Miss Meredith spielt leidlich. Roberts überbietet schamlos. Er verdient, mehr zu fallen, als er fällt. Mrs. Lorrimer spielt verdammt gut.«
Battle wandte sich an Poirot.
»Noch irgend etwas, Monsieur Poirot?«
Poirot schüttelte den Kopf.
Despard gab seine Adresse an, wünschte allen gute Nacht und verließ das Zimmer.
Als er die Tür hinter sich schloß, machte Poirot eine unwillkürliche Bewegung.
»Was ist?« fragte Battle.
»Nichts«, erwiderte Poirot. »Es fiel mir gerade ein, daß er den Gang eines Tigers hat – ja, genauso geschmeidig und leicht schreitet der Tiger.«
»Hm«, sagte Battle. »Nun, also« – er sah einen nach dem andern an – *»wer von ihnen war es?«*

8

Nur eine Person beantwortete seine Frage. Mrs. Oliver, die nie abgeneigt war, ihre Meinung zu äußern, beeilte sich zu sagen:
»Das Mädchen oder der Doktor.«
Battle blickte fragend die beiden anderen an. Aber beide

Männer schienen nicht gewillt, sich zu äußern. Race schüttelte den Kopf. Poirot glättete sorgfältig seine zerknitterten Bridgenotizen.
»Einer von den vieren hat es getan«, meinte Battle nachdenklich. »Einer von ihnen lügt wie gedruckt. Aber wer? Es ist nicht leicht – nein, es ist nicht leicht.«
Er schwieg eine Weile, dann sagte er:
»Wenn wir uns daran halten sollten, was sie *sagen*, so glaubt der Medicus, daß Despard es getan hat, Despard glaubt, daß es der Arzt war, das Mädchen glaubt, daß Mrs. Lorrimer die Täterin ist – und Mrs. Lorrimer will nichts sagen! Das ist nicht sehr aufschlußreich.«
»Vielleicht doch«, sagte Poirot.
Battle warf ihm einen raschen Blick zu.
»Sie glauben . . .«
Poirot winkte ab.
»Eine Nuance – mehr nicht! Nichts, wovon man ausgehen kann.«
Battle fuhr fort:
»Die beiden Herren wollen also nicht sagen, was sie sich denken . . .«
»Keine Beweise«, sagte Race kurz.
»Oh, ihr Männer!« seufzte Mrs. Oliver voll Verachtung für eine derartige Reserve.
»Betrachten wir einmal die ins Auge fallenden Möglichkeiten«, meinte Battle. Er überlegte eine Minute. »Ich setze den Doktor obenan, glaube ich. Ein scheinheiliger Bursche. Kennt die richtige Stelle, wo man den Dolch hineinstechen muß. Aber mehr können wir nicht sagen. Dann Despard zum Beispiel. Ein Mann mit sehr viel Mut. Ein Mann, gewohnt, rasch Entscheidungen zu treffen, und vertraut mit der Gefahr. Mrs. Lorrimer? Sie hat auch viel Mut, und sie ist die Frau, deren Leben ein Geheimnis bergen könnte. Sie sieht aus, als hätte sie viel durchgemacht. Andererseits halte ich sie für eine Frau mit Grundsätzen, sie könnte Leiterin einer Mädchenschule sein. Es ist nicht leicht, sich vorzustellen, daß sie jemanden ersticht. Tatsächlich glaube ich nicht, daß sie es getan hat. Und schließlich ist da noch die kleine Mere-

dith. Wir wissen nichts über sie. Sie sieht aus wie ein normales, hübsches, etwas schüchternes Mädchen. Aber man weiß, wie gesagt, überhaupt nichts über sie.«
»Wir wissen, daß Shaitana sie eines Mordes verdächtigte«, warf Poirot ein.
»Der Dämon mit der Engelsmaske«, zitierte Mrs. Oliver.
»Bringt uns das eigentlich weiter, Battle?« fragte Race.
»Fruchtlose Grübeleien, meinen Sie, Sir? Nun, in einem Fall wie diesem sind Grübeleien unvermeidlich.«
»Ist es nicht besser, etwas über die Leute herauszubekommen?«
Battle lächelte.
»Oh, in dieser Beziehung werden wir nichts unversucht lassen. Ich glaube, da könnten Sie uns behilflich sein.«
»Gewiß. Aber wie?«
»Was Major Despard betrifft. Er ist viel im Ausland gewesen – in Südamerika, in Ostafrika, in Südafrika –, Sie haben dort überall Beziehungen. Sie könnten mir Informationen über ihn verschaffen.«
Race nickte.
»Wird gemacht. Ich werde alle verfügbaren Daten sammeln.«
»Oh«, rief Mrs. Oliver, »ich habe eine Idee. Wir sind vier Spürhunde, wie man so sagen würde – und die anderen sind auch vier! Wie wäre es, wenn wir jeder einen übernehmen würden? Wenn wir auf unsere Ahnungen setzen würden! Colonel Race übernimmt Major Despard, Superintendent Battle Dr. Roberts, ich Anne Meredith und Monsieur Poirot Mrs. Lorrimer. Jeder arbeitet nach seiner Fasson.«
Battle schüttelte energisch den Kopf.
»Das ist nicht zu machen, Mrs. Oliver. Sie müssen bedenken, daß das eine offizielle Sache ist, die mir anvertraut wurde. Überdies ist leicht gesagt, man soll auf seine eigenen Ahnungen setzen. Es könnten zwei von uns auf das gleiche Pferd wetten! Colonel Race hat nicht durchblicken lassen, daß er Major Despard verdächtigt, und Monsieur Poirot will vielleicht nicht auf Mrs. Lorrimer angesetzt werden.«

Mrs. Oliver seufzte betrübt.
»Es war eine so gute Idee, so präzis.« Dann, schon wieder munterer: »Aber ich darf doch auf eigene Faust ein wenig Detektiv spielen, nicht wahr?«
»Ja«, sagte Superintendent Battle langsam, »ich habe nichts dagegen einzuwenden. Es steht auch nicht in meiner Macht, Sie daran zu hindern. Da Sie bei dem heutigen Diner anwesend waren, steht es Ihnen natürlich frei, zu tun, was Ihnen Ihre Neugier oder Ihr Interesse diktiert. Aber ich möchte Ihnen raten, Mrs. Oliver, vorsichtig zu sein.«
»Ich werde die Verschwiegenheit in Person sein«, versprach Mrs. Oliver. »Ich werde kein Sterbenswörtchen – von irgend etwas . . .«, schloß sie ein wenig matt.
»Ich glaube, das war nicht ganz das, was Superintendent Battle meinte«, sagte Hercule Poirot, »er wollte Ihnen klarmachen, daß Sie es mit einer Person zu tun haben, die möglicherweise schon zweimal gemordet hat. Eine Person, die daher vielleicht nicht zögern wird, wenn nötig ein drittes Mal zu morden.«
Mrs. Oliver sah ihn nachdenklich an. Dann lächelte sie – es war ein sympathisches, einnehmendes Lächeln, wie das eines kecken kleines Kindes.
»Du bist gewarnt worden«, zitierte sie. »Danke, Monsieur Poirot, ich werde achtgeben. Aber ich will dabeisein.«
Poirot verbeugte sich galant.
»Gestatten Sie mir, Ihnen zu sagen, Madame, daß Sie eine prachtvolle Frau sind.«
Mrs. Oliver setzte sich sehr gerade hin und sprach wie auf einer Vereinsversammlung: »Ich denke, daß wir alle Informationen, die wir erhalten, einander zukommen lassen werden – das heißt, daß wir einander nichts Wissenswertes vorenthalten. Unsere eigenen Schlüsse und Eindrücke können wir natürlich für uns behalten.«
Battle seufzte.
»Das ist kein Detektivroman, Mrs. Oliver.«
Race sagte: »Natürlich müssen alle Informationen der Polizei weitergegeben werden.«
Nachdem er das mit seiner »dienstlichen« Stimme gesagt

hatte, fügte er mit einem leichten Augenzwinkern hinzu: »Ich bin überzeugt, Mrs. Oliver, Sie werden sich an die Spielregeln halten und den befleckten Handschuh, das Gurgelglas mit den Fingerabdrücken, den Fetzen verbranntes Papier unserem Freund Battle aushändigen.«
»Sie mögen sich lustig machen über mich«, gab Mrs. Oliver zurück, »aber der Instinkt einer Frau ...«
Race erhob sich.
»Ich werde alles über Despard für Sie in Erfahrung bringen. Es wird wohl etwas Zeit in Anspruch nehmen. Kann ich sonst noch etwas tun?«
»Ich glaube nicht. Vielen Dank, Sir. Sie können mir keinen Wink geben? Ich wäre für jede Kleinigkeit dankbar.«
»Nun – ich würde mein spezielles Augenmerk auf Jagdunfälle oder Unglücksfälle durch Gift richten, aber ich vermute, daran haben Sie auch schon gedacht.«
»Ja, Sir.«
»Aber, Battle, lieber Freund. Ich muß Ihnen doch keine Ratschläge geben. Gute Nacht, Mrs. Oliver, gute Nacht, Monsieur Poirot.« Und mit einem letzten grüßenden Kopfnicken verließ Colonel Race das Zimmer.
»Wer ist er?« fragte Mrs. Oliver.
»Sehr gut in der Armee angeschrieben«, sagte Battle, »auch weit gereist. Es gibt nicht viele Gegenden auf der Welt, wo er sich nicht auskennt.«
»Geheimdienst, vermutlich«, meinte Mrs. Oliver, »Sie können mir nichts weismachen – ich weiß es; sonst wäre er heute abend nicht eingeladen worden. Die vier Mörder und die vier Spürhunde. Ein Mann von Scotland Yard. Ein Mann vom Geheimdienst. Ein Privatdetektiv. Eine Autorin von Detektivgeschichten. Ein kluger Einfall.«
Poirot schüttelte den Kopf.
»Sie irren, Madame, es war ein sehr *dummer* Einfall. Der Tiger wurde gereizt – und der Tiger sprang.«
»Der Tiger? Weshalb der Tiger?«
»Mit Tiger meine ich den Mörder«, erklärte Poirot.
Battle fragte rundheraus:
»Was ist Ihre Ansicht, Monsieur Poirot, welchen Weg sollen

wir einschlagen? Das ist die Hauptfrage. Aber ich möchte auch wissen, wie Sie diese vier Leute psychologisch beurteilen. Sie sind ja ganz erpicht darauf.«
Poirot, der noch seine Bridgeabrechnungen glättete, sagte: »Sie haben recht – die Psychologie ist sehr wichtig. Wir wissen, welche *Art* Mord begangen wurde, und wir wissen auch, *wie* er begangen wurde. Wenn wir eine Person ausmachen können, die vom psychologischen Standpunkt her diesen Mord nicht begangen haben kann, dann können wir sie als unverdächtig einstufen. Wir haben unsere eigenen Eindrücke von diesen Leuten, wir kennen ihr Verhalten, und wir wissen etwas über ihr Gemüt und ihren Charakter durch das, was wir von ihnen als Kartenspieler erfahren haben sowie aus dem Studium ihrer Handschriften und der Art ihrer Bridgeabrechnungen. Aber leider ist es nicht leicht, sich festzulegen. Dieser Mord erfordert Mut und Kühnheit, eine Person, die gewillt war, viel zu wagen. Nun, da ist Dr. Roberts – ein Bluffer, ein Mann, der sein Blatt überbietet, ein Mann mit viel Vertrauen in seine Fähigkeit, eine gefährliche Sache durchzuführen. Seine Psychologie paßt sehr gut zu dem Verbrechen. Man könnte also sagen, daß das Miss Meredith automatisch ausschließt. Sie ist schüchtern, fürchtet sich, zu viel anzusagen, sie ist sparsam und vorsichtig und hat wenig Selbstvertrauen. Die letzte Person, einen so gewagten Coup durchzuführen. Aber ein schüchterner Mensch mordet aus Angst. Wenn man einen ängstlichen, nervösen Menschen zur Verzweiflung bringt, so kann sein Verhalten ins Gegenteil umschlagen. Wenn Miss Meredith in der Vergangenheit ein Verbrechen begangen hat und wenn sie glaubte, daß Mr. Shaitana die Umstände des Verbrechens kannte und im Begriff war, sie der Gerechtigkeit auszuliefern, so würde sie vor Angst toll werden und vor nichts zurückschrecken, um sich zu retten. Das Ergebnis wäre somit das gleiche, nur durch verschiedene Reaktionen hervorgerufen – nicht durch Kaltblütigkeit und Kühnheit, sondern durch den Mut der Verzweiflung. Nehmen wir dann Major Despard – ein kühler, findiger Kopf, gewillt, im Notfall viel zu wagen. Er würde das Für und Wider abwägen und eventuell beschließen, das

Risiko auf sich zu nehmen – und er ist der Typ, der lieber handelt als untätig bleibt und auch ohne zu zögern den gefährlichen Weg einschlagen würde, wenn er an eine vernünftige Erfolgschance glaubte. Schließlich haben wir noch Mrs. Lorrimer, eine ältere Frau, aber im Vollbesitz ihrer geistigen Kräfte. Eine kaltblütige Frau mit einem präzise arbeitenden, ja mathematischen Gehirn. Sie hat vermutlich den besten Kopf von den vieren. Ich glaube, Mrs. Lorrimer könnte ihrer Veranlagung nach nur ein vorbedachtes Verbrechen begehen. Ich kann mir vorstellen, daß sie ein Verbrechen sorgfältig plant und sich vergewissert, daß ihr auch kein Fehler unterläuft. Sie ist eine äußerst leistungsfähige Frau.«
Er hielt inne.
»Sie sehen, daß uns das alles nicht viel weiterhilft. Nein – in diesem Fall gibt es nur eine Methode, wir müssen mehr über die Vergangenheit wissen.«
»Stimmt«, seufzte Battle.
»Laut Mr. Shaitana hat jeder dieser vier Leute einen Mord begangen. Hatte er Beweise? Oder waren es nur Vermutungen? Das können wir nicht sagen. Ich halte es für unwahrscheinlich, daß er in allen vier Fällen tatsächlich Beweise hatte ...«
»Da stimme ich Ihnen zu«, sagte Battle. »Das wäre ein zu seltsames Zusammentreffen.«
»Es dürfte sich ungefähr so abgespielt haben. Ein Mord oder eine bestimmte Art von Mord wird erwähnt und Mr. Shaitana entdeckt in irgend jemandes Gesicht einen bestimmten Ausdruck. Ihm entging da nichts. Es unterhält ihn, zu experimentieren – im Laufe einer scheinbar nichtssagenden Konversation zu sondieren. Er liegt auf der Lauer nach jedem Wimpernzucken, jeder Reserviertheit, jedem Versuch, das Thema zu wechseln. Oh, es ist kein Kunststück. Wenn man einen bestimmten Verdacht hegt, ist nichts leichter, als diesen Verdacht bestätigt zu sehen. Man bemerkt jedes Wort, das trifft – wenn man auf so etwas achtet.«
»Es ist die Art Spiel, die unseren verstorbenen Freund amüsiert hätte«, sagte Battle nickend.
»Wir dürfen also annehmen, daß es sich in einem oder mehr

Fällen so abgespielt hat. Er mag in diesem oder jenem Fall auf einen tatsächlichen Beweis gestoßen sein. Ich glaube nicht, daß er in irgendeinem der Fälle genügend tatsächliches Beweismaterial hatte, um zum Beispiel eine polizeiliche Anzeige zu erstatten.«

»Oder vielleicht war es nicht diese Art Fall«, überlegte Battle. »Es gibt oft genug unsaubere Geschichten – wir vermuten, daß es nicht mit rechten Dingen zugeht, aber wir können nichts beweisen. Jedenfalls ist unser Weg vorgezeichnet. Wir müssen das Vorleben all dieser Leute durchgehen – und jeden eventuell inkriminierenden Todesfall notieren. Ich vermute, Sie haben, ebenso wie Colonel Race, bemerkt, was Shaitana bei Tisch gesagt hat?«

»Der schwarze Engel«, flüsterte Mrs. Oliver.

»Eine deutliche kleine Anspielung auf Gift, auf Unglücksfälle, auf die Möglichkeiten eines Arztes, auf Jagdunfälle. Es sollte mich nicht wundern, wenn er mit diesen Worten sein Todesurteil unterschrieben hat.«

»Es war eine unheimliche Pause«, sagte Mrs. Oliver schaudernd.

»Ja«, bestätigte Poirot. »Diese Worte haben bei mindestens einer Person ins Schwarze getroffen – der oder die Betreffende glaubte wahrscheinlich, daß Shaitana viel mehr wußte, als tatsächlich der Fall war, daß die Gesellschaft ein theatralischer Scherz Shaitanas sei, mit einer Verhaftung wegen Mordverdachts als Höhepunkt! Ja, wie Sie sagen, er unterschrieb sein Todesurteil, als er seine Gäste mit diesen Worten reizte.«

Einen Augenblick lang schwiegen sie alle.

»Das wird eine lange Geschichte werden«, seufzte Battle. »Wir können nicht alles, was wir brauchen, auf einmal herausbringen, und wir müssen vorsichtig sein. Wir wollen nicht, daß einer von den vieren ahnt, was wir vorhaben. All unsere Verhöre usw. müssen sich scheinbar auf *diesen* Mord beziehen. Sie dürfen nicht ahnen, wo wir das Motiv des Verbrechens vermuten. Und das Schwierige an der Sache ist, wir müssen vier eventuellen Morden in der Vergangenheit nachgehen, nicht nur einem.«

Poirot wandte ein:
»Unser Freund Shaitana war nicht unfehlbar, er kann sich – das ist immerhin möglich – geirrt haben.«
»In allen vier Fällen?«
»Nein – dazu war er zu klug.«
»Sagen wir fifty-fifty?«
»Nicht einmal das. Ich sage eins zu drei.«
»Ein Unschuldiger und drei Schuldige? Das ist arg genug. Und das Teuflische daran ist, daß es uns, selbst wenn wir der Wahrheit auf den Grund kommen, vielleicht gar nichts nützen wird. Angenommen, es hat jemand seine Tante im Jahre 1912 die Treppe hinuntergestoßen, so hilft uns das im Jahre 1937 nicht viel.«
»Doch, doch, es hilft uns«, ermutigte Poirot ihn, »Sie wissen das genauso gut wie ich.«
Battle nickte bedächtig.
»Ich weiß, was Sie meinen. Das gleiche Muster.«
»Meinen Sie«, fragte Mrs. Oliver, »daß das frühere Opfer auch mit einem Dolch erstochen wurde?«
»Nicht ganz so simpel«, widersprach Battle, sich ihr zuwendend. »Aber ich zweifle nicht, daß es im Prinzip die gleiche *Art* von Verbrechen sein wird. Im Detail möglicherweise abweichend, aber das Muster wird das gleiche sein. Es ist sonderbar, aber die Verbrecher verraten sich jedesmal dadurch.«
»Der Mensch ist kein besonders phantasievolles Tier«, meinte Hercule Poirot.
»Frauen«, sagte Mrs. Oliver, »sind unendlich wandlungsfähig. Ich würde nie die gleiche Art Mord zweimal hintereinander begehen.«
Ihre Augen leuchteten plötzlich auf. »Was wäre eigentlich, wenn *keiner* ihn ermordet hätte! Wenn er sie alle eingeladen und dann still Selbstmord begangen hätte, nur um sich den Spaß eines Skandals zu leisten!«
Poirot nickte beifällig.
»Eine wunderbare Lösung. So präzis, so sarkastisch. Aber leider war Mr. Shaitana nicht der Mann dafür. Er war sehr lebenslustig.«

»Ich glaube nicht, daß er ein wirklich sympathischer Mensch war«, sagte Mrs. Oliver bedächtig.
»Nein, er war keineswegs sympathisch«, pflichtete Poirot ihr bei. »Aber er war lebendig, und jetzt ist er tot, und wie ich ihm einmal sagte, meine Einstellung zum Mord ist durchaus *bourgeois*. Ich mißbillige ihn.« Und leise fügte er hinzu: »Und so – bin ich bereit, in den Tigerkäfig zu gehen ...«

9

»Guten Morgen, Superintendent!«
Dr. Roberts erhob sich von seinem Stuhl und streckte Battle eine große rosige Hand entgegen, die nach einer Mischung von guter Seife und einem leichten Desinfektionsmittel roch.
»Wie geht die Sache vorwärts?« fuhr er fort.
Superintendent Battle sah sich in dem behaglichen Ordinationszimmer um, ehe er antwortete.
»Nun, Dr. Roberts, genaugenommen geht sie gar nicht, sie steht.«
»Ich habe mit Genugtuung bemerkt, daß nicht viel in den Zeitungen stand.«
»›Plötzlicher Tod des allseits bekannten Mr. Shaitana bei einer Abendgesellschaft in seinem eigenen Haus.‹ Dabei soll es vorläufig auch bleiben. Die Autopsie hat stattgefunden – ich habe das Resultat mitgebracht. Ich dachte, es würde Sie interessieren ...«
»Sehr freundlich von Ihnen – gewiß – hm – hm. Ja, sehr interessant.«
Er reichte das Dokument zurück.
»Und wir haben Shaitanas Anwalt aufgesucht. Wir kennen sein Testament. Nichts darin, was für uns von Interesse wäre. Er hat, wie es scheint, Verwandte in Syrien. Und dann haben wir natürlich alle seine persönlichen Papiere durchgesehen.«
War es Einbildung oder sah das glattrasierte Gesicht plötzlich ein wenig angespannt aus – ein wenig starr?
»Und?«

»Nichts«, sagte Battle, ihn beobachtend.
Der Doktor atmete nicht auf. Es geschah nichts so Auffälliges, aber seine Gestalt schien sich etwas zu entspannen.
»Und so sind Sie zu mir gekommen?«
»Und so bin ich, wie Sie sagen, zu Ihnen gekommen.«
Der Doktor zog seine Brauen eine Spur in die Höhe, und seine schlauen Augen blickten in die Battles.
»Jetzt möchten Sie *meine* persönlichen Papiere durchsehen, nicht wahr?«
»Das war meine Absicht.«
»Haben Sie einen Haussuchungsbefehl?«
»Nein.«
»Nun, Sie könnten ihn sich vermutlich leicht beschaffen. Ich mache keine Schwierigkeiten. Es ist nicht sehr angenehm, unter Mordverdacht zu stehen, aber ich kann Sie nicht für das tadeln, was offensichtlich Ihre Pflicht ist.«
»Danke sehr«, sagte Battle dankbar. »Ich weiß Ihre Haltung sehr zu schätzen, wenn ich so sagen darf. Ich hoffe zuversichtlich, daß alle anderen ebenso vernünftig sein werden.«
»Was man nicht ändern kann, muß man ertragen«, sagte der Doktor gut gelaunt. »Ich bin mit meiner Sprechstunde hier fertig. Ich muß jetzt meine Visiten machen. Ich lasse Ihnen meine Schlüssel da und sage meiner Sekretärin rasch Bescheid, dann können Sie nach Herzenslust stöbern.«
»Das ist sehr entgegenkommend und liebenswürdig«, sagte Battle, »aber ich möchte noch einige Fragen an Sie richten, ehe Sie fortgehen.«
»Über den fatalen Abend? Ich habe Ihnen wirklich alles gesagt, was ich weiß.«
»Nein, nein, nicht über jenen Abend. Über Sie selbst.«
»Also, Verehrtester, schießen Sie los! Was wollen Sie wissen?«
»Ich möchte nur einen kurzen Abriß Ihrer Laufbahn, Dr. Roberts. Geburt, Heirat usw.«
»Eine Fingerübung fürs Lexikon«, meinte der Doktor trokken. »Meine Karriere verlief völlig normal. Ich bin in Ludlow in der Grafschaft Shropshire geboren. Mein Vater war dort praktischer Arzt. Er starb, als ich fünfzehn Jahre alt war. Ich

wurde in Shrewsbury erzogen und studierte Medizin wie mein Vater. Ich habe an der St. Christopher's promoviert – aber die beruflichen Daten haben Sie vermutlich schon alle?«

»Ja, ich habe sie nachgeschlagen. Sind Sie einziges Kind oder haben Sie Geschwister?«

»Ich bin einziges Kind. Meine Eltern sind beide tot, und ich bin unverheiratet. Genügt das für den Anfang? Ich hatte mich hier mit Dr. Emery zusammengetan. Er hat sich vor ungefähr fünfzehn Jahren zurückgezogen und lebt jetzt in Irland. Wenn Sie wollen, gebe ich Ihnen seine Adresse. Ich lebe hier mit einer Köchin und zwei Mädchen. Meine Sekretärin kommt täglich. Ich habe ein gutes Einkommen und bringe nur eine relativ geringe Anzahl meiner Patienten um. Zufrieden?«

Battle grinste.

»Das ist kurz und bündig, Dr. Roberts. Ich bin froh, daß Sie Sinn für Humor haben. Jetzt möchte ich noch eine Frage an Sie stellen.«

»Ich bin ein hochmoralischer Mensch, Superintendent.«

»O nein, das habe ich nicht gemeint. Nein, ich wollte Sie nur bitten, mir die Namen von vier Freunden – Leuten, die mit Ihnen seit einer Reihe von Jahren befreundet sind – zu nennen. Gewissermaßen als Referenz, wenn Sie verstehen, was ich meine.«

»Ja, ich glaube schon. Warten Sie, Leute, die eben jetzt in London sind, wären Ihnen wohl am liebsten?«

»Es vereinfacht die Sache, aber es spielt eigentlich keine Rolle.«

Der Doktor überlegte ein bis zwei Minuten, dann kritzelte er mit seiner Füllfeder vier Namen und Adressen auf ein Blatt Papier und schob es Battle über den Tisch zu.

»Wird das genügen? Es sind die besten, die mir im Augenblick einfallen.«

Battle las aufmerksam, nickte befriedigt mit dem Kopf und verstaute den Bogen in einer inneren Tasche.

»Es ist nur eine Frage der Elimination«, sagte er. »Je eher ich eine Person ausschließen und zur nächsten übergehen kann, um so besser ist es für alle Beteiligten. Ich muß mich restlos davon überzeugen, daß Sie mit dem verstorbenen Mr. Shaitana nicht auf Kriegsfuß standen und keine geheimen oder geschäftlichen Beziehungen zu ihm hatten; daß nie die Rede davon war, daß er Sie irgendwie geschädigt hat, und daß Sie keinen Groll gegen ihn hegten. Ich kann Ihnen natürlich glauben, wenn Sie mir sagen, daß Sie ihn nur flüchtig gekannt haben – aber es handelt sich nicht darum, was ich glaube oder nicht glaube. Ich muß sagen können, daß ich mich überzeugt habe.«

»Oh, ich verstehe vollkommen. Sie müssen jeden für einen Lügner halten, bis bewiesen ist, daß er die Wahrheit spricht. Hier sind meine Schlüssel, Superintendent. Die sind die für die Schreibtischladen – der für das Pult – der kleine ist der Schlüssel zum Giftschrank. Vergessen Sie nicht, ihn wieder abzusperren!«

Er drückte auf einen Knopf auf seinem Schreibtisch.

Die Tür öffnete sich fast im gleichen Moment, und ein tüchtig aussehendes Mädchen erschien.

»Sie haben geläutet, Dr. Roberts?«

»Miss Burgess – Superintendent Battle von Scotland Yard.«

Miss Burgess musterte Battle mit einem kalten Blick, der zu sagen schien: »Um Himmels willen, was ist das für ein Ungeheuer?«

»Ich wäre Ihnen sehr verbunden, Miss Burgess, wenn Sie alle Fragen beantworten würden, die Ihnen Superintendent Battle stellen wird, und ihm in jeder Hinsicht behilflich wären.«

»Gewiß, wenn Sie es wünschen.«

»Nun«, sagte Roberts und erhob sich, »ich muß jetzt fort. Haben Sie das Morphium in meine Tasche getan? Ich werde es für den Fall Lockhart brauchen.«

Er eilte, von Miss Burgess gefolgt, noch immer redend, geschäftig hinaus.

Sie kehrte nach ein bis zwei Minuten zurück und sagte:

»Wenn Sie mich brauchen, so drücken Sie bitte auf diesen Knopf, Superintendent.«

Er untersuchte alles sorgfältig und methodisch, obwohl er wenig Hoffnung hatte, etwas Wichtiges zu finden. Roberts'

Bereitwilligkeit ließ das äußerst unwahrscheinlich erscheinen. Roberts war kein Dummkopf. Er mußte begriffen haben, daß eine Untersuchung unvermeidlich war, und hatte die entsprechenend Vorkehrungen getroffen. Immerhin bestand eine gewisse Möglichkeit, jener Sache auf die Spur zu kommen, nach der er wirklich suchte, da Roberts ja das tatsächliche Ziel seiner Nachforschungen nicht kannte.
Battle öffnete und schloß Schubladen, durchstöberte Fächer, überflog ein Scheckbuch, schaute kurz die unbezahlten Rechnungen durch, notierte, wofür die Rechnungen waren, überprüfte Roberts' Kontoauszug, sah seine Krankengeschichten durch, kurz, er ließ kein Schriftstück unbeachtet. Das Resultat war äußerst spärlich. Dann inspizierte er den Giftschrank, notierte die Engrosfirmen, mit denen der Doktor arbeitete, und das Kontrollsystem, schloß den Schrank wieder zu, machte sich an den Schreibtisch. Der Inhalt war mehr privater Natur, aber Battle fand nichts von dem, was er suchte. Er schüttelte den Kopf, setzte sich in den Stuhl des Doktors und drückte auf den Knopf am Schreibtisch.
Miss Burgess erschien mit lobenswerter Promptheit.
Superintendent Battle bat sie höflich, Platz zu nehmen. Dann beobachtete er sie, um herauszufinden, wie am besten an sie heranzukommen wäre.
»Ich nehme an, Sie wissen, worum es sich handelt, Miss Burgess?« begann er endlich.
»Dr. Roberts hat mich informiert«, sagte sie kurz.
»Es ist eine ziemlich delikate Angelegenheit«, meinte Battle.
»Ja«, bestätigte Miss Burgess.
»Nun, es ist eine unangenehme Geschichte. Vier Leute stehen unter Mordverdacht, und einer von ihnen muß es gewesen sein. Was ich wissen möchte, ist, ob Sie diesen Mr. Shaitana je gesehen haben?«
»Nie.«
»Hat Dr. Roberts je von ihm gesprochen?«
»Nein – nie. Pardon, das ist nicht ganz korrekt. Vor ungefähr einer Woche sagte mir Dr. Roberts, ich solle eine Dinereinladung für ihn in seinen Kalender eintragen. Mr. Shaitana, acht Uhr fünfzehn, am Achtzehnten.«

»Und das war das erstemal, daß Sie von ihm hörten?«
»Ja.«
»Haben Sie nie seinen Namen in der Zeitung gelesen? Er erschien öfters in den Gesellschaftsberichten.«
»Ich habe Besseres zu tun, als die Gesellschaftsberichte zu lesen.«
»Gewiß, gewiß«, meinte der Superintendent begütigend. »Nun, so ist es. Alle vier geben vor, Shaitana nur flüchtig gekannt zu haben. Aber einer von ihnen kannte ihn immerhin gut genug, um ihn umzubringen. Meine Aufgabe ist jetzt, herauszufinden, wer von ihnen es war.«
Das Gespräch hatte einen toten Punkt erreicht. Miss Burgess schien an der Durchführung von Superintendent Battles Aufgabe völlig uninteressiert. Ihre Aufgabe war es, den Anordnungen ihres Chefs gemäß hier zu sitzen und alle direkten Fragen zu beantworten, die Battle an sie richten mochte.
»Wissen Sie, Miss Burgess« – der Superintendent fand die Sache mühsam, aber er ließ sich nicht entmutigen –, »ich weiß nicht, ob Sie eine Ahnung von den Schwierigkeiten unseres Berufes haben? Leute klatschen zum Beispiel. Nun, wir mögen kein Wort davon glauben, aber wir müssen es trotzdem zur Kenntnis nehmen. Das geschieht in einem Fall wie diesem besonders oft. Ich will nichts gegen Ihr Geschlecht sagen, aber es besteht kein Zweifel, daß eine Frau, wenn sie die Fassung verliert, geneigt ist, Gift zu verspritzen. Sie macht leere Anschuldigungen, deutet dies und jenes an und rührt allerlei alte Skandalgeschichten auf, die mit der Sache selbst vermutlich gar nichts zu tun haben.«
»Wollen Sie damit sagen, daß einer von diesen anderen Leuten etwas gegen den Doktor gesagt hat?«
»Nicht direkt *gesagt*«, meinte Battle vorsichtig, »aber trotzdem muß ich es zur Kenntnis nehmen. Verdächtige Umstände beim Tod eines Patienten. Vermutlich lauter Unsinn. Ich schäme mich, dem Doktor damit zu kommen.«
»Ich vermute, irgend jemand hat die alte Geschichte über Mrs. Graves ausgegraben«, fuhr Miss Burgess zornig auf. »Es ist schändlich, wie die Leute über Dinge reden, von denen sie keine Ahnung haben. Eine Menge alter Damen wer-

den so: Sie bilden sich ein, jedermann wolle sie vergiften – ihre Verwandten, ihre Dienerschaft und sogar ihre Ärzte. Mrs. Graves hatte drei Ärzte, ehe sie zu Dr. Roberts kam, und als sie dann anfing, im Hinblick auf ihn die gleichen Hirngespinste zu entwickeln, überließ er sie nur allzugern Dr. Lee. Er sagte, das sei das einzige, was in solchen Fällen zu tun sei. Und nach Dr. Lee hatte sie Dr. Steele und dann Dr. Farmer – bis sie starb, die arme Haut.«

»Sie können sich nicht vorstellen, wie aus der kleinsten Sache eine Riesengeschichte wird«, sagte Battle. »Sowie einem Arzt nach dem Tod eines Patienten etwas vermacht wird, weiß jemand etwas Bösartiges zu erzählen. Und warum sollte ein dankbarer Patient seinem behandelnden Arzt nicht irgend etwas Kleines oder sogar irgend etwas Großes vermachen?«

»Es sind die Verwandten«, sagte Miss Burgess. »Ich sage immer, nirgends tritt die menschliche Gemeinheit so zutage wie bei einem Todesfall. Sie streiten sich darüber, wer was bekommen soll, noch ehe der Leichnam kalt ist. Zum Glück hat Dr. Roberts nie derartige Unannehmlichkeiten gehabt. Er sagte immer, er hoffe, daß seine Patienten ihm nichts hinterlassen. Ich glaube, er bekam einmal ein Legat von fünfzig Pfund, und er hat zwei Spazierstöcke und eine goldene Uhr bekommen, aber sonst nichts.«

»Ein Arzt hat kein leichtes Leben«, seufzte Battle. »Er ist immer Erpressungen ausgesetzt. Die unschuldigsten Dinge können falsch ausgelegt werden. Ein Arzt muß immer peinlichst die Dehors wahren, und das bedeutet, daß er seine fünf Sinne immer beisammenhaben muß.«

»Da ist viel Wahres daran«, bestätigte Miss Burgess. »Ärzte haben ihre liebe Not mit hysterischen Weibern.«

»Hysterische Weiber. Das ist es. Ich habe bei mir selbst gedacht, daß nicht mehr dahintersteckt.«

»Ich vermute, Sie meinen diese schreckliche Mrs. Craddock?«

Battle gab vor, sich zu besinnen.

»Warten Sie, das war vor drei Jahren, nein, länger.«

»Ich glaube vor vier oder fünf. Sie war eine ganz haltlose Per-

son! Ich war froh, als sie ins Ausland ging, und Dr. Roberts auch. Sie hat ihrem Mann die fürchterlichsten Lügen aufgetischt – das tun sie ja immer. Der arme Mann war nicht ganz wohl – seine *Krankheit* steckte schon in ihm. Er starb an Anthrax, wissen Sie, ein infizierter Rasierpinsel.«
»Das hatte ich vergessen«, log Battle.
»Und dann ging sie ins Ausland und ist kurz darauf gestorben. Aber sie war mir immer unsympathisch – mannstoll, wissen Sie.«
»Ich kenne die Sorte«, meinte Battle verständnisinnig. »Sie sind sehr gefährlich. Ein Arzt muß einen großen Bogen um sie machen. Wo ist sie denn im Ausland gestorben – ich entsinne mich nur dunkel?«
»Ich glaube in Ägypten. Sie bekam eine Blutvergiftung – irgendeine Infektion.«
»Eine andere Sache, die für einen Arzt sehr schwer sein muß«, sagte Battle und wechselte das Thema, »ist, wenn er den Verdacht schöpft, daß einer seiner Patienten von einem seiner Verwandten vergiftet worden ist. Was soll er tun? Er muß seiner Sache sicher sein – oder den Mund halten. Und wenn er letzteres getan hat, dann ist es äußerst peinlich für ihn, wenn man nachher sagt, daß es bei diesem Tod nicht mit rechten Dingen zugegangen ist. Ich frage mich, ob Dr. Roberts je einen solchen Fall gehabt hat?«
»Ich glaube nicht«, überlegte Miss Burgess. »Ich habe nie etwas Derartiges gehört.«
»Vom statistischen Standpunkt aus wäre es interessant zu wissen, wie viele Todesfälle im Jahr in einer ärztlichen Praxis vorkommen. Sie arbeiten zum Beispiel seit etlichen Jahren . . .«
»Sieben.«
»Sieben. Nun, wie viele Todesfälle sind schätzungsweise in dieser Zeit vorgekommen?«
»Das ist schwer zu sagen.«
Miss Burgess verlor sich in Berechnungen. Sie war jetzt schon ganz aufgetaut, und ihr Mißtrauen war geschwunden.
»Sieben – acht – ich kann mich natürlich nicht genau erinnern – ich würde sagen, nicht mehr als dreißig in der ganzen Zeit.«
»Dann glaube ich, daß Dr. Roberts ein besserer Arzt ist als die

meisten«, meinte Battle aufgeräumt. »Ich vermute auch, daß seine Patienten größtenteils aus den besseren Kreisen stammen. Sie können es sich leisten, sich zu pflegen.«
»Ja, er ist ein sehr beliebter Arzt. Ein hervorragender Diagnostiker.«
Battle seufzte und erhob sich.
»Ich fürchte, ich habe mein Ziel aus den Augen verloren, nämlich eine Verbindung zwischen dem Doktor und diesem Mr. Shaitana herauszufinden. Sind Sie ganz sicher, daß er kein Patient vom Doktor war?«
»Ganz sicher.«
»Vielleicht unter einem anderen Namen?« Battle reichte ihr eine Fotografie. »Kennen Sie diesen Menschen?«
»Wie theatralisch er aussieht! Nein, ich habe ihn nie hier gesehen.«
»Nun, dann wär's das.« Battle seufzte. »Ich bin dem Doktor wirklich sehr verbunden, daß er so entgegenkommend war. Bestellen Sie ihm das bitte von mir. Sagen Sie ihm, ich gehe jetzt zu Nr. 2 über. Adieu, Miss Burgess, und vielen Dank für Ihre Mithilfe.«
Er reichte ihr die Hand und verließ die Praxis. Als er die Straße entlang ging, zog er ein kleines Notizbuch aus der Tasche und machte einige Eintragungen unter dem Buchstaben R.
»Mrs. Graves? Unwahrscheinlich. Mrs. Craddock!
Keine Legate.
Keine Frau. (Schade.)
Todesursache der Patienten erforschen. (Schwierig.)«
Er schloß das Notizbuch und ging in die Lancaster-Gate-Filiale der London & Wessex Bank.

Das Vorweisen seines offiziellen Ausweises verschaffte ihm eine private Unterredung mit dem Direktor.
»Guten Morgen, Sir. Einer Ihrer Kunden ist ein Dr. Geoffrey Roberts, wenn ich nicht irre.«
»Das stimmt, Superintendent.«
»Ich werde über das Konto dieses Herrn gewisse Informationen brauchen, die über eine Reihe von Jahren zurückgehen.«

»Ich will sehen, was ich für Sie tun kann.«
Es folgte eine anstrengende halbe Stunde. Endlich steckte Battle seufzend ein mit Ziffern dicht beschriebenes Blatt ein.
»Haben Sie gefunden, was Sie gesucht haben?« fragte der Direktor neugierig.
»Nein, nicht einen einzigen Anhaltspunkt. Trotzdem vielen Dank!«

Zur gleichen Zeit, während er sich in seinem Ordinationszimmer die Hände wusch, sagte Dr. Roberts über seine Schulter hinweg zu seiner Sekretärin:
»Was war mit unserem stämmigen, unerschütterlichen Spürhund? Hat er die Bude von oben nach unten und sie von innen nach außen gekehrt?«
»Aus mir hat er nicht viel herausbekommen, das können Sie mir glauben«, versicherte Miss Burgess.
»Mein liebes Kind, kein Anlaß, stumm wie ein Fisch zu sein. Ich habe Sie gebeten, ihm alles zu sagen, was er wissen will. Nebenbei gesagt, was wollte er denn wissen?«
»Oh, er ist immer darauf herumgeritten, daß Sie diesen Shaitana näher gekannt haben müßten – er hat sogar gemeint, daß er vielleicht einmal unter falschem Namen als Patient hergekommen sein könnte. Er zeigte mir seine Fotografie. Ein schrecklich unecht aussehender Mann!«
»Shaitana: O ja, er hat gerne den modernen Mephisto gemimt. Ganz glaubhaft im allgemeinen. Was hat Battle Sie sonst noch gefragt?«
»Sonst eigentlich nicht viel. Außer – o ja, irgend jemand hatte ihm irgendwelchen Unsinn über Mrs. Graves erzählt – wissen Sie, über die Art, wie sie sich aufgeführt hat.«
»Graves? Graves? O ja, die alte Mrs. Graves! Das ist wirklich komisch!« Der Doktor lachte höchst belustigt. »Das ist wirklich sehr komisch.«
Und in bester Laune ging er zu Tisch.

10

Superintendent Battle lunchte mit Hercule Poirot.
Ersterer sah niedergeschlagen, letzterer teilnahmsvoll aus.
»Ihr Vormittag war also nicht von Erfolg gekrönt«, vermutete Poirot nachdenklich.
Battle schüttelte den Kopf.
»Es wird eine schwierige Sache werden, Poirot.«
»Was halten Sie von ihm?«
»Vom Doktor? Nun, offen gesagt, ich glaube, Shaitana hatte recht. Er ist ein Mörder. Er erinnert mich an Westaway und an den Kerl in Norfolk, den Anwalt. Das gleiche muntere, selbstbewußte Auftreten. Die gleiche Beliebtheit. Beide waren schlaue Hunde – und das ist Roberts auch. Trotzdem folgt daraus nicht, daß Roberts Shaitana umgebracht hat – und tatsächlich glaube ich es auch nicht. Er mußte das Risiko, daß Shaitana aufwachen und schreien könnte, zu gut kennen, besser als ein Laie. Nein, ich glaube nicht, daß Roberts ihn ermordet hat.«
»Aber Sie glauben, daß er irgend jemanden ermordet hat?«
»Möglicherweise eine ganze Reihe von Menschen. Im Fall Westaway war es so. Aber er wird schwer zu packen sein. Ich habe sein Bankkonto durchgesehen – nichts Verdächtiges, keine plötzlichen großen Einlagen. Keine Legate von Patienten, wenigstens nicht in den letzten sieben Jahren. Das schließt Mord aus Gewinnsucht aus. Er war nie verheiratet – das ist schade, es ist so kinderleicht für einen Arzt, seine eigene Frau umzubringen. Er ist wohlhabend, aber er hat ja auch eine blühende Praxis mit einer reichen Klientel.«
»Scheinbar hat er sogar ein völlig untadeliges Leben geführt – und führt es vielleicht nach wie vor.«
»Vielleicht, aber ich nehme lieber das Schlimmste an.«
Er fuhr fort:
»Ich bin auf die Spur eines Skandals wegen einer Frau gekommen – eine seiner Patientinnen namens Craddock. Ich glaube, dem lohnt es sich nachzugehen. Ich werde sofort jemanden darauf ansetzen. Die Frau ist in Ägypten an irgendeiner Krankheit gestorben, also glaube ich eigentlich nicht,

daß etwas daran ist – aber es kann ein Licht auf seinen allgemeinen Charakter und seinen Lebenswandel werfen.«
»War auch ein Mann da?«
»Ja, er starb an Anthrax, an Milzbrand also. Es waren um diese Zeit eine Menge billiger Rasierpinsel auf dem Markt – einige davon infiziert. Es hat damals viel Staub aufgewirbelt.«
»Sehr bequem«, meinte Poirot.
»Das habe ich mir auch gedacht. Wenn ihr Mann gedroht hatte, Krach zu schlagen ... Aber all das sind Vermutungen. Wir haben keinen richtigen Anhaltspunkt.«
»Nur Mut, mein Lieber. Ich kenne Ihre Geduld. Zum Schluß werden Sie mehr als genug Anhaltspunkte haben.«
»Und vor lauter Nachgrübeln darüber hereinfallen«, spottete Battle.
Dann fragte er neugierig: »Und Sie, Monsieur Poirot, werden Sie Ihr Glück versuchen?«
»Ich könnte auch Dr. Roberts aufsuchen.«
»Zwei von uns an einem Tag, das müßte ihm Angst einjagen.«
»Oh, ich werde sehr diskret sein. Ich werde nicht nach seiner Vergangenheit forschen.«
»Ich möchte wissen, wie Sie vorgehen werden«, meinte Battle interessiert. »Aber sagen Sie mir nichts, wenn Sie nicht wollen.«
»Im Gegenteil, mit Vergnügen! Ich werde mit ihm ein wenig über Bridge sprechen, das ist alles.«
»Wieder Bridge. Sie sind ganz versessen darauf, nicht wahr?«
»Ich finde das Thema nützlich.«
»Nun, jeder nach seiner Fasson. Ich arbeite nicht mit diesen ausgefallenen Methoden. Sie sagen mir nicht zu.«
»Worin besteht eigentlich Ihre Methode, Superintendent?«
Sie zwinkerten einander zu.
»Ein gerader, ehrlicher Beamter, der im Schweiße seines Angesichts seine Pflicht tut, das ist meine Art. Keine Grillen, keine Phantastereien. Nur ehrlicher Schweiß. Unerschütterlich und ein wenig dumm – das ist meine persönliche Note.«

Poirot erhob sein Glas.
»Auf unser beider Methoden – und möge der Erfolg unsere vereinten Bemühungen krönen.«
»Ich vermute, Colonel Race wird einiges Wissenswertes über Major Despard in Erfahrung bringen«, hoffte Battle. »Ihm stehen viele Informationsquellen offen.«
»Und Mrs. Oliver?«
»Das ist Glückssache. Mir ist die Frau sympathisch. Sie redet zwar eine Menge Unsinn, aber sie ist ein Pfundskerl. Und Frauen kriegen über andere Frauen Dinge heraus, die Männer nicht herausbekommen. Sie kann vielleicht etwas Nützliches ausfindig machen.«
Sie trennten sich. Battle ging nach Scotland Yard zurück, um Instruktionen für gewisse Nachforschungen zu erteilen. Poirot begab sich nach Gloucester Terrace.
Dr. Roberts' Augenbrauen hoben sich ironisch, als er seinen Gast begrüßte.
»Zwei Spürhunde an einem Tag?« fragte er. »Ich vermute, heute abend werden mir schon die Handschellen angelegt.«
Poirot lächelte.
»Ich versichere Ihnen, Dr. Roberts, daß meine Aufmerksamkeit sich gleichmäßig auf alle vier von Ihnen verteilt.«
»Das ist immerhin etwas, wofür man dankbar sein muß. Rauchen Sie?«
»Wenn Sie gestatten, so rauche ich meine eigenen.«
Poirot zündete eine seiner winzigen russischen Zigaretten an.
»Nun, was kann ich für Sie tun?« fragte Roberts.
Poirot paffte ein bis zwei Minuten schweigend, dann sagte er: »Sie sind ein scharfer Menschenbeobachter, Dr. Roberts?«
»Ich weiß nicht. Wahrscheinlich. Es gehört zu meinem Beruf.«
»Genau das war meine Überlegung. Ich sagte mir, ein Arzt muß seine Patienten ständig beobachten – ihre Mienen, ihre Gesichtsfarbe, wie schnell sie atmen, irgendwelche Zeichen von Unruhe –, ein Arzt registriert diese Dinge automatisch, fast unbewußt! Dr. Roberts kann mir helfen.«

»Gern, wie?«
Poirot zog aus einer sauberen kleinen Brieftasche drei sorgfältig gefaltete Bridgeabrechnungen heraus.
»Das sind die ersten drei Robber von jenem Abend«, erklärte er.
»Hier ist die erste Notierung – in Miss Merediths Handschrift. Können Sie mir nun – an Hand dieser Abrechnungen – genau sagen, wie die Ansagen waren und wie die einzelnen Spiele durchgeführt wurden?«
Roberts starrte ihn entgeistert an.
»Sie scherzen, Monsieur Poirot, ich kann mich doch unmöglich erinnern.«
»Wirklich nicht? Ich wäre so dankbar, wenn es Ihnen gelänge. Nehmen Sie den ersten Robber. Im ersten Spiel muß die Manche in Herz oder Pique angesagt worden sein, oder eine von beiden Seiten muß einen Faller von fünfzig gemacht haben.«
»Lassen Sie mich sehen – das war das erste Spiel. Ja, ich glaube, sie sind in Pique ausgegangen.«
»Und das nächste Spiel?«
»Ich glaube, einer von uns ist einmal gefallen – aber ich weiß es nicht mehr, wer oder in was. Wahrhaftig, Monsieur Poirot, Sie können nicht von mir verlangen, daß ich mich erinnere.«
»Können Sie sich an keine der Ansagen oder der Blätter erinnern?«
»Ich habe einen großen Slam angesagt – daran erinnere ich mich. Er wurde gedoppelt. Und ich erinnere mich auch, daß ich einmal gründlich gefallen bin – ich glaube, ich habe drei Sans Atout gespielt. Aber das war später.«
»Erinnern Sie sich, mit wem Sie damals gespielt haben?«
»Mit Mrs. Lorrimer, sie hat etwas grimmig dreingeschaut. Ich vermute, meine zu hohen Ansagen haben ihr nicht gepaßt.«
»Sie können sich an keine anderen Ansagen oder Blätter erinnern?«
Roberts lachte.
»Mein lieber Monsieur Poirot, haben Sie das wirklich für

möglich gehalten? Erstens der Mord – genug, um einen die großartigsten Blätter vergessen zu machen –, und außerdem habe ich seitdem mindestens ein Dutzend Robbers gespielt.«
Poirot sah etwas niedergeschlagen aus.
»Ich bedaure«, meinte Roberts.
»Es macht nichts«, erwiderte Poirot langsam.
»Ich hatte gehofft, Sie würden sich zumindest an ein oder zwei Blätter erinnern, weil ich gedacht habe, sie könnten als Signale für andere Dinge dienen.«
»Was für andere Dinge?«
»Nun, Sie könnten zum Beispiel bemerkt haben, daß Ihr Partner eine ganz einfache Ohne Atout verpatzt hat oder daß Ihnen ein Gegner, sagen wir, ein paar unerwartete Tricks geschenkt hat, weil er nicht die selbstverständliche Karte ausgespielt hat.«
Dr. Roberts wurde plötzlich ernst. Er beugte sich in seinem Stuhl vor.
»Ah«, sagte er, »jetzt verstehe ich, worauf Sie hinauswollen. Entschuldigen Sie mich! Zuerst dachte ich, daß Sie reinen Unsinn schwatzen. Sie meinen, daß der Mord – der gelungene Mord – das Spiel des Täters beeinflußt haben könnte?«
Poirot nickte.
»Sie haben mich richtig verstanden. Es wäre ein erstklassiger Anhaltspunkt, bei vier Spielern, die aufeinander eingespielt sind. Eine Veränderung in der Spielweise, eine plötzliche Geistesabwesenheit, eine versäumte Gelegenheit wären sofort aufgefallen. Leider waren Sie einander alle fremd. Daher waren Variationen im Spiel nicht so auffällig. Aber überlegen Sie, Doktor. Ich bitte Sie inständigst, überlegen Sie! Erinnern Sie sich an keine Schwankungen – an keine plötzlichen groben Schnitzer im Spiel irgendeines der Partner?«
Es entstand eine längere Pause, dann schüttelte Dr. Roberts den Kopf.
»Es nützt nichts, ich kann Ihnen nicht weiterhelfen«, sagte er offen. »Ich kann mich einfach nicht erinnern. Ich kann nur wiederholen, was ich Ihnen bereits gesagt habe. Mrs. Lorrimer ist eine erstklassige Spielerin – sie hat meines Wissens keinen Fehler gemacht, den ich bemerkt hätte. Sie hat von

Anfang bis Ende glänzend gespielt. Despard hat auch durchwegs gut gespielt. Er ist ein eher konventioneller Spieler. Er hält sich streng an die Regeln. Will nicht viel riskieren. Miss Meredith . . .« Er zögerte.

»Ja? Miss Meredith?« soufflierte Poirot.

»Ich erinnere mich, sie hat gegen Ende des Abends ein oder zwei Fehler gemacht, aber das kann einfach gewesen sein, weil sie müde war – und keine sehr geübte Spielerin ist. Ihre Hand hat auch gezittert . . .«

Er stockte.

»Wann hat ihre Hand gezittert?«

»Wann war das nur? Ich kann mich nicht erinnern . . . Ich glaube, sie war einfach nervös. Sie lassen mich Gespenster sehen, Monsieur Poirot.«

»Entschuldigen Sie. Ich brauche noch in einem anderen Punkt Ihre Hilfe.«

»Ja?«

»Es ist sehr schwer. Ich will Ihnen nämlich keine Suggestivfragen stellen. Wenn ich Sie frage, haben Sie dies oder das bemerkt – nun, so habe ich Sie bereits darauf aufmerksam gemacht und Ihre Antwort hat dann weniger Wert. Wollen Sie so gut sein, Dr. Roberts, und mir den Inhalt des Zimmers beschreiben, in dem Sie gespielt haben?«

Roberts machte ein erstauntes Gesicht.

»Den Inhalt des Zimmers?«

»Wenn Sie so gut sein wollen.«

»Mein lieber Freund, ich weiß gar nicht, wo ich anfangen soll.«

»Wo immer Sie wollen.«

»Also es waren eine Menge Möbel . . .«

»*Non, non, non,* ich bitte Sie inständigst, seien Sie genau!«

Dr. Roberts seufzte.

Er begann scherzhaft, wie auf einer Auktion.

»Ein großes, mit elfenbeinfarbenem Brokat bezogenes Sofa – ein ebensolches in Grün – vier bis fünf große Stühle. Acht oder neun Perserteppiche – zwölf kleine vergoldete Empirestühle. Eine William-and-Mary-Kommode. (Ich komme mir wirklich vor wie ein Auktionator.) Ein sehr schönes chinesisches Schränkchen, ein Konzertflügel. Es waren noch andere Möbel da, aber ich habe sie nicht besonders bemerkt. – Sechs erstklassige japanische Stiche. Zwei chinesische Bilder auf Spiegelglas. Fünf oder sechs wunderschöne Tabakdosen. Einige japanische Elfenbeinnetsuken allein auf einem Tisch. Etwas altes Silber – Tazzas aus der Zeit Karls I., glaube ich. Ein oder zwei Stücke Battersea-Email –«

»Bravo! Bravo!« applaudierte Poirot.

»Ein Paar Vögel aus altenglischer Keramik – und ich glaube, eine Figur von Ralph Wood. Dann einiges Orientalisches – eingelegte Silberarbeiten. Etwas Geschmeide, aber davon verstehe ich nichts; und an einige Chelsea-Vögel erinnere ich mich. Oh, und an einige Miniaturen in einer Vitrine – recht gut, glaube ich. Das ist noch lange nicht alles, was da war – aber es ist alles, an das ich mich im Augenblick erinnern kann.«

»Das ist großartig«, lobte Poirot mit gebührender Anerkennung. »Sie haben das richtige Auge des scharfen Beobachters.«

Der Doktor fragte neugierig:

»Habe ich das Objekt erwähnt, das Sie im Sinn hatten?«

»Es hätte mich sehr überrascht, wenn Sie es erwähnt hätten. Wie ich voraussah, konnten Sie es nicht erwähnen.«

»Warum?«

Poirot zwinkerte.

»Weil es vielleicht gar nicht da war, um erwähnt zu werden.«

Roberts machte große Augen.

»Mir scheint, das erinnert mich an etwas.«

»Es erinnert Sie an Sherlock Holmes, nicht wahr? An die sonderbare Geschichte von dem Hund in der Nacht. Der Hund, der in der Nacht *nicht* heulte. Das ist das Bemerkenswerte! Nun, ich bin nicht darüber erhaben, die Tricks der anderen zu stehlen.«

»Wissen Sie, Monsieur Poirot, daß ich keine Ahnung habe, worauf Sie hinauswollen?«

»Das ist ausgezeichnet. Im Vertrauen gesagt, so erziele ich meine kleinen Effekte.«

Dann, als Dr. Roberts noch immer etwas ratlos dreinschaute, sagte Poirot lächelnd, indem er sich erhob:
»Sie sollen wenigstens das eine wissen, nämlich, daß Ihre Aussage mir bei meinem nächsten Gespräch sehr helfen wird.«
Der Doktor stand auch auf.
Sie schüttelten einander die Hand.
Poirot schritt die Treppen vom Haus des Doktors hinunter und rief ein Taxi.
»111 Cheyne Lane«, sagte er dem Fahrer.

11

111 Cheyne Lane war ein kleines, sauberes, adrettes Haus in einer ruhigen Straße. Die Eingangstür war schwarz gestrichen, und die Stufen waren besonders weiß getüncht, der Messingklopfer und die Türklinke glänzten in der Sonne.
Die Tür wurde von einem ältlichen Stubenmädchen mit einem blütenweißen Häubchen und ebensolcher Schürze geöffnet.
Auf Poirots Frage hin antwortete sie, daß ihre Herrin zu Hause sei.
Sie ging die schmale Treppe voran.
»Wen darf ich melden, Sir?«
»Monsieur Hercule Poirot.«
Er wurde in ein geräumiges Wohnzimmer geführt. Poirot sah sich um und notierte im Kopf die Details. Gepflegte Familienmöbel. Schimmernder Chintz auf den Stühlen und Sofas. Ein paar Fotografien in Silberrahmen waren wie in alten Zeiten im Zimmer verteilt. Ansonsten angenehm viel Licht und Raum und einige wirklich wundervolle Chrysanthemen in einer hohen Vase.
Mrs. Lorrimer kam auf ihn zu, um ihn zu begrüßen.
Sie reichte ihm ohne Zeichen besonderen Erstaunens die Hand, bot ihm einen Stuhl an, setzte sich und machte eine Bemerkung über das Wetter.

Es folgte eine Pause.
»Ich hoffe, Madame«, begann Hercule Poirot, »daß Sie diesen Besuch entschuldigen werden.«
Mrs. Lorrimer sah ihm gerade ins Gesicht und fragte:
»Ist das ein beruflicher Besuch?«
»Ich gestehe, ja.«
»Es ist Ihnen vermutlich klar, Monsieur Poirot, daß, obwohl ich natürlich Superintendent Battle und den anderen Vertretern der Polizei jede Information geben und jedwede Hilfe leisten werde, die sie von mir verlangen sollten, ich keineswegs verpflichtet bin, dasselbe bei einem Privatverhör zu tun.«
»Ich bin mir dessen vollkommen bewußt, Madame, und wenn Sie mir die Tür weisen, so folge ich wortlos Ihrem Befehl.«
Mrs. Lorrimer lächelte kaum merklich.
»Ich habe nicht die Absicht, so weit zu gehen, Monsieur Poirot. Ich kann Ihnen zehn Minuten widmen, dann muß ich zu einer Bridgepartie.«
»Zehn Minuten genügen mir völlig. Ich möchte Sie bitten, Madame, mir das Zimmer zu beschreiben, in dem Sie an jenem Abend Bridge gespielt haben – das Zimmer, in dem Mr. Shaitana ermordet wurde.«
Mrs. Lorrimer hob die Augenbrauen.
»Welch sonderbare Frage! Ich sehe den Sinn nicht.«
»Wenn Ihnen jemand beim Bridge sagen würde: Warum spielen Sie dieses As aus oder warum decken Sie mit dem Buben, der von der Dame gestochen wird, und nicht mit dem König, der den Stich machen würde? Wenn die Leute solche Fragen an Sie stellen würden, so wären Ihre Antworten so lang wie langweilig, nicht wahr?«
Mrs. Lorrimer lächelte leicht.
»Womit Sie sagen wollen, daß in diesem Spiel Sie der Fachmann und ich der Laie bin. Also gut.« Sie überlegte kurz.
»Es war ein großes Zimmer, mit einer Menge Dinge darin.«
»Können Sie einige dieser Dinge beschreiben?«
»Es waren einige Glasblumen da – modern – sehr schön. Und ich glaube, einige chinesische oder japanische Bilder. Und

dann stand eine Schale mit kleinen roten Tulpen auf einem Tisch – erstaunlich früh für diese Jahreszeit.«
»Sonst noch etwas?«
»Ich fürchte, ich habe keine weiteren Einzelheiten bemerkt.«
»Die Möbel – erinnern Sie sich an die Farbe der Bezüge?«
»Etwas Seidenes, glaube ich. Mehr kann ich nicht sagen.«
»Sind Ihnen irgendwelche Nippes besonders aufgefallen?«
»Leider nicht. Es waren so viele da. Ich weiß, daß ich mir gedacht habe, es sei das typische Zimmer eines Sammlers.«
Es entstand eine Minute Schweigen, dann sagte Mrs. Lorrimer mit einem matten Lächeln:
»Ich fürchte, ich bin keine große Hilfe.«
»Ich wollte Sie noch etwas fragen.« Er zog die Bridgeabrechnungen hervor. »Hier sind die ersten drei Robber, die gespielt wurden. Ich frage mich, ob Sie mir helfen könnten, an Hand dieser Papiere die Spiele zu rekonstruieren.«
»Lassen Sie mich sehen.« Mrs. Lorrimer schien sichtlich interessiert.
»Das war der erste Robber. Miss Meredith und ich gegen die beiden Herren. Die erste Manche wurde mit vier Pique gespielt. Wir haben sie gemacht. Im nächsten Spiel wurden zwei Caro angesagt, und Dr. Roberts ist einmal gefallen. Ich erinnere mich, daß im dritten Spiel sehr viel überboten wurde. Miss Meredith paßte, Major Despard sagte ein Herz. Ich paßte. Dr. Roberts machte ein Sprunggebot von drei Treff. Miss Meredith geht auf drei Pique. Major Despard sagt vier Caro an. Ich dopple. Dr. Roberts geht auf vier Herz über. Ich dopple wieder, und sie fallen einmal.«
»Epatant«, sagte Poirot, »was für ein Gedächtnis!«
Er reichte ihr das nächste Blatt.
»Dieser Robber war sehr umstritten, daran erinnere ich mich noch. Er begann ganz zahm. Major Despard und Miss Meredith machen ein Herz. Dann sind wir einige Male gefallen, weil wir versuchten, vier Herz und vier Pique zu spielen. Und dann begann der Großkampf. Jede Seite fiel abwechselnd. Dr. Roberts sagte zuviel an, aber obwohl er ein- oder zweimal gründlich fiel, lohnten sich seine Ansagen, denn er bluffte dadurch Miss Meredith mehr als einmal. Dann

machte er eine Erstansage von zwei Pique. Ich antwortete ihm mit drei Caro, er geht auf vier Sans Atout. Ich sage fünf Pique, und er springt plötzlich auf sieben Caro. Wir wurden natürlich kontriert. Seine Ansage war gänzlich ungerechtfertigt. Wir haben es nur durch eine Art Wunder gemacht. Ich habe es nie für möglich gehalten, als er seine Karten auflegte. Hätten die anderen Herz gespielt, wären wir dreimal gefallen – aber da sie den Treffkönig ausspielten, haben wir es gemacht. Es war wirklich spannend.«

»*Je crois bien* – ein großer Slam in der Gefahrenzone und gedoppelt. Das sind Emotionen! Ich gestehe, daß ich nie den Mut zu Slamansagen habe, ich begnüge mich mit der Manche.«

»Aber das ist nicht richtig«, protestierte Mrs. Lorrimer energisch. »Sie müssen das Spiel ordentlich spielen.«

Mrs. Lorrimer vertiefte sich wieder in das Studium der Bridgeabrechnungen.

»Nach dieser Aufregung waren die nächsten Spiele ziemlich zahm. Haben Sie da den vierten Robber? Ach ja, ein Säbelgerassel – keine Partei kann unten etwas anschreiben.«

»Es ist oft so, wenn der Abend sich in die Länge zieht.«

»Ja, man beginnt ganz zahm, und dann wird es animierter.«

Poirot nahm die Blätter wieder an sich und machte eine kleine Verbeugung.

»Madame, ich gratuliere Ihnen. Ihr Kartengedächtnis ist großartig – wirklich großartig! Sie erinnern sich sozusagen an jede Karte, die ausgespielt wurde!«

»Ich glaube.«

»Ein gutes Gedächtnis ist eine wunderbare Gabe. Mit ihm ist die Vergangenheit nie vergangen, und ich stelle mir vor, Madame, daß Sie sich vor Ihrem geistigen Auge so entrollt, daß jedes Ereignis klar hervortritt, als wäre es gestern geschehen. Stimmt das?«

Sie warf ihm einen schnellen Blick zu. Ihre Augen waren dunkel und weit geöffnet.

Es währte nur einen Augenblick, dann hatte sie sich gefaßt und war wieder ganz Dame von Welt. Aber Hercule Poirot zweifelte nicht. Der Schuß hatte ins Schwarze getroffen.

Mrs. Lorrimer erhob sich.
»Ich fürchte, daß ich Sie jetzt verlassen muß. Es tut mir leid – aber ich darf mich wirklich nicht verspäten.«
»Gewiß, gewiß, verzeihen Sie, daß ich Ihre Zeit in Anspruch genommen habe.«
»Ich bedaure, daß ich Ihnen nicht behilflich sein konnte.«
»Aber Sie haben mir geholfen«, widersprach Hercule Poirot.
»Ich glaube kaum.«
Sie sagte das sehr entschieden.
»Oh, doch. Sie haben mir etwas mitgeteilt, das ich wissen wollte.«
Sie fragte nicht, was dieses Etwas war.
Er streckte seine Hand aus.
»Madame, ich danke Ihnen für Ihre Langmut.«
Als sie ihm die Hand schüttelte, bemerkte sie:
»Sie sind ein ungewöhnlicher Mensch, Monsieur Poirot.«
»Ich bin, wie unser Herrgott mich geschaffen hat, Madame.«
»Das sind wir alle, glaube ich.«
»Nicht alle, Madame, manche wollen Sein Werk verbessern. Mr. Shaitana zum Beispiel.«
»Wie meinen Sie das?«
»Er hatte einen recht guten Geschmack in *objets de vertu* und *bric-à-brac,* er hätte es dabei bewenden lassen sollen. Statt dessen sammelte er andere Dinge.«
»Was für Dinge?«
»Nun – sagen wir – Sensationen.«
»Und glauben Sie nicht, daß das *dans son caractère* war?«
Poirot schüttelte ernst den Kopf.
»Er spielte die Rolle des Teufels sehr gut. Aber er war nicht der Teufel. *Au fond* war er ein dummer Kerl. Und so mußte er sterben.«
»Weil er dumm war?«
»Es ist die unverzeihlichste aller Sünden und wird immer bestraft.«
Es entstand eine Pause. Dann sagte Poirot:
»Ich empfehle mich, Madame. Und tausend Dank für Ihre Liebenswürdigkeit. Ich komme nicht wieder, es sei denn, Sie ließen mich holen.«

Ihre Augenbrauen hoben sich.
»Aber mein lieber Monsieur Poirot, warum sollte ich Sie holen lassen?«
»Wer weiß? Es ist nur eine Idee. Wenn, so komme ich. Denken Sie daran!«
Er verbeugte sich nochmals und verließ das Zimmer.
Auf der Straße sagte er zu sich selbst:
»Ich habe recht ... ich habe bestimmt recht ... es *muß* das sein!«

12

Mrs. Oliver wand sich unter gewissen Schwierigkeiten aus dem Fahrersitz ihres kleinen Wagens. Erstens machen die Konstrukteure moderner Automobile ihre Berechnungen nur für sylphidenhafte Knie, und zweitens ist es modern, tief zu sitzen. Da dem so ist, erfordert es für eine etwas beleibte Frau in mittleren Jahren ein schier übermenschliches Maß an Drängen und Zwängen, um unter dem Volant herauszukriechen. Außerdem war der Platz neben dem Fahrersitz mit etlichen Mappen, drei Romanen und einer großen Tüte voller Äpfel belegt. Mrs. Oliver hatte eine wahre Passion für Äpfel, und es war bekannt, daß sie einmal ganze fünf Pfund in einem Zug aufgegessen hatte, während sie dabei war, die komplizierte Handlung von »Tod im Kanalrohr« zu verfassen, und eine Stunde später, nachdem sie bei einem ihr zu Ehren veranstalteten Lunch hätte erscheinen sollen, sich plötzlich mit beginnenden Magenkrämpfen zurückziehen mußte.
Mit einem letzten entschlossenen Ruck und einem energischen Stoß mit dem Knie gegen die widerspenstige Tür landete Mrs. Oliver etwas zu plötzlich auf dem Trottoir vor Wendon Cottage, zwanglos Apfelschalen umherstreuend.
Sie seufzte tief auf, schob ihren Sporthut aus der Stirn, so daß er ganz unmodern saß, blickte wohlgefällig auf ihr Tweedkostüm, das sie für den Anlaß angezogen hatte, run-

zelte leicht die Stirn, als sie bemerkte, daß sie gedankenlos ihre städtischen Lackschuhe mit den hohen Absätzen anbehalten hatte, stieß die Gartentür von Wendon Cottage auf und ging den gepflasterten Weg zur Eingangstür hinauf. Sie zog an der Glocke und vollführte ein munteres kleines Taptap-tap mit dem Türklopfer, der die Form eines Krötenkopfes hatte.
Als nichts geschah, wiederholte sie das Ganze.
Nach einer weiteren Pause von anderthalb Minuten begab sich Mrs. Oliver kühn auf eine Forschungsreise um die eine Seite des Hauses.
Hinter dem Haus war ein kleiner, altmodischer Garten mit Strandastern und vereinzelten Chrysanthemen und dahinter ein Feld. Hinter dem Feld lag der Fluß. Für einen Oktobertag war es ausgesprochen warm.
Zwei junge Mädchen überquerten gerade das Feld in Richtung Haus. Als sie in den Garten kamen, blieb die vordere mit einem Ruck stehen.
»Guten Tag, Miss Meredith. Sie erinnern sich doch an mich, nicht wahr?«
»Oh – oh, gewiß.« Anne Meredith streckte eilig ihre Hand aus. Ihre Augen blickten groß und erschreckt. Dann nahm sie sich zusammen.
»Das ist meine Freundin, Miss Dawes, die mit mir zusammen hier wohnt. Rhoda, das ist Mrs. Oliver.«
»Oh, sind Sie *die* Mrs. Oliver? Ariadne Oliver?«
»Keine Geringere«, bestätigte Mrs. Oliver lachend und fügte zu Anne gewandt hinzu: »Setzen wir uns irgendwo hin, denn ich habe Ihnen eine Menge zu sagen.«
»Gewiß, und wir werden Tee . . .«
»Der Tee hat Zeit«, unterbrach sie Mrs. Oliver.
Anne führte sie zu einer kleinen Gruppe ziemlich wackeliger Liegestühle und Korbsessel. Mrs. Oliver wählte sorgsam den am solidesten aussehenden, denn sie hatte mit gebrechlichen Gartenmöbeln schon böse Erfahrungen gemacht.
»Nun, meine Liebe«, begann sie, »machen wir keine Umschweife. Es handelt sich um den Mord von jenem Abend. Wir müssen etwas unternehmen.«

»Etwas unternehmen?« staunte Anne.
»Natürlich«, sagte Mrs. Oliver, »ich weiß nicht, wie Sie darüber denken, aber mir scheint völlig klar zu sein, wer es getan hat. Dieser Doktor! Wie hieß er doch gleich noch, Roberts. Genau! Roberts. Ein Waliser Name! Ich traue den Walisern nicht! Ich hatte einmal ein Kindermädchen aus Wales. Sie führte mich eines Tages nach Harrogate und ging heim und hatte mich völlig vergessen. Sehr unzuverlässige Leute. Aber lassen wir das. Roberts hat es getan – das ist der springende Punkt, und wir müssen die Köpfe zusammenstecken und beweisen, daß er es war.«
Rhoda Dawes lachte plötzlich – dann errötete sie.
»Verzeihen Sie, aber Sie sind – Sie sind so anders, als ich Sie mir vorgestellt habe.«
»Also eine Enttäuschung«, meinte Mrs. Oliver heiter. »Macht nichts – das bin ich gewohnt. Was wir tun müssen, ist, zu beweisen, daß Roberts es getan hat.«
»Wie sollen wir das anstellen?« fragte Anne.
»Oh, sei doch nicht so defaitistisch, Anne«, rief Rhoda Dawes. »Ich finde, Mrs. Oliver ist prachtvoll. Natürlich kennt sie sich in diesen Dingen aus. Sie wird es genauso machen wie Sven Hjerson.«
Beim Namen ihres berühmten finnischen Detektivs leicht errötend, erklärte Mrs. Oliver:
»Es muß sein, und ich werde Ihnen sagen, warum, mein Kind. Sie wollen doch nicht, daß die Leute glauben, Sie hätten es getan?«
»Warum sollten sie das?« rief Anne und wurde blutrot.
»Sie wissen doch, wie die Leute sind«, sagte Mrs. Oliver. »Die drei Unschuldigen werden genauso verdächtigt werden wie der eine Schuldige.«
Anne Meredith meinte zögernd:
»Ich verstehe noch immer nicht ganz, warum Sie gerade zu *mir* gekommen sind, Mrs. Oliver?«
»Weil meiner Meinung nach die anderen beiden nicht zählen! Mrs. Lorrimer gehört zu den Frauen, die den ganzen Tag Bridge spielen. Solche Frauen müssen hart sein – sie können sich sehr gut selbst helfen. Und jedenfalls ist sie alt. Es wäre

kein Unglück, sollte irgend jemand glauben, daß sie es getan hat. Bei einem jungen Mädchen ist das etwas anderes. Es hat das Leben noch vor sich.«
»Und Major Despard?« fragte Anne.
»Pah«, erwiderte Mrs. Oliver, »er ist ein Mann. Um Männer mache ich mir nie Sorgen. Männer können sich selbst verteidigen, und wenn Sie mich fragen, so tun sie das ausgezeichnet. Außerdem schwärmt Major Despard für ein gefährliches Leben. Jetzt hat er seine Sensation hier anstatt am Irawadi – oder meine ich den Limpopo –, Sie wissen schon, was ich meine – diesen gelben afrikanischen Fluß, für den die Männer so schwärmen. Nein, ich zerbreche mir über keinen von beiden den Kopf.«
»Es ist sehr gütig von Ihnen«, sagte Anne langsam.
»Es ist abscheulich, daß so etwas geschehen mußte«, warf Rhoda ein. »Es hat Anne völlig erledigt. Sie ist schrecklich sensibel. Und ich glaube, Sie haben ganz recht. Es wäre tausendmal besser, etwas zu tun, als nur dazusitzen und zu grübeln.«
»Natürlich«, bestätigte Mrs. Oliver. »Ich will Ihnen gestehen, daß ich noch nie mit einem wirklichen Mord zu tun hatte, und auch, daß mir wirklicher Mord nicht liegt. Ich bin zu sehr gewohnt, selbst Regie zu führen – wenn Sie begreifen. Aber ich wollte mit dabeisein und nicht den ganzen Spaß den drei Männern allein überlassen. Ich habe immer gesagt, daß, wenn eine Frau an der Spitze von Scotland Yard wäre . . .«
»Ja«, sagte Rhoda und lehnte sich mit halbgeöffneten Lippen vor. »Was würden Sie tun, wenn Sie an der Spitze von Scotland Yard wären?«
»Ich würde Dr. Roberts vom Fleck weg verhaften lassen . . .«
»Ja?«
»Aber ich bin nicht an der Spitze von Scotland Yard«, erinnerte Mrs. Oliver, der der Boden zu heiß wurde. »Ich bin eine Privatperson . . .«
»Oh, das sind Sie nicht«, widersprach Rhoda und wollte ihr damit ein Kompliment machen.
»Da wären wir also«, fuhr Mrs. Oliver fort, »drei Privatper-

sonen – lauter Frauen. Stecken wir die Köpfe zusammen und schauen wir, was sich machen läßt!«

Anne Meredith nickte nachdenklich. Dann fragte sie: »Warum glauben Sie, daß es Dr. Roberts war?«

»Er ist diese Art Mann«, erwiderte Mrs. Oliver prompt.

»Aber glauben Sie nicht –« Anne zögerte – »würde ein Arzt nicht –? Ich meine, etwa wie Gift wäre doch um so viel leichter für ihn.«

»Ganz und gar nicht. Gifte und Medikamente jeder Art würden den Verdacht sofort auf einen Arzt lenken. Nein, gerade weil er ein Arzt ist, würde er besonders darauf achten, nichts Medizinisches zu verwenden.«

»Ich verstehe«, meinte Anne, aber es klang keineswegs überzeugt.

»Aber warum, glauben Sie, wollte er Mr. Shaitana umbringen? Haben Sie irgendeine Idee?«

»Eine Idee? Ich habe eine Unmenge Ideen. Das ist ja gerade die Schwierigkeit. Das ist immer mein Dilemma. Ich kann auch nie an eine einzige Handlung allein denken. Ich denke immer an mindestens fünf zu gleicher Zeit, und dann habe ich die Qual der Wahl. Mir fallen sechs triftige Gründe für den Mord ein. Das Dumme ist, ich sehe keinerlei Möglichkeit, den richtigen zu erraten. Erstens war Shaitana vielleicht ein Wucherer. Er hatte einen sehr hinterhältigen Blick. Roberts war in seinen Klauen und hat ihn umgebracht, weil er das Darlehen nicht zurückzahlen konnte. Oder vielleicht ist Roberts ein Bigamist, und Shaitana wußte es. Oder möglicherweise hat Roberts Shaitanas einzige Verwandte geheiratet und wollte dadurch Shaitanas Universalerbe werden. Oder – bei der wievielten bin ich jetzt angelangt?«

»Vier«, sagte Rhoda.

»Oder – und das ist ein wirklich guter Grund – angenommen, Shaitana wußte irgendein Geheimnis aus Roberts' Vergangenheit. Vielleicht ist es Ihnen nicht aufgefallen, meine Liebe, aber Shaitana hat während des Diners etwas sehr Sonderbares gesagt – gerade vor einer etwas unheimlichen Pause.«

Anne bückte sich, um eine Raupe zu entfernen. »Ich kann mich nicht recht erinnern.«

»Was sagte er?« fragte Rhoda.
»Etwas – was war es nur? – über einen Unglücksfall und Gift. Erinnern Sie sich nicht?«
Annes linke Hand umklammerte das Korbgeflecht ihres Stuhles fester.
»Ich erinnere mich jetzt an etwas Derartiges«, sagte sie ruhig.
Rhoda sagte plötzlich: »Meine Liebe, du solltest deinen Mantel anziehen. Wir haben schließlich nicht mehr Sommer. Geh und hol ihn!« Anne schüttelte den Kopf.
»Mir ist ganz warm.«
Aber während sie sprach, fröstelte sie.
»Meine Theorie ist Ihnen doch klar«, fuhr Mrs. Oliver fort. »Ich vermute, ein Patient des Doktors hat sich scheinbar zufällig vergiftet, aber natürlich war es in Wirklichkeit kein Zufall, sondern das Werk des Doktors. Ich vermute, er hat eine ganze Menge Leute auf diese Weise ermordet.«
Annes Wangen überzogen sich mit einem plötzlichen Rot.
»Ist es bei den Ärzten Sitte, ihre Patienten en gros zu ermorden? Würde sich das nicht ungünstig auf ihre Praxis auswirken?«
»Es müßte natürlich einen Grund haben«, überlegte Mrs. Oliver.
»Ich finde die Idee unsinnig«, sagte Anne energisch. »Einfach melodramatisch.«
»Oh, Anne!« rief Rhoda und sah Mrs. Oliver mit um Entschuldigung bittendem Blick an. Ihre Augen, wie die eines klugen Spaniels, schienen zu sagen. »Versuch zu verstehen. Versuch zu verstehen.«
»Ich finde es eine glänzende Idee, Mrs. Oliver«, sagte Rhoda ernst. »Und ein Arzt könnte sich etwas ganz Unaufspürbares beschaffen, nicht wahr?«
»Oh!« rief Anne.
Die anderen beiden wandten sich ihr zu.
»Ich erinnere mich an etwas anderes. Mr. Shaitana sagte etwas über die günstigen Gelegenheiten eines Arztes in einem Laboratorium. Er muß etwas damit gemeint haben.«
»Das hat nicht Mr. Shaitana gesagt.« Mrs. Oliver schüttelte den Kopf. »Das hat Major Despard gesagt.«

Sie hörte Schritte auf dem Gartenweg und wandte sich um. »Nein, so etwas!« rief sie aus. »Wenn man vom Teufel spricht!«
Major Despard war eben um die Ecke des Hauses gekommen.

13

Der Anblick von Mrs. Oliver brachte Major Despard aus der Fassung. Unter seiner sonnverbrannten Haut errötete er tief. Die Verlegenheit machte ihn nervös. Er ging auf Anne zu.
»Entschuldigen Sie, Miss Meredith. Ich habe geläutet, aber es rührte sich nichts. Ich hatte hier zu tun und wollte nicht an Ihrer Tür vorbeigehen, ohne Sie zu begrüßen.«
»Es tut mir so leid, daß Sie warten mußten«, sagte Anne, »aber wir haben kein Mädchen – nur eine Aushilfe für die Vormittage.«
Sie stellte ihn Rhoda vor.
Rhoda sagte munter: »Trinken wir Tee. Es wird kühl. Gehen wir lieber hinein!«
Sie gingen alle ins Haus. Rhoda verschwand in die Küche. Mrs. Oliver sagte:
»Was für ein Zufall – daß wir uns alle hier treffen.«
Despard sagte langsam: »Ja.«
Seine Augen ruhten nachdenklich und prüfend auf ihr.
»Ich habe Miss Meredith vorgeschlagen«, berichtete Mrs. Oliver, die sich köstlich amüsierte, »einen Schlachtplan zu entwerfen. Wegen des Mordes, meine ich. Natürlich hat es dieser Doktor getan. Sind Sie nicht meiner Meinung?«
»Das weiß ich nicht. Sehr wenig Anhaltspunkte.«
Mrs. Olivers Miene schien auszudrücken: »Echt Mann.«
Eine gewisse Befangenheit hatte sich der drei bemächtigt. Mrs. Oliver spürte es sogleich, und als Rhoda den Tee brachte, stand sie auf und verkündete, daß sie in die Stadt zurück müsse. Nein, es sei äußerst liebenswürdig von ihnen, aber sie könnte nicht zum Tee bleiben.

»Hier – ich gebe Ihnen meine Visitenkarte«, sagte sie. »Besuchen Sie mich, wenn Sie in die Stadt kommen, und wir werden alles besprechen und sehen, ob uns irgend etwas Kluges einfällt, um der Sache auf den Grund zu gehen.«
»Ich begleite Sie zum Gartentor«, sagte Rhoda.
Gerade als sie den Pfad zum Gartentor hinuntergingen, kam Anne Meredith aus dem Haus geeilt und überholte sie.
Ihr blasses Gesicht sah ungewöhnlich entschlossen aus.
»Ja, meine Liebe?«
»Es ist außerordentlich liebenswürdig von Ihnen, Mrs. Oliver, sich so zu bemühen, aber ich möchte wirklich lieber gar nichts tun. Ich meine – es war alles so schrecklich. Ich möchte es einfach vergessen.«
»Mein liebes Kind, es handelt sich darum, ob man Ihnen gestatten wird, es zu vergessen.«
»Oh, ich weiß sehr gut, daß die Polizei die Sache nicht fallenlassen wird. Sie werden wahrscheinlich herkommen und mich weiter ausfragen. Darauf bin ich gefaßt. Aber privat, meine ich, will ich nicht daran denken – oder irgendwie daran erinnert werden. Ich bin vielleicht ein Feigling, aber so ist mir zumute.«
»Oh, Anne!« rief Rhoda Dawes.
»Ich kann Ihre Gefühle verstehen, aber ich bin nicht überzeugt, daß Sie klug handeln«, meinte Mrs. Oliver. »Sich selbst überlassen, wird die Polizei vermutlich nie die Wahrheit herausfinden.«
Anne Meredith zuckte die Achseln.
»Macht das wirklich etwas?«
»Natürlich macht es etwas«, rief Rhoda. »Es macht sogar sehr viel, nicht wahr, Mrs. Oliver?«
»Das will ich meinen«, bestätigte Mrs. Oliver trocken.
»Ich bin nicht Ihrer Meinung«, beharrte Anne eigensinnig. »Niemand, der mich kennt, kann glauben, daß ich es getan habe. Ich sehe keinen Grund zur Einmischung. Es ist Sache der Polizei, die Wahrheit herauszubekommen.«
»Oh, Anne, du bist so mutlos«, seufzte Rhoda.
»Jedenfalls fühle ich mich so«, gab Anne zu. Sie streckte

ihre Hand aus. »Danke sehr, Mrs. Oliver. Es war sehr freundlich von Ihnen, sich bemüht zu haben.«
»Natürlich, wenn Sie so denken, ist nichts mehr zu sagen«, meinte Mrs. Oliver munter. »Ich für mein Teil werde nicht ruhen. Adieu, meine Liebe, besuchen Sie mich in London, wenn Sie Ihre Meinung ändern.«
Sie kletterte in den Wagen, startete und winkte den beiden Mädchen fröhlich zu.
Rhoda stürzte plötzlich dem Wagen nach und sprang aufs Trittbrett. »Was Sie wegen des Besuchs in London gesagt haben . . .«, rief sie atemlos – »meinten Sie nur Anne oder auch mich?«
Mrs. Oliver bremste.
»Ich habe natürlich Sie beide gemeint.«
»Oh, danke vielmals. Ich – vielleicht komme ich eines Tages. Ich möchte Ihnen etwas – nein, ich will Sie jetzt nicht aufhalten!«
Sie sprang ab und lief, Mrs. Oliver nachwinkend, zum Gartengitter zurück, wo Anne stand.
»Was in aller Welt . . .«, begann Anne.
»Ist sie nicht süß?« fragte Rhoda schwärmerisch. »Ich finde sie entzückend. Sie hatte ein Loch im Strumpf, hast du es bemerkt?«
»Ich bin sicher, sie ist schrecklich gescheit; das muß sie auch sein – um all diese Bücher zu schreiben. Es wäre ein Spaß, wenn Sie die Wahrheit herausbrächte und sich über die Polizei und alle anderen lustig machen könnte.«
»Warum ist sie hergekommen?«
Rhoda riß die Augen auf.
»Aber sie hat dir doch gesagt . . .«
Anne machte eine ungeduldige Handbewegung.
»Wir müssen hineingehen. Ich habe ihn ganz allein gelassen.«
»Major Despard? Anne, sieht er nicht wunderbar aus?«
»Möglich.«
Sie gingen zusammen zurück ins Haus.
Major Despard stand am Kamin, die Teetasse in der Hand. Er schnitt Annes Entschuldigungen, daß sie ihn allein gelassen hatte, ab.

»Miss Meredith, ich möchte Ihnen erklären, warum ich so plötzlich hier aufgetaucht bin.«
»Oh – aber . . .«
»Ich habe gesagt, daß ich hier zu tun hatte – das war nicht wahr. Mein Besuch war beabsichtigt.«
»Wie haben Sie meine Adresse erfahren?« fragte Anne langsam.
»Durch Superintendent Battle.«
Er sah, wie sie bei dem Namen zusammenzuckte, und beeilte sich fortzufahren.
»Battle ist auf dem Weg hierher. Ich habe ihn zufällig in Paddington gesehen. Ich habe meinen Wagen genommen und bin hergekommen. Ich wußte, ich könnte den Zug leicht überholen.«
»Aber warum?«
Despard zögerte kurz und sagte dann:
»Es war vielleicht anmaßend von mir – aber ich hatte den Eindruck, daß Sie vielleicht ›allein in der Welt stehen‹, wie man so sagt.«
»Sie hat mich«, erklärte Rhoda.
Despard warf ihr einen raschen Blick zu. Ihm gefiel die aufrechte schlanke Person, die am Kamin lehnte und seinen Worten so aufmerksam folgte. Sie waren ein reizendes Gespann, diese beiden.
»Ich bin sicher, daß sie keinen ergebeneren Freund haben könnte als Sie, Miss Dawes«, räumte er artig ein, »aber ich habe gedacht, daß unter diesen besonderen Umständen der Rat eines Mannes mit etwas Erfahrung nicht schaden könnte. Offen gesagt, ist die Situation so: Miss Meredith steht unter Mordverdacht. Das gleiche gilt für mich und die beiden anderen Leute, die an jenem Abend in dem Zimmer waren. Das ist keine angenehme Situation – und sie birgt ihre besonderen Gefahren und Schwierigkeiten, die ein so junges und unerfahrenes Geschöpf wie Sie, Miss Meredith, nicht erfassen kann. Meiner Meinung nach sollten Sie sich einem erstklassigen Anwalt anvertrauen. Aber vielleicht haben Sie das bereits getan?«
Anne Meredith schüttelte den Kopf.

»Ich habe nie daran gedacht.«
»Genau wie ich vermutet hatte. Haben Sie jemand Tüchtigen, am besten in London?«
Anne schüttelte den Kopf.
»Ich habe nie einen Anwalt gebraucht.«
»Ich kenne Mr. Bury«, überlegte Rhoda, »aber er ist ungefähr hundertzwei Jahre alt und völlig senil.«
»Wenn Sie mir gestatten, Ihnen zu raten, so würde ich Ihnen meinen eigenen Anwalt, Mr. Myherne, empfehlen. Jacobs, Peel & Jacobs ist der eigentliche Name der Firma. Es sind erstklassige Leute, und sie kennen den ganzen Rummel.«
Anne war blasser geworden, sie setzte sich.
»Ist das denn wirklich notwendig?« fragte sie mit leiser Stimme.
»Unbedingt. Es gibt allerlei juristische Fallen.«
»Sind diese Leute sehr teuer?«
»Das spielt doch keine Rolle«, meinte Rhoda schnell. »Major Despard, ich finde, Sie haben vollkommen recht. Anne braucht einen Schutz.«
»Das Honorar wird, glaube ich, nicht übermäßig sein«, sagte Despard und fügte ernsthaft hinzu: »Ich glaube wirklich, es ist das Vernünftigste, Miss Meredith.«
»Also gut«, gab Anne langsam nach. »Wenn Sie glauben, es sei das Richtige, so werde ich es tun.«
»Gut.«
Rhoda sagte herzlich:
»Ich finde es rührend von Ihnen, Major Despard.«
»Sagten Sie, daß Superintendent Battle herkommen würde?« fragte Anne.
»Ja, das darf Sie nicht erschrecken, das ist unvermeidlich.«
»Oh, ich weiß. Ich habe ihn eigentlich schon erwartet.«
Rhoda sagte impulsiv:
»Meine arme Kleine – diese Sache bringt sie fast um. Es ist eine Schande – so schrecklich unfair.«
»Sie haben recht – es ist eine abscheuliche Geschichte – ein junges Mädchen in eine solche Affäre hineinzuziehen. Wenn jemand unbedingt Shaitana erstechen wollte, so hätte er eine andere Zeit und einen anderen Ort wählen sollen.«

Rhoda fragte rundheraus:
»Wer, glauben Sie, hat es getan? Dr. Roberts oder diese Mrs. Lorrimer?«
Ein schwaches Lächeln umspielte Despards Lippen.
»Wer weiß, vielleicht war ich es selbst.«
»O nein«, rief Rhoda. »Anne und ich wissen, daß Sie es nicht getan haben.«
Er blickte beide freundlich an.
Nette Mädchen. Voll rührender Vertrauensseligkeit. Ein schüchternes Geschöpf, die kleine Meredith. Macht nichts. Myherne würde ihr schon beistehen. Die andere war eine Kämpfernatur. Sie wäre anstelle ihrer Freundin nicht so zusammengeklappt. Wirklich nette Mädchen. Er wüßte gern mehr von ihnen.
Diese Gedanken gingen ihm durch den Kopf. Laut sagte er:
»Nehmen Sie nie etwas als erwiesen an, Miss Dawes; ich schätze das menschliche Leben weniger hoch ein als die meisten Leute. All dieses hysterische Getue wegen der Verkehrsunfälle zum Beispiel. Der Mensch ist ständig in Gefahr – durch den Verkehr, durch Bakterien, durch tausendundeine Sache. Eine Todesart ist so gut wie die andere. Sowie man anfängt, auf sich achtzugeben und ›vor allem Sicherheit‹ als Motto wählt, kann man meiner Meinung nach ebensogut gleich tot sein.«
»Oh, wie recht Sie haben«, rief Rhoda. »Ich finde, man sollte schrecklich gefährlich leben – das heißt, wenn sich die Gelegenheit dazu bietet. Aber im allgemeinen ist das Leben viel zu zahm.«
»Es hat seine Glanzpunkte.«
»Ja, für Sie. Sie gehen in die Wildnis und werden von Tigern angefallen und schießen Löwen, und Sandflöhe vergraben sich in Ihre Zehen, und Insekten stechen Sie, und alles ist furchtbar unbequem, aber furchtbar spannend.«
»Nun, Miss Meredith hatte auch ihre Sensation. Ich glaube nicht, daß es oft vorkommt, daß man selber im Zimmer ist, während ein Mord begangen wird . . .«
»Oh, bitte nicht!« rief Anne.
Er sagte schnell:

»Verzeihen Sie.«
Aber Rhoda seufzte:
»Natürlich war es schrecklich – aber es war auch spannend! Ich glaube nicht, daß Anne diese Seite der Sache zu würdigen versteht. Wissen Sie, ich glaube, Mrs. Oliver ist selig, daß sie an jenem Abend dort war.«
»Mrs. . . .? O ja, die Frau, die die Bücher über den Finnen mit dem unaussprechbaren Namen schreibt. Versucht sie jetzt im wirklichen Leben Detektiv zu spielen?«
»Sie möchte gern.«
»Nun, wünschen wir ihr Glück. Es wäre ein Spaß, wenn sie Battle & Co. eins auswischen würde.«
»Wie ist Superintendent Battle eigentlich?« fragte Rhoda neugierig.
Despard erwiderte ernst:
»Er ist ein außergewöhnlich kluger Mensch. Ein Mann von hervorragenden Fähigkeiten.«
»Oh«, sagte Rhoda. »Anne meinte, er sähe eher dumm aus.«
»Darauf beruhen, glaube ich, seine Erfolge. Aber wir dürfen uns da nicht täuschen lassen. Battle ist kein Dummkopf.«
Er stand auf.
»Nun, ich muß fort. Ich möchte nur noch eines sagen.«
Anne war auch aufgestanden.
»Ja?«
Despard machte eine kleine Pause, um seine Worte sorgfältig zu wählen. Er nahm ihre Hand und behielt sie in der seinen. Er blickte ihr gerade in die großen, schönen grauen Augen.
»Sie dürfen mir nicht böse sein«, sagte er. »Es ist immerhin möglich, daß in Ihrer Beziehung zu Shaitana irgend etwas war, von dem Sie nicht wünschen, daß es aufkommt. Wenn dem so ist – bitte nicht böse sein (er fühlte, wie sie ihm instinktiv ihre Hand entziehen wollte) –, so ist es in Anwesenheit Ihres Anwalts Ihr gutes Recht, Battle jede Antwort auf irgendwelche Fragen zu verweigern.«
Anne riß sich los. Ihre Augen weiteten sich und wurden dunkel vor Zorn:
»Es war nichts – *nichts* . . . ich habe den abscheulichen Kerl kaum gekannt.«

»Vergeben Sie mir. Ich hielt es für meine Pflicht, das zu erwähnen.«
»Es ist wirklich wahr«, bestätigte Rhoda. »Anne kannte ihn kaum. Sie hat ihn nie recht gemocht, aber er gab eben schrecklich nette Gesellschaften.«
»Das«, meinte Major Despard grimmig, »scheint die einzige Lebensberechtigung des verstorbenen Mr. Shaitana gewesen zu sein.«
Anne sagte kalt:
»Superintendent Battle kann mich fragen, was er will. Ich habe nichts zu verbergen – *nichts.*«
Despard darauf sehr sanft: »Bitte verzeihen Sie mir.«
Sie blickte ihn an. Ihr Zorn verrauchte. Sie lächelte – es war ein sehr reizendes Lächeln.
»Es macht nichts. Ich weiß, Sie haben es nur gut gemeint.«
Sie reichte ihm wieder die Hand. Er nahm sie: »Wir sind Schicksalsgenossen, wissen Sie. Wir sollten gute Kameraden sein . . .«
Es war Anne, die ihn zum Gartentor begleitete. Als sie zurückkam, starrte Rhoda aus dem Fenster und pfiff leise vor sich hin. Sie wandte sich um, als ihre Freundin eintrat.
»Er ist bezaubernd, Anne.«
»Er ist sehr nett, nicht wahr?«
»Viel mehr als nett . . . ich bin vernarrt in ihn. Warum war nicht ich statt deiner bei diesem verflixten Diner? Ich hätte die Sensation genossen – die Schlinge um den Hals – den Schatten des Schafotts . . .«
»Nein, du hättest es nicht genossen. Du redest puren Unsinn, Rhoda.«
Annes Stimme war scharf. Dann sagte sie in milderem Ton:
»Es war lieb von ihm, den ganzen Weg hier herauszukommen – für eine Fremde – für ein Mädchen, das er nur einmal getroffen hatte.«
»Oh, er hat sich in dich verliebt. Das ist klar. Männer machen solche Sachen nicht aus reinem Altruismus. Er wäre nicht angefahren gekommen, wenn du schielen würdest und voller Pickeln wärst.«
»Du meinst?«

»Ja, meine ich. Mrs. Oliver ist die viel Selbstlosere von den beiden.«
»Ich mag sie nicht«, sagte Anne scharf. »Ich hatte ein sonderbares Gefühl bei ihr . . . Ich frage mich, was der wahre Grund war, warum sie gekommen ist?«
»Das übliche Mißtrauen gegen das eigene Geschlecht. Ich vermute, Major Despard hatte eher Privatinteressen, wenn wir schon davon sprechen.«
»Ich bin sicher, das stimmt nicht«, widersprach Anne hitzig. Und als Rhoda lachte, errötete sie.

14

Superintendent Battle kam gegen sechs Uhr in Wallingford an. Er wollte durch harmlosen Ortsklatsch so viel wie möglich erfahren, ehe er Miss Meredith aufsuchte.
Ohne sich irgendwie festzulegen, gelang es Battle, ganz verschiedene Eindrücke von seiner Lebensstellung und von seinem Beruf zu erwecken.
Mindestens zwei Leute hielten ihn für einen Londoner Architekten, der gekommen war, sich wegen des Anbaus für das Cottage umzusehen, ein anderer war überzeugt, daß er »So einer war, der eine möblierte Villa fürs Wochenende mieten wollte«, und zwei weitere hätten gesagt, daß er der Vertreter einer Firma für wetterfeste Tennisplätze sei.
Die Informationen, die der Superintendent erhielt, waren durchwegs günstig.
»Wendon Cottage? Ja, das stimmt – an der Marlbury Road. Sie können es nicht verfehlen. Zwei junge Damen, ja. Miss Dawes und Miss Meredith. Sehr nette, wohlerzogene junge Damen.«
»Seit Jahren hier? O nein, nicht so lange. Gut zwei Jahre. Sie sind im Septemberquartal gekommen. Sie haben es von Mr. Pickersgrill gekauft. Er hat es nach dem Tod seiner Frau nicht viel bewohnt.«
Battles Gewährsmann hatte nie gehört, daß sie aus Northum-

berland gekommen wären. *Er* glaubte, eher aus London. Sie waren in der Nachbarschaft sehr beliebt, obwohl manche Leute altmodisch waren und fanden, zwei junge Mädchen sollten nicht allein leben. Aber sie waren sehr still und ruhig. Sie gehörten nicht zu dieser cocktailtrinkenden Weekend-Bande. Miss Rhoda war die energische und Miss Meredith die stille. Ja, Miss Dawes kam für die Kosten auf. Sie war es, die das Geld hatte.

Die Nachforschungen des Superintendenten führten ihn schließlich unfehlbar zu Mrs. Astwell.

Mrs. Astwell war eine redselige Dame.

»Nein, Sir, ich glaube kaum, daß sie verkaufen wollen. Nicht so bald. Sie sind erst vor zwei Jahren eingezogen. Ich habe von Anfang an für sie gearbeitet, ja, Sir. Von acht bis zwölf – das sind meine Stunden. Sehr nette, muntere junge Damen. Immer zu einem Scherz bereit. Gar nicht hochmütig.

Ich kann natürlich nicht sagen, ob es die gleiche Miss Dawes ist, die Sie gekannt haben, Sir – die gleiche Familie, meine ich.

Ich glaube, daß sie in Devonshire zu Hause ist. Sie bekommt ab und zu Rahm von dort, und sie sagte, daß es sie an daheim erinnert, also muß es so sein.

Wie Sie sagen, Sir, es ist traurig, daß so viele junge Damen sich heute ihr Brot selbst verdienen müssen. Man kann nicht sagen, daß diese jungen Damen reich sind, aber sie haben ein sehr angenehmes Leben. Miss Dawes hat natürlich das Geld. Ich glaube, Miss Anne ist sozusagen ihre Gesellschafterin. Das Cottage gehört Miss Dawes.

Ich könnte nicht sagen, woher Miss Anne stammt. Ich habe sie die Isle of Wight erwähnen hören, und sie mag Nordengland nicht. Und sie und Miss Rhoda waren mal in Devonshire; sie hat von den Hügeln, dem Strand und den Buchten geschwärmt.«

Der Redefluß ergoß sich weiter. Ab und zu machte sich Battle im Geist eine Notiz. Nachher notierte er ein, zwei geheimnisvolle Worte in sein Büchlein.

Um halb acht des gleichen Abends schritt er den Gartenpfad zur Eingangstür von Wendon Cottage hinauf.

Sie wurde ihm von einem großen, dunklen Mädchen in einem orangefarbenen Cretonnekleid geöffnet.
»Wohnt Miss Meredith hier?« erkundigte sich Superintendent Battle.
Er sah sehr hölzern und soldatisch aus.
»Ja, sie wohnt hier.«
»Ich würde sie gern sprechen, bitte. Superintendent Battle.«
Sofort traf ihn ein durchdringender Blick.
»Bitte treten Sie ein«, sagte Rhoda Dawes und gab den Eingang frei.
Anne Meredith saß in einem Fauteuil am Kamin und schlürfte Kaffee. Sie trug ein gesticktes Crêpe-de-Chine-Gewand.
»Es ist Superintendent Battle«, verkündete Rhoda und führte den Gast herein.
Anne stand auf und ging ihm mit ausgestreckter Hand entgegen.
»Etwas spät für einen Besuch«, entschuldigte sich Battle, »aber ich wollte sicher sein, daß ich Sie auch antreffe, und es war ein schöner Tag.«
Anne lächelte.
»Darf ich Ihnen eine Tasse Kaffee anbieten, Superintendent? Rhoda, bitte, hol doch noch eine Tasse.«
»Zu freundlich, Miss Meredith.«
»Wir bilden uns sehr viel auf unseren guten Kaffee ein«, meinte Anne.
Sie wies auf einen Stuhl, und Battle nahm Platz. Rhoda brachte eine Tasse, und Anne goß ihm Kaffee ein. Das Feuer knisterte im Kamin, und die Blumen in den Vasen machten einen behaglichen Eindruck auf den Besucher.
Es war eine angenehme, anheimelnde Atmosphäre. Anne schien völlig unbefangen, und das andere Mädchen fuhr fort, ihn mit brennendem Interesse anzustarren.
»Wir haben Sie erwartet«, sagte Anne.
Ihr Ton klang fast vorwurfsvoll. »Warum haben Sie mich vernachlässigt?« schien er auszudrücken.
»Bedaure, Miss Meredith. Ich hatte eine Menge Dienstliches in der Sache zu tun.«

»Befriedigend?«
»Nicht sonderlich. Aber es muß alles gemacht werden. Ich habe Roberts sozusagen von innen nach außen gekehrt und Mrs. Lorrimer ebenso. Und jetzt komme ich, um die Prozedur bei Ihnen zu wiederholen, Miss Meredith.«
Anne lächelte.
»Ich bin bereit.«
»Und was ist mit Major Despard?« fragte Rhoda.
»Oh, er wird nicht vergessen, seien Sie unbesorgt«, beruhigte Battle sie.
Er stellte seine Kaffeetasse ab und blickte zu Anne hinüber. Sie richtete sich in ihrem Stuhl etwas auf.
»Ich bin ganz Ohr, Superintendent. Was wollen Sie wissen?«
»Nun, kurz gesagt, alles über Sie selbst, Miss Meredith.«
»Ich bin eine ganz ehrbare Person«, erwiderte Anne lächelnd.
»Sie hat auch ein ganz untadeliges Leben geführt«, ergänzte Rhoda, »dafür kann ich mich verbürgen.«
»Das ist ja sehr schön«, kommentierte Battle munter. »Also kennen Sie Miss Meredith schon sehr lange, nicht wahr?«
»Wir waren zusammen in der Schule«, sagte Rhoda. »Was für eine Ewigkeit das jetzt her zu sein scheint, nicht wahr, Anne?«
»So lange, daß Sie sich vermutlich kaum noch daran erinnern können«, lachte Battle. »Nun, Miss Meredith, ich fürchte, ich werde Sie jetzt an die Formulare erinnern, die man auf Ämtern ausfüllen muß.«
»Ich wurde geboren . . .«, begann Anne.
»Von armen, aber ehrlichen Eltern«, fiel Rhoda ein.
Superintendent Battle hob mahnend den Finger.
»Nun, nun, junge Dame.«
»Rhoda«, sagte Anne vorwurfsvoll, »das ist eine ernste Angelegenheit.«
»Verzeih!«
»Also, Miss Meredith. Sie wurden wo geboren?«
»In Quetta, in Indien.«
»Ah, richtig, Sie stammen ja aus einer Offiziersfamilie.«
»Ja, mein Vater war Major Meredith. Meine Mutter starb, als ich elf Jahre alt war. Als mein Vater in Pension ging und wir

nach Cheltenham zogen, war ich fünfzehn Jahre alt. Er starb, als ich achtzehn war, und hat mir praktisch nichts hinterlassen.«
Battle nickte teilnahmsvoll.
»Das muß ein arger Schock für Sie gewesen sein?«
»Gewiß. Ich habe immer gewußt, daß wir nicht wohlhabend sind, aber vor dem absoluten Nichts zu stehen, ist doch etwas anderes.«
»Was haben Sie dann gemacht, Miss Meredith?«
»Ich mußte eine Stellung annehmen. Ich hatte nichts Rechtes gelernt, und ich bin nicht besonders gescheit. Ich kann weder tippen, noch stenografieren, noch sonst etwas. Eine Freundin in Cheltenham verschaffte mir einen Posten bei Freunden von ihr – zwei kleine Buben betreuen, die in den Ferien nach Hause kamen, und Mithilfe im Haushalt.«
»Den Namen bitte.«
»Das war bei Mrs. Eldon, The Larches Ventor. Ich blieb zwei Jahre dort, und dann gingen die Eldons ins Ausland. Ich arbeitete dann für eine Mrs. Deering.«
»Meine Tante«, ergänzte Rhoda.
»Ja, Rhoda hat mir die Stelle verschafft. Ich war dort sehr glücklich. Rhoda kam manchmal zu Besuch, und wir verbrachten lustige Zeiten miteinander.«
»Was waren Sie dort – Gesellschafterin?«
»Ja – darauf lief es hinaus.«
»Eher Gärtnergehilfe«, meinte Rhoda und erklärte:
»Meine Tante Emily ist närrisch mit ihrem Garten. Anne hat ihre meiste Zeit damit verbracht, zu jäten und Stecklinge einzusetzen.«
»Ihr Gesundheitszustand verschlimmerte sich, und sie mußte eine gelernte Pflegerin nehmen.«
»Sie hat Krebs«, sagte Rhoda. »Die Arme muß immer Morphium und solches Zeug bekommen.«
»Sie war sehr gut zu mir. Ich bin sehr ungern fortgegangen.«
»Ich fahndete gerade nach einem Cottage und suchte jemanden, es mit mir zu teilen. Papa ist wieder verheiratet – gar nicht mein Fall. Ich bat Anne, mit mir herzuziehen, und seitdem ist sie immer hier gewesen.«

»Nun, das klingt gewiß nach einem höchst untadeligen Leben«, bestätigte Battle. »Jetzt müssen wir nur noch die Daten klarstellen. Sie waren zwei Jahre bei Mrs. Eldon, sagen Sie. Übrigens, wie lautet deren jetzige Adresse?«
»Sie ist in Palästina. Ihr Mann ist dort irgend etwas bei der Regierung – ich weiß nicht genau, was.«
»Nun, das wird sich ja leicht feststellen lassen. Und dann gingen Sie zu Mrs. Deering?«
»Ich war drei Jahre bei ihr«, sagte Anne schnell. »Ihre Adresse ist Marsh Dene, Little Hembury, Devon.«
»Also sind Sie jetzt fünfundzwanzig Jahre alt, Miss Meredith. Nur noch eines – die Namen und Adressen von einigen Leuten in Cheltenham, die Sie und Ihren Vater gekannt haben.« Anne gab sie ihm.
»Nun, was diese Schweizer Reise betrifft, auf der Sie Mr. Shaitana kennenlernten. Sind Sie allein gereist oder war Miss Dawes mit Ihnen?«
»Wir sind zusammen hingefahren und haben uns dort mit einigen anderen Leuten getroffen. Wir waren eine Gesellschaft von acht Personen.«
»Berichten Sie mir über Ihre Begegnung mit Mr. Shaitana.«
Anne zog die Brauen zusammen.
»Da gibt es wirklich nicht viel zu berichten. Es war einfach da. Wir lernten ihn kennen, wie man eben Leute in einem Hotel kennenlernt. Er bekam den ersten Preis beim Kostümball. Er ging als Mephisto.«
Battle seufzte.
»Ja, das war von jeher seine Lieblingsrolle.«
»Er war wirklich fabelhaft«, erinnerte sich Rhoda. »Er mußte sich kaum herrichten.«
Der Superintendent blickte von einem Mädchen zum andern.
»Welche von Ihnen beiden kannte ihn am besten?«
Anne zögerte. Es war Rhoda, die erwiderte.
»Anfangs beide gleich gut, das heißt schrecklich wenig. Wissen Sie, unsere Clique war die Ski-Clique, und wir waren meistens auf irgendeiner Tour, und abends haben wir in der Bar getanzt. Aber dann begann Shaitana Anne den Hof zu

machen. Er machte ihr Komplimente, wissen Sie, und all das. Wir haben sie fürchterlich damit aufgezogen.«

»Ich glaube, er tat es nur, um mich zu ärgern«, meinte Anne. »Weil ich ihn nicht mochte. Ich glaube, es machte ihm Spaß, mich in Verlegenheit zu bringen.«

Rhoda lachte.

»Wir sagten Anne, daß es eine gute Partie für sie wäre. Sie wurde ganz wütend auf uns.«

»Würden Sie mir die Namen der anderen Leute nennen, die zu Ihrer Gruppe gehörten?«

»Sie sind nicht gerade vertrauensselig«, sagte Rhoda. »Glauben Sie, daß jedes Wort von uns eine glatte Lüge ist?«

Battle zwinkerte mit den Augen.

»Ich werde mich jedenfalls davon überzeugen, daß dem nicht so ist.«

»Sie sind wirklich mißtrauisch«, stellte Rhoda fest.

Sie kritzelte einige Namen auf ein Blatt Papier und reichte es ihm.

Battle erhob sich.

»Danke sehr, Miss Meredith. Wie Miss Dawes sagt, scheinen Sie ein besonders makelloses Leben geführt zu haben. Ich glaube, Sie brauchen sich keine Sorgen zu machen. Es ist sonderbar, wie Shaitanas Benehmen sich Ihnen gegenüber verändert hat. Verzeihen Sie mir die Frage, aber hat er Ihnen einen Heiratsantrag gemacht – oder – hm – Sie mit Anträgen anderer Art belästigt?«

»Er hat nicht versucht, sie zu verführen«, fiel Rhoda hilfreich ein, »wenn Sie das hören wollten.«

Anne errötete.

»Nein, keineswegs«, sagte sie. »Er war immer äußerst höflich und – und – formell. Mich hat nur sein übertriebenes Getue nervös gemacht.«

»Und vielleicht kleine Dinge, die er sagte oder andeutete?«

»Ja, vielmehr – nein. Er hat nie irgendwelche Andeutungen gemacht!«

»Verzeihen Sie, aber diese Frauenjäger machen das zuweilen. Also, gute Nacht, Miss Meredith. Der Kaffee war ausgezeichnet, danke vielmals. Gute Nacht, Miss Dawes.«

»So«, sagte Rhoda, als Anne ins Zimmer zurückkam, nachdem sie Superintendent Battle hinausbegleitet hatte. »Das hätten wir, und es war gar nicht so schrecklich. Er ist ein ganz netter, wohlwollender, väterlicher Mensch und verdächtigt dich offenbar nicht im geringsten. Es war alles um so viel besser, als ich gedacht hatte.«

Anne ließ sich aufatmend nieder.

»Es war wirklich nicht schwer«, gab sie zu. »Es war dumm von mir, mich so aufzuregen. Ich dachte, er würde versuchen, mich einzuschüchtern – wie die Staatsanwälte auf der Bühne.«

»Er sieht recht vernünftig aus. Er weiß ganz gut, daß du keine mordlustige Frau bist.«

Sie hielt inne und sagte dann:

»Sag, Anne, warum hast du eigentlich nicht erwähnt, daß du in Croftways warst? Hast du's vergessen?«

Anne erwiderte langsam:

»Ich habe gedacht, daß es nicht zählt. Ich war nur einige Monate dort. Und es ist niemand mehr da, bei dem man sich über mich erkundigen kann. Ich kann ja schreiben und es ihm sagen, wenn du glaubst, daß es etwas ausmacht, aber ich bin sicher, daß es nichts ausmacht. Lassen wir es lieber.«

»Gut, wenn du meinst.«

Rhoda stand auf und drehte das Radio an.

Eine rauhe Stimme sagte:

»Sie hörten eben die Black Nubians spielen. ›Warum belügst du mich, Baby?‹«

15

Major Despard trat aus seinem Hotel, bog scharf in die Regent Street ein und sprang auf einen Autobus.

Um diese Tageszeit war wenig Verkehr, und auf dem Oberdeck des Autobusses waren nur wenige Plätze besetzt. Despard ging nach ganz vorn.

Er war auf den fahrenden Autobus gesprungen. Jetzt blieb der Autobus an der Haltestelle stehen, nahm Fahrgäste auf und setzte seinen Weg die Regent Street hinauf fort.
Ein zweiter Fahrgast erklomm die Stufen, ging nach vorn und setzte sich auf einen Vorderplatz auf der anderen Seite.
Despard bemerkte den Neuankömmling nicht, aber nach einigen Minuten flüsterte ihm eine Stimme zu:
»Man hat einen schönen Blick auf London vom Oberdeck eines Autobusses, nicht wahr?«
Despard wandte den Kopf. Einen Augenblick lang sah er verdutzt drein, dann klärten sich seine Züge.
»Pardon, Monsieur Poirot. Ich habe Sie gar nicht erkannt. Ja, Sie haben recht, man hat von hier aus eine prächtige Aussicht. Aber seinerzeit war es noch schöner, als man noch nicht in einem Glaskäfig saß.«
Poirot seufzte.
»*Tout de même* war es bei nassem Wetter nicht angenehm, wenn unten alles voll war. Und in diesem Land ist viel nasses Wetter.«
»Regen? Regen hat noch nie jemandem geschadet.«
»Da irren Sie sich«, sagte Poirot. »Es führt oft zu einer *fluxion de poitrine*.«
Despard lächelte.
»Ich sehe, Sie gehören zu der ›Zieh dich warm an‹-Schule, Monsieur Poirot.«
Poirot war tatsächlich gegen die Tücken eines Herbsttages gut gewappnet. Er trug einen Überrock und einen Schal um den Hals.
»Welcher Zufall, daß wir uns hier treffen«, meinte Despard.
Er sah das Lächeln nicht, das der Schal verdeckte. An dieser Begegnung war nichts Zufälliges. Nachdem Poirot sich vergewissert hatte, wann Despard das Haus zu verlassen pflegte, hatte er auf ihn gewartet. Er hatte es vorsichtigerweise nicht riskiert, auf den fahrenden Autobus aufzuspringen, aber er war ihm zur nächsten Haltestelle nachgetrabt und hatte ihn dort bestiegen.
»Wirklich. Wir haben uns seit jenem Abend bei Shaitana nicht mehr gesehen«, erwiderte er.

»Haben Sie bei dieser Sache nicht Ihre Hand im Spiel?« fragte Despard.
Poirot kratzte sich leicht am Ohr.
»Ich denke über die Sache nach«, sagte er, »ich denke angestrengt nach. Hin und her laufen, Nachforschungen anstellen, das nicht. Das entspricht weder meinem Alter noch meinem Temperament, noch meiner Figur.«
Despard erwiderte erstaunlicherweise:
»Nachdenken? Nun, Sie könnten nichts Besseres tun. Es wird heute viel zuviel herumgerast. Wenn die Leute sich hinsetzen und über eine Sache nachdenken würden, ehe sie sie in Angriff nehmen, gäbe es weniger Durcheinander.«
»Ist das Ihre Methode im Leben, Major Despard?«
»Gewöhnlich. Man orientiere sich, wähle seine Marschroute, fasse einen Entschluß und halte an ihm fest!«
Sein Mund schloß sich grimmig.
»Und dann kann nichts mehr Sie von Ihrem Entschluß abbringen, nicht wahr?«
»Oh, das will ich nicht sagen. Es hat keinen Sinn, starrköpfig zu sein. Wenn man einen Fehler begangen hat, soll man ihn eingestehen.«
»Aber ich stelle mir vor, daß Sie nicht oft Fehler machen.«
»Wir machen alle Fehler, Monsieur Poirot.«
»Manche unter uns«, sagte Poirot mit einer gewissen Kälte, die wahrscheinlich auf das Fürwort zurückzuführen war, das der andere gebraucht hatte.
»Hatten Sie nie einen Mißerfolg, Monsieur Poirot?«
»Den letzten hatte ich vor achtundzwanzig Jahren«, antwortete Poirot würdevoll, »und sogar da waren gewisse Umstände – aber das tut nichts zur Sache.«
»Das scheint mir kein schlechter Rekord«, staunte Despard und fügte hinzu: »Und Shaitanas Tod? Der zählt vermutlich nicht, weil Sie nicht offiziell mit dem Fall betraut sind.«
»Er geht mich eigentlich nichts an – nein. Aber er verletzt doch mein Selbstgefühl. Ich finde es unverschämt, daß ein Mord praktisch vor meiner Nase von jemandem begangen wurde – von jemandem, der vielleicht spottet über meine Fähigkeit, ihm auf die Schliche zu kommen!«

»Nicht nur vor Ihrer Nase«, bemerkte Despard trocken, »auch vor der Nase von Scotland Yard.«
»Das war vermutlich ein grober Fehler«, meinte Poirot ernst. »Der gute, vierschrötige Superintendent Battle mag hölzern aussehen, aber im Kopf ist er keineswegs hölzern – ganz und gar nicht.«
»Da stimme ich Ihnen zu«, sagte Despard. »Diese scheinbare Stumpfheit ist nur Pose. Er ist ein sehr kluger, tüchtiger Beamter.«
»Und ich glaube, in diesem Fall sehr rührig.«
»Oh, äußerst rührig. Sehen Sie den netten, ruhigen, soldatisch aussehenden Burschen auf einem der rückwärtigen Plätze?«
Poirot blickte über seine Schulter.
»Es ist niemand da außer uns.«
»Nun, gut, dann ist er also unten. Er verläßt mich nie. Sehr tüchtiger Bursche. Verändert von Zeit zu Zeit auch sein Äußeres. Er macht es direkt künstlerisch.«
»Aber das kann Sie nicht täuschen, Sie haben einen scharfen Blick.«
»Ich vergesse nie ein Gesicht – nicht einmal ein schwarzes, und das ist mehr, als man von den meisten Leuten sagen kann.«
»Sie sind gerade der Mann, den ich suche. Welcher Glücksfall, daß ich Sie heute treffe! Ich brauche jemanden mit einem guten Auge und einem guten Gedächtnis. *Malheureusement* findet man beides selten vereint. Ich habe Dr. Roberts ohne Erfolg eine Frage gestellt und ebenso Mrs. Lorrimer. Jetzt will ich es mit Ihnen versuchen und sehen, ob ich herausbekomme, was ich brauche.
Versetzen Sie sich wieder in das Zimmer, in dem Sie bei Mr. Shaitana Karten gespielt haben, und sagen Sie mir, an was davon Sie sich noch erinnern können.«
Despard sah ihn verständnislos an.
»Ich verstehe nicht ganz.«
»Beschreiben Sie mir das Zimmer – die Einrichtung – die einzelnen Gegenstände.«
»Ich glaube nicht, daß ich viel Talent zu so etwas habe«, erwi-

derte Despard langsam. »Es war nach meinem Geschmack ein schauderhaftes Zimmer. Überhaupt kein Zimmer für einen Mann. Lauter Brokat und Seide und dummes Zeug. Ein Zimmer, ganz wie es zu einem Kerl wie Shaitana paßt.«

»Aber um zu spezifizieren . . .«

Despard schüttelte den Kopf.

»Ich fürchte, ich habe nicht viel bemerkt – er hatte ein paar gute Teppiche. Zwei Bucharas, drei oder vier erstklassige Perser, darunter einen Hamadan und einen Täbris. Ein ziemlich gutes Elenhaupt – nein, das war in der Halle. Ich vermute, aus einer Trophäenhandlung.«

»Sie glauben also nicht, daß der verstorbene Mr. Shaitana ein kühner Jäger war, der auszog, wilde Tiere zu erlegen?«

»Nein, der nicht. Der hat sicher nie etwas anderes gejagt als zahmes Wild. Was war noch da? Ich bedaure, Sie enttäuschen zu müssen, aber ich kann Ihnen wirklich nicht viel helfen. Eine Unmenge Nippes lag überall verstreut. Die Tische waren damit bedeckt. Das einzige, was ich bemerkt habe, war eine wirklich schöne Götzenstatuette. Osterinsel, schätze ich. Auf Hochglanz poliertes Holz. Man sieht nicht viele davon. Dann waren auch einige malaiische Stücke da. Nein, ich bedaure, ich kann Ihnen da nicht viel sagen.«

»Da kann man nichts machen«, meinte Poirot und sah etwas niedergeschlagen aus. »Wissen Sie, Mrs. Lorrimer hat das unglaublichste Kartengedächtnis! Sie konnte sich an die Ansagen und die Durchführung fast aller Spiele erinnern. Es war verblüffend.«

Despard zuckte die Achseln.

»Es gibt solche Frauen. Ich vermute, weil sie den ganzen Tag spielen.«

»Sie könnten das nicht, wie?«

Der andere schüttelte den Kopf.

»Ich erinnere mich nur an einzelne Spiele. Eines, wo ich die Manche in Caro gemacht hätte, wenn Roberts mich nicht herausgeblufft hätte. Er ist selber gefallen, aber wir haben ihn leider nicht kontriert. Ich erinnere mich auch an ein Sans-Atout-Spiel. Eine schwierige Sache. Jede Karte lag falsch. Wir sind zweimal gefallen – ein Glück, daß es nicht öfter war.«

»Spielen Sie viel Bridge, Major Despard?«
»Nein, ich spiele nicht regelmäßig. Aber es ist ein schönes Spiel.«
»Ziehen Sie es dem Poker vor?«
»Ich für meine Person, ja. Poker ist mir zu sehr Hasard.«
Poirot sagte nachdenklich:
»Ich glaube, Mr. Shaitana spielte gar kein Spiel – das heißt kein Kartenspiel.«
»Shaitana hat nur ein Spiel konsequent gespielt«, erklärte Despard grimmig.
»Und zwar?«
»Ein niederträchtiges Katz-und-Maus-Spiel.«
Poirot schwieg einen Augenblick, dann fragte er betont:
»*Wissen* Sie das oder *vermuten* Sie es nur?«
Despard wurde blutrot.
»Sie wollen sagen, daß man nichts behaupten soll, was man nicht positiv *weiß*. Da haben Sie recht, aber es ist wahr. Zufällig *weiß* ich es. Andererseits bin ich nicht bereit, auf Einzelheiten einzugehen. Meine Informationen sind vertraulicher Art.«
»Das heißt, daß sie eine Frau oder Frauen betreffen.«
»Ja, Shaitana als der Talmikavalier, der er war, hat lieber mit Frauen zu tun gehabt.«
»Sie glauben also, daß er ein Erpresser war.«
Despard schüttelte den Kopf.
»Nein, nein. Sie haben mich mißverstanden. In gewissem Sinn war Shaitana wohl ein Erpresser, aber er gehörte nicht zu dieser gewöhnlichen Wald-und-Wiesen-Sorte. Es ging ihm nicht um Geld. Er war ein seelischer Erpresser, wenn es so etwas gibt.«
»Und was hatte er davon?«
»Einen angenehmen Kitzel. Ich kann es nicht anders ausdrücken. Es machte ihm Spaß, die Leute zittern und beben zu sehen. Vermutlich fühlte er sich dann mehr als Mann und weniger als Wurm. Außerdem ist es eine Pose, die sehr auf Frauen wirkt. Er mußte nur andeuten, daß er alles wußte – und schon erzählten sie ihm eine Menge Dinge, die er selbst vielleicht nicht einmal ahnte. Das kitzelte seinen eigentümli-

chen Sinn für Humor. Dann stolzierte er als Mephisto einher, mit der Miene: Ich weiß alles! Ich bin der große Shaitana! – Der Mann war ein Affe!«

»Sie glauben also, daß er Miss Meredith auf diese Weise geängstigt hat?« sagte Poirot langsam.

»Miss Meredith?« Despard riß die Augen auf. »Ich habe nicht an sie gedacht. Sie ist nicht die Sorte, die sich vor einem Shaitana fürchtet.«

»Pardon, also meinten Sie Mrs. Lorrimer?«

»Nein, nein, nein, Sie mißverstehen mich. Ich habe ganz allgemein gesprochen. Und so stelle ich mir die Frau mit einem düsteren Geheimnis nicht vor. Nein, ich habe an niemanden im besonderen gedacht.«

»Sie haben nur auf die allgemeine Methode angespielt.«

»Ganz richtig.«

»Es besteht kein Zweifel, daß die sogenannten Talmikavaliere ausgezeichnete Frauenkenner sind. Sie entlocken ihnen Geheimnisse . . .«

»Es ist unglaublich. Der Mann war ein Komödiant, er hatte nichts wirklich Gefährliches an sich, und doch fürchteten die Frauen sich vor ihm auf geradezu unheimliche Weise.«

Er fuhr plötzlich auf.

»Hallo, ich bin über mein Ziel hinausgefahren. Ich war zu sehr in unser Gespräch vertieft. Adieu, Monsieur Poirot. Schauen Sie hinunter, und Sie werden sehen, wie mein getreuer Schatten mir folgt!«

Er eilte nach hinten und die Treppe hinunter.

Auf die Straße hinabblickend, sah Poirot Despard den Bürgersteig entlang zurückgehen. Er bemühte sich nicht, die ihm nachfolgende Gestalt zu identifizieren. Ihn beschäftigte etwas anderes.

»Niemand im besonderen«, murmelte er vor sich hin. »Das sollte mich wundern.«

16

Sergeant O'Connor war bei seinen Kameraden in Scotland Yard unter dem boshaften Spitznamen »das Gebet des Dienstmädchens« bekannt.
Er war zweifellos ein bildschöner Kerl. Groß, aufrecht, breitschultrig, aber es war weniger die Regelmäßigkeit seiner Züge als der kecke, draufgängerische Funke in seinen Augen, der ihn dem schönen Geschlecht so unwiderstehlich machte. Es war unleugbar, daß Sergeant O'Connor Erfolge erzielte, und zwar rasch.
So rasch, daß er nur vier Tage nach dem Mord an Mr. Shaitana auf den Dreieinhalb-Shilling-Plätzen bei der Willy-Nilly-Revue Seite an Seite mit Miss Elsie Batt, früherem Stubenmädchen bei Mrs. Craddock von 117 North Audley Street, saß.
Nachdem er seinen Schlachtplan sorgfältig entworfen hatte, ging Sergeant O'Connor nun zum Hauptangriff über.
»Das erinnert mich daran«, sagte er, »wie einer meiner früheren Herren sich immer aufführte, Craddock hieß er – komischer alter Kauz.«
»Craddock?« sagte Elsie. »Ich war einmal bei irgendwelchen Craddocks.«
»Das wäre aber komisch, wenn es dieselben wären?«
»Sie haben in North Audley Street gewohnt«, sagte Elsie.
»Die Meinigen sind nach London übergesiedelt, als ich von ihnen weggegangen bin«, sagte Sergeant O'Connor prompt.
»Ja, ich glaube, es war in die North Audley Street. Mrs. Craddock hatte es auf die Männer abgesehen.«
Elsie warf den Kopf zurück.
»Ich hatte keine Geduld mit ihr. Sie hat immer gebrummt und genörgelt. Man konnte ihr nichts recht machen.«
»Ihr Mann hat auch sein Teil davon abbekommen, nicht wahr?«
»Sie hat sich immer beklagt, daß er sie vernachlässigt – daß er sie nicht versteht. Und sie hat immer geächzt und gestöhnt und geklagt, wie krank sie sei. Wenn Sie mich fragen, so war sie überhaupt nicht krank.«

O'Connor schlug sich aufs Knie.
»Ich hab's! War nicht etwas mit ihr und irgendeinem Doktor? Hat sie es da nicht ein bißchen zu toll getrieben?«
»Sie meinen Dr. Roberts? Das war ein sehr netter, feiner Herr, das muß man sagen.«
»Ihr Frauenzimmer seid alle gleich. Kaum ist einer ein schlechter Kerl, so nehmt ihr ihn alle in Schutz. Ich kenne diese Sorte Männer.«
»Nein, da sind Sie auf dem Holzweg. Er war ganz und gar nicht so. Es war doch nicht seine Schuld, wenn Mrs. Craddock ihn fortwährend kommen ließ? Was kann ein Doktor da tun? Wenn Sie mich fragen, so hat er sich überhaupt nichts aus ihr gemacht, außer als Patientin. Es war alles ihre Schuld. Sie wollte und wollte ihn nicht in Ruhe lassen.«
»Das ist ja alles gut und schön, Elsie. Ich darf Sie doch Elsie nennen, nicht wahr? Ich habe das Gefühl, als hätte ich Sie mein Leben lang gekannt.«
»Das stimmt aber nicht! Elsie! Was denn noch alles?«
Sie warf den Kopf zurück.
»Also gut, Miss Batt.« Er warf ihr einen Blick zu. »Also, wie gesagt, das ist alles schön und gut, aber der Herr Gemahl ist doch wild geworden, oder nicht?«
»Einmal war er schon etwas gereizt«, gab Elsie zu. »Aber wenn Sie mich fragen, so war er damals schon krank. Er ist bald danach gestorben, wissen Sie.«
»Ich erinnere mich – ist er nicht an irgend etwas Ausgefallenem gestorben?«
»Es war etwas Japanisches – alles von einem neuen Rasierpinsel, den er sich gekauft hatte. Schrecklich, nicht, daß man solches Zeug verkauft! Ich kann seitdem nichts Japanisches mehr leiden.«
»Kauft britische Waren! ist mein Motto«, dozierte Sergeant O'Connor. »Und Sie sagten, daß er und der Doktor einen Auftritt hatten?«
Elsie nickte, als sie wieder an diesen Skandal dachte.
»Sie gingen wie wild aufeinander los. Wenigstens mein Herr. Dr. Roberts war die Ruhe selbst. Er sagte nur ›Unsinn‹ und ›Was fällt Ihnen ein?‹«

»Das war vermutlich zu Hause?«
»Ja, sie hatte um ihn geschickt. Und dann hatten sie und der Herr einen Streit, und mittendrin erschien Dr. Roberts, und der Herr ging auf ihn los.«
»Was hat er denn gesagt?«
»Also, natürlich sollte ich ja nicht zuhören. Es spielte sich alles im Schlafzimmer ab. Ich dachte, daß etwas los sei, nahm meinen Besen und machte mir auf der Treppe zu schaffen. Ich wollte doch nichts versäumen.«
Sergeant O'Connor stimmte diesem Gefühl von Herzen bei und dachte, wie gut es war, daß man inoffiziell an Elsie herangetreten sei. Bei einem Verhör durch Sergeant O'Connor von der Polizei hätte sie entrüstet behauptet, überhaupt nichts gehört zu haben.
»Wie gesagt«, fuhr Elsie fort, »war Dr. Roberts sehr ruhig – mein Herr hat das ganze Geschrei gemacht.«
»Was sagte er denn?« wiederholte O'Connor und näherte sich so zum zweitenmal dem springenden Punkt.
»Er hat ihn gründlich beschimpft«, meinte Elsie mit sichtlichem Behagen.
»Wie meinen Sie das?«
Waren aus dem Mädchen denn nie konkrete Worte und Sätze herauszukriegen?
»Ich habe vieles nicht verstanden«, gab Elsie zu. »Sie gebrauchten eine Menge komplizierter Worte, ›unstandesgemäßes Verhalten‹ und ›unlauteren Vorteil ziehen‹ und derlei – und ich hörte ihn sagen, er würde Dr. Roberts aus der – Ärztekammer, heißt das so? – ausschließen lassen, oder so etwas.«
»Stimmt. Er wollte sich bei der Ärztekammer beschweren.«
»Ja, so etwas hat er gesagt. Und meine Dame war ganz hysterisch und hat geschluchzt und immer gejammert: ›Du hast mich nie geliebt, du hast mich vernachlässigt. Ich war immer allein.‹ Und ich hörte sie sagen, Dr. Roberts wäre wie ein gütiger Engel zu ihr gewesen.
Und dann ging der Doktor mit dem Herrn ins Ankleidezimmer und schloß die Tür zum Schlafzimmer – ich habe es gehört – und sagte ganz einfach: ›Mein guter Mann, begreifen

Sie denn nicht, daß Ihre Frau hysterisch ist? Sie weiß nicht, was sie sagt; offen gesagt, es ist ein sehr schwieriger und mühsamer Fall, und ich hätte ihn längst aufgegeben, wenn ich es mit meiner Pflicht für ver – ver – irgendein kompliziertes Wort, o ja, vereinbar gehalten hätte.‹ Das hat er gesagt. Er sagte auch noch etwas von ›die Grenzen zwischen Arzt und Patient nicht überschreiten‹. Er hatte den Herrn ein bißchen beruhigt, und dann sagte er: ›Sie werden zu spät ins Büro kommen, wissen Sie, gehen Sie lieber. Überlegen Sie sich die Sache noch einmal in aller Ruhe. Ich glaube, Sie werden einsehen, daß das Ganze Hirngespinst ist, entsprungen der überhitzten Phantasie Ihrer Frau.‹
Und mein Herr sagte: ›Ich weiß nicht, was ich denken soll.‹
Und er kommt heraus – und natürlich kehrte ich fest darauf los –, aber er bemerkte mich nicht einmal. Nachher fand ich, daß er krank aussah. Der Doktor pfiff ganz munter vor sich hin und wusch sich im Ankleidezimmer, wo ein Waschbekken installiert war, die Hände. Und kurz darauf kam er auch mit seiner Tasche heraus und sprach sehr nett und heiter mit mir wie immer und ging die Treppe hinunter. Sie sehen also, ich bin ganz sicher, daß er nichts Schlechtes gemacht hat. Es war alles nur sie.«
»Und dann bekam Craddock seinen Anthrax?«
»Ja, ich glaube, er hatte ihn schon. Meine Dame pflegte ihn aufopfernd, aber er starb. Beim Begräbnis gab es wunderbare Kränze.«
»Und nachher? Ist Dr. Roberts noch mal ins Haus gekommen?«
»Nein, Herr Schnüffler, er ist nicht mehr gekommen! Sie haben etwas gegen ihn, aber ich sage Ihnen, es war nichts dran. Wenn, so hätte er sie geheiratet, als der Herr tot war, nicht wahr? Aber das hat er nicht getan. Er war kein Narr. Er hatte sie ganz richtig beurteilt. Sie hat ihn zwar angerufen, aber irgendwie war er nie zu erreichen. Und dann verkaufte sie das Haus, uns wurde gekündigt, und sie ging ins Ausland, nach Ägypten.«
»Und Sie haben Dr. Roberts die ganze Zeit nicht wiedergesehen?«

»Nein, aber sie, weil sie zu ihm ging, um sich gegen – wie heißt das nur – Typhus impfen zu lassen. Sie kam mit einem ganz geschwollenen Arm zurück. Wenn Sie mich fragen, so hat er ihr damals klargemacht, daß nichts zu machen sei. Sie rief ihn nicht mehr an und reiste sehr vergnügt mit einer ganzen Menge neuer Kleider ab – alle in hellen Farben, obwohl es mitten im Winter war, aber sie sagte, dort würde es heiß sein und die Sonne scheinen.«

»Das stimmt«, bestätigte Sergeant O'Connor, »es ist manchmal sogar zu heiß dort, habe ich gehört. Ich vermute, Sie wissen, daß sie dort gestorben ist.«

»Nein, wahrhaftig, das wußte ich nicht. Was Sie nicht sagen! Vielleicht war sie kränker, als ich dachte, die arme Seele!«

Sie fügte seufzend hinzu:

»Ich frage mich, was sie mit all den schönen Kleidern gemacht hat. Dort sind doch nur Schwarze, und die können sie ja nicht tragen.«

»Sie hätten bestimmt zum Anbeißen darin ausgesehen«, sagte Sergeant O'Connor.

»So eine Frechheit«, erwiderte Elsie.

»Nun, Sie werden meine Frechheit nicht mehr lange ertragen müssen«, meinte Sergeant O'Connor. »Ich muß für meine Firma verreisen.«

»Auf lange?«

»Ich gehe vielleicht ins Ausland.«

Elsie machte ein langes Gesicht.

Obwohl sie Lord Byrons berühmtes Gedicht »Nie liebt ich eine zarte Gazelle« usw. nicht kannte, überkamen sie jetzt die darin ausgedrückten Gefühle – sie dachte im stillen: »Komisch, daß es mit allen wirklich aufregenden Männern nie zu etwas kommt. Nun, mir bleibt ja immer noch Fred.«

Was erfreulich ist, weil es beweist, daß der plötzliche Einbruch von Sergeant O'Connor in Elsies Leben es nicht dauernd beeinflußte. »Fred« war vielleicht sogar der Gewinner!

17

Rhoda Dawes kam von Debenham's heraus und blieb nachdenklich stehen. Unentschlossenheit war ihr deutlich ins Gesicht geschrieben. Es war ein ausdrucksvolles Gesicht; jede flüchtige Regung zeigte sich in seinem schnell wechselnden Mienenspiel.

In diesem Augenblick sagte Rhodas Gesicht ganz deutlich: »Soll ich oder soll ich nicht? Ich möchte ... Aber vielleicht lasse ich es lieber ...«

Der Türhüter fragte ermutigend: »Taxi, Miss?«

Rhoda schüttelte den Kopf.

Eine dicke Frau prallte mit ihr zusammen, aber Rhoda stand weiter sinnend da und konnte sich nicht entschließen.

Chaotische Gedankenfetzen schwirrten ihr durch den Kopf: »Schließlich, warum nicht? Sie hat mich ja aufgefordert – aber vielleicht sagt sie das jedem ... Sie will nicht beim Wort genommen werden ... Anne wollte mich ja nicht dabeihaben. Sie hat mir ganz deutlich zu verstehen gegeben, daß sie lieber allein mit Major Despard zum Anwalt gehen möchte ... Und warum auch nicht? Ich meine, drei sind zu viel ... und ich habe auch eigentlich nichts dabei zu tun ... Es ist ja nicht, als würde ich Major Despard *unbedingt* sehen wollen ... Obwohl er besonders nett ist ... Ich glaube, er muß sich in Anne verliebt haben. Männer geben sich nicht solche Mühe, außer ... Ich meine, es ist nie pure Güte ...«

Ein Botenjunge rannte in Rhoda hinein und sagte vorwurfsvoll: »Pardon, Miss.«

»Oh, du meine Güte«, dachte Rhoda. »Ich kann nicht den ganzen Tag hier stehenbleiben, nur weil ich ein solcher Idiot bin, daß ich mich nicht entschließen kann ... Ich glaube, das Kostüm wird furchtbar hübsch werden. Ich frage mich, ob Braun nicht praktischer gewesen wäre als Grün? Nein, ich glaube doch nicht. Also los, soll ich oder soll ich nicht? Halb vier – eine ganz gute Zeit. Ich meine, es sieht nicht so aus, als wollte ich zu einer Mahlzeit eingeladen werden oder so etwas. Ich könnte auf jeden Fall einfach hingehen und schauen, ob sie da ist.«

Sie eilte über die Straße, bog erst nach rechts, dann nach links, die Harley Street hinauf, und blieb schließlich vor einem Mietsblock stehen, den Mrs. Oliver immer munter als »im Schatten der Spitäler« liegend beschrieb.
»Sie wird mich ja nicht gleich fressen«, dachte Rhoda und stürzte sich kühn ins Abenteuer.
Mrs. Olivers Wohnung lag im obersten Stockwerk. Ein uniformierter Liftboy sauste mit ihr hinauf und setzte sie auf einer eleganten Matte vor einer hellgrünen Tür ab.
»Das ist fürchterlich«, dachte Rhoda, »ärger als Zahnarzt. Aber jetzt muß ich da durch.«
Rot vor Verlegenheit drückte sie auf die Klingel.
Die Tür wurde von einem ältlichen Stubenmädchen geöffnet.
»Ist – könnte – ist Mrs. Oliver zu Hause?« fragte Rhoda.
Das Mädchen ließ Rhoda eintreten und führte sie in ein äußerst unordentliches Wohnzimmer.
»Wen darf ich, bitte, melden?«
»Oh – ja – Miss Rhoda Dawes.«
Das Mädchen verschwand. Nach einer Zeitspanne, die Rhoda wie hundert Jahre erschien, in Wirklichkeit aber genau eine Minute und fünfundvierzig Sekunden währte, kam das Mädchen zurück.
»Wollen Sie mir, bitte, folgen, Miss.«
Rhoda folgte ihr, röter denn je, um eine Ecke und einen Gang entlang. Dann wurde eine Tür geöffnet. Sie betrat ängstlich einen Raum, der ihr zunächst wie ein afrikanischer Wald erschien ...
Vögel – eine Unmasse von Vögeln, Papageien, Kolibris und der Ornithologie unbekannte Vögel wanden sich aus etwas Urwaldähnlichem heraus und hinein. Mitten in dieser Schwelgerei von Flora und Fauna erblickte sie einen abgenutzten Küchentisch mit einer Schreibmaschine, zahllose beschriebene Bögen, die den Boden bedeckten, und Mrs. Oliver mit wild zerrauftem Haar, die sich von einem wackeligen Stuhl erhob.
»Meine Liebe, wie schön, daß Sie gekommen sind«, sagte Mrs. Oliver und streckte ihr eine tintenfleckige Hand entge-

gen, während sie mit der anderen den völlig hoffnungslosen Versuch machte, ihr Haar zu glätten.
Eine Tüte, die sie mit ihrem Ellbogen berührt hatte, fiel vom Tisch, und rotwangige Äpfel kollerten munter über den ganzen Boden.
»Lassen Sie, meine Liebe, bemühen Sie sich nicht, irgend jemand wird sie schon irgendwann aufheben.«
Rhoda erhob sich etwas atemlos aus ihrer gebückten Stellung mit fünf Äpfeln in den Händen.
»Oh, danke sehr – nein, ich würde sie nicht in die Tüte zurückgeben, sie hat ein Loch. Legen Sie sie auf den Kamin! So, und jetzt setzen Sie sich, und wir plaudern etwas.«
Rhoda nahm einen zweiten wackeligen Stuhl und richtete ihre Blicke auf die Dame des Hauses.
»Bitte, verzeihen Sie, daß ich so hereinplatze. Halte ich Sie auf oder störe ich Sie?« fragte sie atemlos.
»Nun, ja und nein«, erwiderte Mrs. Oliver. »Wie Sie sehen, arbeite ich tatsächlich. Aber mein furchtbarer Finne ist in eine schreckliche Situation geraten. Er hat anhand eines Gerichts von Zuckererbsen einen äußerst klugen Beweis geführt und gerade in der Zwiebel- und Kastanienfüllung der Martinigans ein tödliches Gift entdeckt, und nun habe ich soeben bemerkt, daß es zu Martini gar keine Zuckererbsen gibt.«
Elektrisiert durch diesen Einblick in die Werkstatt der Detektivromane sagte Rhoda atemlos: »Es könnten ja Konserven sein.«
»Das ginge eventuell.« Mrs. Oliver zögerte. »Aber es würde die Pointe verpatzen. Ich verhasple mich immer in Gartenbau und ähnlichem. Die Leute schreiben mir dann, daß ich die falschen Blumen gleichzeitig blühen lasse. Als ob es darauf ankäme! Und jedenfalls blühen sie in den Londoner Blumenläden alle gleichzeitig.«
»Natürlich kommt es nicht darauf an«, meinte Rhoda loyal. »Oh, Mrs. Oliver, es muß wunderbar sein, zu schreiben.«
»Warum?«
»Oh«, sagte Rhoda etwas verblüfft, »weil es so sein muß. Es muß wunderbar sein, sich einfach hinzusetzen und ein ganzes Buch zu schreiben.«

»Ganz so einfach geht es nicht«, erklärte Mrs. Oliver. »Man muß zunächst *nachdenken*, wissen Sie. Und Denken ist immer eine Qual. Und man muß die Sachen erfinden. Und manchmal bleibt man stecken und hat das Gefühl, man kommt nie wieder heraus – aber man kommt doch wieder heraus! Schreiben ist kein besonderes Vergnügen. Es ist eine harte Arbeit, wie alles andere auch.«

»Es kommt einem nicht wie harte Arbeit vor.«

»Ihnen nicht, weil Sie es nicht tun müssen! Mir schmeckt es sehr nach Arbeit. Manchmal kann ich nur weitermachen, wenn ich mir das Geld, das ich für die nächsten Fortsetzungen bekommen soll, immer wieder vor Augen führe. Das spornt einen an, wissen Sie, das und Ihr Konto, wenn Sie sehen, wie stark belastet es ist.«

»Ich habe mir nie vorgestellt, daß Sie Ihre Bücher tatsächlich selbst tippen«, sagte Rhoda, »ich dachte, Sie hätten eine Sekretärin.«

»Ich hatte auch eine Sekretärin und habe versucht, ihr zu diktieren, aber sie war so gebildet, daß es mich deprimiert hat. Ich hatte das Gefühl, daß sie so viel mehr von der englischen Sprache, von Grammatik und Interpunktion wußte als ich, daß es mir eine Art Minderwertigkeitskomplex erzeugte. Dann habe ich es mit einer ganz ungebildeten Sekretärin versucht, aber das ging natürlich auch nicht.«

»Es muß wunderbar sein, sich Dinge ausdenken zu können«, seufzte Rhoda.

»Ich kann mir immer Dinge ausdenken«, strahlte Mrs. Oliver. »Das Ermüdende daran ist das Niederschreiben. Ich glaube immer, daß ich fertig bin, und dann, wenn ich nachzähle, merke ich, daß ich erst dreißigtausend Worte geschrieben habe anstatt sechzigtausend, und da muß ich noch einen Mord einschalten und die Heldin muß noch einmal entführt werden, das ist alles sehr lästig.«

Rhoda antwortete nicht. Sie starrte Mrs. Oliver mit der Ehrfurcht der Jugend für Berühmtheiten an – leicht getrübt durch Enttäuschung.

»Gefällt Ihnen die Tapete?« fragte Mrs. Oliver und machte eine muntere Bewegung mit der Hand. »Ich schwärme für

Vögel. Das Laub soll tropisch sein. Es gibt mir sogar an Tagen, wo es friert, die Illusion von Hitze. Ich kann nicht arbeiten, wenn mir nicht sehr, sehr warm ist. Aber Sven Hjerson hackt allmorgendlich das Eis in seiner Wanne auf.«

»Ich finde Sie wundervoll«, meinte Rhoda. »Und es ist schrecklich nett von Ihnen zu sagen, daß ich Sie nicht störe.«

»Jetzt wollen wir aber Kaffee und Toast nehmen«, beschloß Mrs. Oliver. »Sehr schwarzen Kaffee und sehr heißen Toast. Das schmeckt mir immer.«

Sie ging zur Tür, öffnete sie und rief etwas hinaus. Dann kam sie zurück und sagte:

»Weshalb sind Sie in die Stadt gekommen? – Einkäufe?«

»Ja, ich habe einige Besorgungen gemacht.«

»Ist Miss Meredith mitgekommen?«

»Ja, sie ist mit Major Despard zu einem Anwalt gegangen.«

Mrs. Oliver hob fragend die Augenbrauen.

»Zu einem Anwalt – so?«

»Ja, Major Despard riet ihr, einen zu nehmen. Er war schrecklich nett – wirklich.«

»Ich war auch nett. Aber scheinbar hatte ich kein Glück, nicht wahr? Eigentlich glaube ich, daß Ihre Freundin meinen Besuch übelgenommen hat.«

»O nein, wirklich nicht.« Rhoda wand sich vor Verlegenheit auf ihrem Stuhl. »Das ist, aufrichtig gesagt, einer der Gründe, warum ich heute kommen wollte – um alles zu erklären. Ich habe bemerkt, daß Sie es falsch aufgefaßt haben. Sie schien sehr unliebenswürdig, aber es war nicht deshalb, wirklich nicht. Ich meine, es war nicht wegen Ihres Besuchs. Es war wegen etwas, was Sie gesagt haben.«

»Etwas, was ich gesagt habe?«

»Ja, Sie konnten es natürlich nicht wissen. Es war eben Pech.«

»Was habe ich denn geagt?«

»Ich glaube, Sie werden sich kaum erinnern. Es war nur die Art, wie Sie es dargestellt haben. Sie sagten etwas über einen Unglücksfall und Gift.«

»Wirklich?«

»Ich wußte, Sie würden sich wahrscheinlich nicht erinnern.

Anne hatte nämlich einmal ein schauderhaftes Erlebnis. Sie war in einem Haus, wo eine Frau irrtümlich Gift nahm – es war, glaube ich, ein Färbemittel –, sie hat es mit etwas anderem verwechselt. Und die Frau starb. Und natürlich war es ein schrecklicher Schock für Anne. Sie kann es nicht ertragen, daran zu denken oder davon zu sprechen. Ihre Äußerung hat sie daran erinnert, und natürlich ist sie wie immer in solchen Fällen ganz steif und eigentümlich geworden. Ich habe gesehen, daß Sie es bemerkt haben, und konnte vor ihr nichts sagen. Aber ich wollte Sie wissen lassen, daß es nicht war, was Sie dachten. Sie war nicht undankbar.«
Mrs. Oliver blickte in Rhodas gerötetes, erregtes Gesicht. Sie sagte langsam: »Ich verstehe.«
»Anne ist übersensibel«, erklärte Rhoda. »Und sie will den Dingen nicht ins Gesicht sehen. Wenn etwas sie aufgeregt hat, will sie es einfach totschweigen, obwohl das nichts nützt – wenigstens finde ich es. Die Dinge bleiben, wie sie sind – ob man nun darüber spricht oder nicht. Es ist nur eine Flucht, sie zu verleugnen. Ich würde mich lieber mit den Dingen auseinandersetzen, selbst wenn es noch so peinlich wäre.«
»Ah«, erwiderte Mrs. Oliver gelassen, »Sie sind ja auch eine Kämpfernatur, meine Liebe. Ihre Anne ist das nicht.«
Rhoda errötete.
»Anne ist ein Schatz.«
Mrs. Oliver lächelte: »Das habe ich nicht bestritten. Ich habe nur gesagt, daß sie nicht Ihre besondere Art Courage hat.«
Sie seufzte und sagte dann scheinbar zusammenhanglos: »Glauben Sie an die Wahrheit, meine Liebe, oder nicht?«
»Natürlich glaube ich an die Wahrheit«, antwortete Rhoda und machte große Augen.
»Ja, das sagen Sie so – aber vielleicht haben Sie nicht darüber nachgedacht. Die Wahrheit tut manchmal weh – und zerstört die Illusionen.«
»Ich bin trotzdem für die Wahrheit«, behauptete Rhoda.
»Ich auch, aber ich weiß nicht, ob wir weise sind.«
Rhoda sagte ernst:
»Bitte, sagen Sie Anne nicht, was ich Ihnen erzählt habe. Sie würde sich ärgern.«

»Ich würde nicht im Traum daran denken. Ist das lange her?«
»Ungefähr vier Jahre. Es ist sonderbar, wie den Leuten immer wieder dieselben Sachen passieren. Ich hatte eine Tante, die immer in Schiffskatastrophen geriet. Und jetzt ist Anne in zwei dramatische Todesfälle verwickelt – nur ist natürlich der zweite viel ärger. Mord ist etwas Grauenhaftes, nicht wahr?«
»Ja, das ist es.«
In diesem Augenblick kam der heiße Kaffee und die Toasts. Rhoda aß und trank mit sichtlichem Genuß. Es war eine Sensation für sie, eine Tête-à-tête-Mahlzeit mit einer so berühmten Frau einzunehmen.
Als sie fertig waren, stand sie auf und sagte:
»Ich hoffe, ich habe Sie nicht zu sehr gestört. Würden Sie – ich meine, wäre es Ihnen nicht zu lästig, wenn ich Ihnen eines Ihrer Bücher zum Signieren schicken würde?«
Mrs. Oliver lachte.
»Oh, ich weiß etwas Besseres.« Sie öffnete einen Schrank am anderen Ende des Zimmers. »Welches möchten Sie gern? Mir gefällt ›Die Affäre des zweiten Goldfisches‹ am besten. Es ist kein so fürchterlicher Kitsch wie die anderen. Möchten Sie es?«
Ein wenig schockiert, eine Autorin so über die Kinder ihrer Feder sprechen zu hören, bejahte Rhoda eifrig. Mrs. Oliver nahm das Buch, öffnete es, schrieb ihren Namen mit einem unübertrefflichen Schnörkel hinein und reichte es Rhoda.
»So.«
»Danke vielmals. Ich habe mich herrlich unterhalten. Waren Sie bestimmt nicht böse, daß ich gekommen bin?«
»Ich hatte es mir gewünscht«, sagte Mrs. Oliver.
Nach einer kleinen Pause fügte sie hinzu:
»Sie sind ein liebes Kind. Adieu. Geben Sie acht auf sich!«
»Warum habe ich das jetzt gesagt?« murmelte sie zu sich selbst, als die Tür sich hinter ihrem Gast schloß.
Sie schüttelte den Kopf, fuhr sich durchs Haar und kehrte zu Sven Hjersons genialen Rückschlüssen anhand der Kastanien- und Zwiebelfüllung zurück.

18

Mrs. Lorrimer trat aus einer Haustür in der Harley Street. Sie stand eine Minute auf dem Treppenabsatz und stieg dann langsam die Stufen hinunter. Sie hatte einen sonderbaren Gesichtsausdruck – ein Gemisch von grimmiger Entschlossenheit und seltsamer Unentschlossenheit. Sie senkte ein wenig den Kopf, als wollte sie sich ganz auf ein Problem konzentrieren.
Gerade in diesem Augenblick erspähte sie Anne Meredith auf der gegenüberliegenden Straßenseite.
Anne stand da und starrte zu einem großen Mietsblock an der Ecke empor.
Mrs. Lorrimer zögerte einen Moment und überquerte dann die Straße.
»Guten Tag, Miss Meredith.«
Anne fuhr zusammen und wandte sich um.
»Oh, guten Tag.«
»Noch in London?« fragte Mrs. Lorrimer.
»Nein. Ich bin nur über den Tag hereingekommen. Ich hatte beim Anwalt zu tun.«
Ihr Blick schweifte zu dem großen Mietsblock zurück.
Mrs. Lorrimer fragte:
»Ist etwas geschehen?«
Anne zuckte schuldbewußt zusammen.
»Geschehen? O nein, was sollte geschehen sein?«
»Sie sahen so aus, als hätten Sie etwas auf dem Herzen.«
»Nein – vielmehr ja – aber es ist nichts Wichtiges, etwas ganz Dummes.« Sie lächelte ein wenig und fuhr fort:
»Es ist nur, weil ich glaube, meine Freundin hier hineingehen gesehen zu haben, und ich fragte mich, ob sie zu Mrs. Oliver gegangen ist.«
»Wohnt Mrs. Oliver hier? Das wußte ich nicht.«
»Ja, sie besuchte uns neulich, gab uns ihre Adresse und forderte uns auf, sie zu besuchen. Ich frage mich nun, ob es Rhoda war, die ich gesehen habe oder nicht.«
»Wollen Sie hinaufgehen und nachschauen?«
»Nein, lieber nicht.«

»Kommen Sie und trinken Sie einen Tee mit mir. Hier ganz in der Nähe ist ein Tearoom, den ich gut kenne.«
»Das ist sehr liebenswürdig von Ihnen«, sagte Anne unschlüssig.
Sie gingen nebeneinander die Straße entlang und bogen in eine Seitengasse ein. In einer kleinen Konditorei servierte man ihnen Tee und englischen Kuchen.
Sie sprachen nicht viel. Jede schien das Schweigen der anderen als wohltuend zu empfinden.
Plötzlich fragte Anne:
»Hat Mrs. Oliver Sie aufgesucht?«
»Nein. Es war niemand bei mir außer Monsieur Poirot.«
»Das habe ich nicht gemeint, ich wollte nicht . . .«, begann Anne.
»Nicht? Ich dachte, doch«, meinte Mrs. Lorrimer.
Das junge Mädchen warf ihr einen schnellen, erschrockenen Blick zu.
Aber etwas in Mrs. Lorrimers Gesicht schien sie zu beruhigen. »Bei mir war er nicht«, sagte sie langsam.
Es entstand eine Pause.
»War Superintendent Battle bei Ihnen?« fragte Anne.
»O ja, natürlich«, sagte Mrs. Lorrimer.
»Was hat er Sie gefragt?«
Mrs. Lorrimer seufzte müde.
»Das Übliche, vermutlich. Nach dem Amtsschimmel. Er war sehr nett in der ganzen Angelegenheit.«
»Ich vermute, er hat jeden von uns ausgefragt.«
»Ich denke.«
Es entstand wieder eine Pause.
»Mrs. Lorrimer, glauben Sie – wird man je herausbekommen, wer es getan hat?«
Sie blickte auf ihren Teller. Sie konnte den sonderbaren Ausdruck in den Augen der älteren Frau nicht sehen, als diese auf den gebeugten Kopf herabblickte.
Mrs. Lorrimer erwiderte ruhig:
»Ich weiß nicht . . .«
Anne murmelte:
»Es ist nicht – sehr schön, nicht wahr?«

Auf Mrs. Lorrimers Zügen lag der gleiche, sonderbare, abschätzige und doch mitleidige Ausdruck, als sie fragte:
»Wie alt sind Sie, Anne Meredith?«
»Ich – ich?« Das junge Mädchen stammelte: »Ich bin fünfundzwanzig.«
»Und ich dreiundsechzig«, sagte Mrs. Lorrimer.
Sie fuhr langsam fort:
»Fast Ihr ganzes Leben liegt noch vor Ihnen . . .«
Anne fröstelte.
»Ich kann auf dem Heimweg von einem Autobus überfahren werden«, gab sie zu bedenken.
»Gewiß. Und ich – nicht?«
Sie sagte das in einem eigentümlichen Ton. Anne sah sie erstaunt an.
»Das Leben ist nicht leicht«, erklärte Mrs. Lorrimer. »In meinem Alter werden Sie das wissen. Es braucht unendlichen Mut und viel Ausdauer, und am Ende fragt man sich, ob es der Mühe wert war.«
»Oh, bitte nicht«, wehrte Anne ab.
Mrs. Lorrimer lachte. Sie hatte ihre gewohnte Selbstsicherheit wieder zurückgewonnen. »Es ist zu billig, melancholische Dinge über das Leben zu sagen«, meinte sie.
Sie rief die Kellnerin und beglich die Rechnung.
Als sie aus dem Laden traten, schlich ein Taxi vorbei, und Mrs. Lorrimer hielt es an.
»Kann ich Sie irgendwo absetzen, ich fahre in die Richtung südlich vom Park?«
Annes Miene hatte sich aufgehellt.
»Nein, danke sehr. Ich sehe gerade meine Freundin um die Ecke biegen. Danke vielmals, Mrs. Lorrimer. Adieu.«
»Adieu. Viel Glück«, sagte die ältere Frau.
Sie fuhr weg, und Anne eilte auf Rhoda zu.
Rhodas Gesicht strahlte, als sie ihre Freundin sah, aber dann wurde ihre Miene ein wenig schuldbewußt.
»Rhoda, warst du bei Mrs. Oliver?« fragte Anne.
»Ja, ich habe sie besucht.«
»Und ich habe dich gerade ertappt?«
»Ich weiß nicht, was du mit ertappt meinst! Gehen wir hier

hinunter und nehmen wir einen Autobus! Du bist auf eigene Faust mit deinem Verehrer losgezogen. Ich hatte gedacht, er würde dich mindestens zum Tee einladen.«

Anne schwieg einen Augenblick. Eine Stimme klang ihr im Ohr: »Können wir nicht Ihre Freundin treffen und alle zusammen Tee trinken?« Und ihre hastige, unüberlegte Antwort: »Tausend Dank, aber wir sind mit Bekannten zum Tee verabredet.« Eine Lüge – und eine dumme Lüge dazu. So wie man die erste Dummheit sagt, die einem durch den Kopf geht, anstatt sich eine Minute Zeit zu lassen, um zu überlegen. Wie leicht wäre es gewesen zu sagen: »Vielen Dank, aber meine Freundin ist zum Tee eingeladen.« Das heißt, wenn man wie in diesem Fall Rhoda nicht dabeihaben wollte. Sonderbar, wie sie Rhoda hatte fernhalten wollen. Sie hatte klar und deutlich Major Despard für sich allein haben wollen. Sie war eifersüchtig gewesen. Eifersüchtig auf Rhoda. Rhoda war so heiter, so gesprächig, so voll Leben und Enthusiasmus. Neulich am Abend hatte Major Despard sie so wohlgefällig angesehen. Aber er war gekommen, um sie, Anne Meredith, zu sehen. Rhoda war eben so. Sie wollte es nicht, aber sie drängte einen in den Hintergrund. Nein, sie hatte Rhoda unbedingt nicht dabeihaben wollen.

Aber sie war dumm gewesen, so die Fassung zu verlieren. Wäre sie klüger gewesen, säße sie jetzt gemütlich mit Major Despard in seinem Club oder sonstwo beim Tee. Sie ärgerte sich ernstlich über Rhoda; Rhoda war eine Last. Und wozu war sie zu Mrs. Oliver gegangen?

Laut sagte sie: »Warum bist du zu Mrs. Oliver gegangen?«

»Sie hat uns doch aufgefordert.«

»Ja, aber ich glaube nicht, daß sie es ernst gemeint hat. Ich glaube, sie fühlt sich immer verpflichtet, es zu sagen.«

»Doch, sie hat es ernst gemeint. Sie war reizend – sie hätte nicht netter sein können. Sie hat mir eines ihrer Bücher geschenkt. Schau!«

Rhoda schwenkte ihre Beute.

Anne fragte mißtrauisch:

»Worüber habt ihr gesprochen? Doch nicht über mich?«

»Hört, hört, wie eingebildet die junge Dame ist!«

»Nein, aber im Ernst, habt ihr von mir gesprochen? Habt ihr über den – den Mord gesprochen?«
»Wir haben über ihre Morde gesprochen. Sie beschreibt jetzt einen, wo in der Zwiebel- und Kastanienfüllung der Martinigans Gift ist. Sie war riesig menschlich – und sagte, daß Schreiben eine schrecklich harte Arbeit sei und wie sich ihre Handlungen immer verwickeln, wir haben schwarzen Kaffee getrunken und heiße Toasts mit Butter dazu gegessen«, schloß sie triumphierend.
Dann fügte sie hinzu:
»Oh, Anne, du hast noch keinen Tee gehabt!«
»Oh, doch, ich habe mit Mrs. Lorrimer Tee getrunken.«
»Mrs. Lorrimer? Ist das nicht die – die dabei war?«
Anne nickte.
»Wo bist du ihr begegnet? Hast du sie aufgesucht?«
»Nein, ich bin ihr zufällig in der Harley Street begegnet.«
»Wie war sie?«
Anne überlegte.
»Ich weiß nicht recht – sie war so eigentümlich. Ganz anders als an jenem Abend.«
»Glaubst du, daß sie es getan hat?«
Anne schwieg eine kleine Weile, dann sagte sie:
»Ich weiß nicht. Sprechen wir nicht davon, Rhoda! Du weißt, wie ich es hasse, über diese Dinge zu reden.«
»Gut. Wie war der Anwalt? Sehr trocken und formell?«
»Nein, sympathisch und schnell von Begriff.«
»Das klingt vertrauenerweckend.« Sie wartete ein wenig und fragte dann:
»Wie war Major Despard?«
»Sehr nett.«
»Er hat sich bestimmt in dich verliebt, Anne.«
»Rhoda, rede keinen Unsinn!«
»Nun, wir werden ja sehen.«
Rhoda begann leise vor sich hin zu summen. Sie dachte: »Natürlich hat er sich in Anne verliebt. Anne ist wunderhübsch. Aber ein wenig farblos ... Sie wird nie mit ihm in die Wildnis gehen. Sie würde bei jeder Schlange kreischen ... Männer verlieben sich immer in die falschen Frauen.«

19

Das Telefon in Poirots Zimmer klingelte, und eine respektvolle Stimme sagte:
»Hier Sergeant O'Connor. Superintendent Battle läßt sich empfehlen und anfragen, ob es Monsieur Hercule Poirot gelegen wäre, um elf Uhr dreißig nach Scotland Yard zu kommen?«
Poirot bejahte, und Sergeant O'Connor legte auf. Es war Punkt elf Uhr dreißig, als Poirot vor der Eingangstür von New Scotland Yard einem Taxi entstieg – um sofort von Mrs. Oliver angegangen zu werden.
»Monsieur Poirot. Wie wunderbar! Wollen Sie mir zu Hilfe kommen?«
»*Enchanté*, Madame, was kann ich für Sie tun?«
»Mein Taxi für mich bezahlen. Ich weiß nicht wieso, aber ich habe die Tasche genommen, in der ich mein Geld fürs Ausland aufbewahre, und der Mann will absolut keine Francs, Lire oder Mark nehmen!«
Poirot zog galant etwas Kleingeld hervor, bezahlte den Chauffeur und betrat zusammen mit Mrs. Oliver das Gebäude.
Sie wurden in Battles Privatbüro geführt. Der Superintendent saß hinter einem Tisch und sah hölzerner aus denn je. »Wie eine moderne Skulptur«, flüsterte Mrs. Oliver Poirot zu.
Battle stand auf, reichte beiden die Hand und sie setzten sich.
»Ich hielt die Zeit für eine kleine Zusammenkunft für gekommen«, erklärte Battle. »Sie möchten wissen, was ich erreicht habe, und ich möchte wissen, was sie erreicht haben. Wir warten noch auf Colonel Race und dann . . .«
Aber in diesem Augenblick öffnete sich die Tür, und der Colonel erschien.
»Entschuldigen Sie die Verspätung, Battle. Guten Morgen, Mrs. Oliver. Hallo, Monsieur Poirot. Ich bedaure, wenn ich Sie warten ließ, aber ich verreise morgen und hatte noch eine Menge zu tun.«
»Wohin soll's denn gehen?« fragte Mrs. Oliver.
»Eine kleine Jagdexpedition in Richtung Belutschistan.«

Poirot sagte ironisch lächelnd:
»Ist es in jener Gegend nicht etwas unruhig? Sie werden achtgeben müssen.«
»Das ist meine feste Absicht«, erwiderte Race ernst, aber seine Augen zwinkerten.
»Haben Sie etwas für uns, Sir?«
»Ich habe Ihnen die Informationen in Sachen Despard gebracht. Hier sind sie . . .«
Er schob ihm ein Bündel Papiere zu.
»Hier sind eine Menge Daten und Orte. Die meisten, glaube ich, ganz irrelevant. Es spricht nichts gegen ihn. Er ist ein wackerer Kerl. Hat tadellose Zeugnisse, hält strenge Disziplin. Er ist bei den Eingeborenen geschätzt und beliebt. Einer seiner komplizierten langen Namen in Afrika, wo sie für derlei was übrig haben, ist: ›Der Mann, der seinen Mund hält und gerecht urteilt.‹ Die allgemeine Ansicht der Weißen dort ist, daß Despard ein ›Pukka Sahib‹ ist. Guter Schütze, kaltblütig, weitblickend, verläßlich.«
Ungerührt durch diese Lobeshymne, fragte Battle:
»Keine plötzlichen Todesfälle mit ihm in Verbindung?«
»Ich habe darauf besonderes Augenmerk gelegt. Es wird eine prachtvolle Lebensrettung zu seiner Ehre angeführt. Ein Kamerad von ihm wurde von einem Löwen übel zugerichtet.«
Battle seufzte.
»Ich brauche keine Lebensrettungen.«
»Sie sind ein hartnäckiger Kerl, Battle. Ich konnte nur einen Vorfall ausgraben, der in Ihr Konzept paßt. Expedition ins Innere von Südamerika. Despard begleitete Professor Luxmore, den berühmten Botaniker, und dessen Frau. Der Professor stirbt an Tropenfieber und wird irgendwo am oberen Amazonas begraben.«
»Tropenfieber – so?«
»Tropenfieber. Aber ich will fair sein Ihnen gegenüber. Einer der eingeborenen Träger (der nebenbei bemerkt wegen Diebstahls entlassen wurde) erzählt eine Geschichte, daß Luxmore nicht an Fieber starb, sondern erschossen wurde. Das Gerücht wurde nie ernstgenommen.«
»Vielleicht ist es an der Zeit, es ernst zu nehmen.«

Race schüttelte den Kopf.
»Ich habe Ihnen die Tatsachen mitgeteilt. Sie haben sie verlangt und haben ein Recht darauf, aber ich würde eine hohe Wette darauf abschließen, daß Despard die Niedertracht an jenem Abend nicht begangen hat. Despard ist ein Gentleman.«
»Und als solcher eines Mordes nicht fähig, meinen Sie?«
Colonel Race zögerte.
»Unfähig dessen, was ich Mord nenne – ja.«
»Aber nicht unfähig, einen Mann aus ihm triftig erscheinenden Gründen zu töten, ist es so?«
»Wenn, dann würden es tatsächlich triftige Gründe sein!«
Battle schüttelte den Kopf.
»Es geht nicht an, daß Menschen andere Menschen richten und das Gesetz in ihre eigenen Hände nehmen.«
»Aber es kommt vor, Battle – es kommt vor.«
»Es sollte aber nicht vorkommen – das ist mein Standpunkt. Was sagen Sie, Monsieur Poirot?«
»Ich bin Ihrer Meinung, Battle, ich habe Mord immer mißbilligt.«
»Welch köstliche Weise, es auszudrücken«, kommentierte Mrs. Oliver, »als würde es sich um eine Fuchsjagd oder das Töten von Reihern für Damenhüte handeln. Finden Sie nicht, daß es Leute gibt, die umgebracht werden sollten?«
»Das ist sehr leicht möglich.«
»Nun, also?«
»Sie verstehen mich nicht. Ich denke nicht so sehr an das Opfer als an die Wirkung auf den Charakter des Täters.«
»Und im Krieg?«
»Im Krieg üben Sie nicht das Amt eines Richters aus. Das ist das Gefährliche. Sobald ein Mensch von dem Bewußtsein erfüllt ist, daß er entscheiden darf, wer leben soll und wer nicht – dann ist er auf dem besten Weg, der gefährlichste aller Mörder zu werden: Der von sich überzeugte Mörder, der nicht aus Gewinnsucht tötet, sondern um einer Idee willen. Er hat das Amt des *bon Dieu* usurpiert.«
Colonel Race erhob sich.
»Ich bedaure, nicht länger bleiben zu können. Ich habe noch

zu viel zu tun. Ich würde gern wissen, wie die Geschichte ausgeht. Es sollte mich nicht wundern, wenn sie überhaupt nicht ausgeht. Sogar, wenn Sie herausfinden, wer es getan hat, wird es nahezu unmöglich sein, es zu beweisen. Ich habe Ihnen die gewünschten Fakten geliefert, aber meiner Meinung nach ist Despard nicht der Mann. Ich glaube nicht, daß er je einen Mord begangen hat. Shaitana mag irgendein böswilliges Gerücht über Professor Luxmores Tod gehört haben, aber mehr ist nicht dran. Despard ist ein Gentleman, und ich glaube nicht, daß er je ein Mörder war. Das ist meine Meinung, und ich kenne die Menschen.«

»Wie sieht Mrs. Luxmore aus?«

»Sie können sich selbst überzeugen. Sie lebt in London. Sie finden Ihre Adresse in diesen Papieren. Irgendwo in South Kensington. Aber ich wiederhole, Despard ist nicht der Mann.«

Colonel Race verließ das Zimmer mit dem federnden, lautlosen Schritt des Jägers.

Battle nickte mit dem Kopf, als sich die Tür hinter ihm schloß.

»Er hat vermutlich recht. Colonel Race kennt die Menschen. Aber trotzdem darf man nichts als erwiesen annehmen.«

Er durchflog den Stoß Dokumente, den Race auf seinem Tisch deponiert hatte, und machte gelegentlich eine Bleistiftnotiz auf dem Block neben sich.

»Nun, Superintendent«, sagte Mrs. Oliver, »wollen Sie uns nicht sagen, was Sie gemacht haben?«

Er blickte auf und lächelte. Ein langsames Lächeln, das sein ganzes Gesicht von einer Seite zur anderen in Falten legte.

»Ich hoffe, Sie sind sich klar, Mrs. Oliver, daß das alles ganz irregulär ist.«

»Unsinn«, widersprach Mrs. Oliver, »ich glaube nicht, daß Sie uns irgend etwas sagen werden, das Sie uns nicht sagen wollen.«

»Nein«, sagte er bestimmt, »mit offenen Karten! Das ist das Motto bei diesem Fall. Ich will mich an die Spielregeln halten.«

Mrs. Oliver rückte ihren Stuhl näher heran.

»Erzählen Sie«, bat sie.

Battle sagte langsam:
»Vor allem, was den eigentlichen Mord an Mr. Shaitana betrifft, bin ich nicht um ein Jota klüger. Es ist keinerlei Andeutung in seinen Papieren zu finden. Was die anderen vier betrifft, so habe ich sie natürlich beobachten lassen, aber ohne greifbares Resultat – wie nicht anders zu erwarten war. Nein, wie Monsieur Poirot sagt, ist unsere einzige Hoffnung die Vergangenheit. Wir müssen herausbekommen, welche Verbrechen (wenn überhaupt eines, das heißt – Shaitana kann ja schließlich ins Blaue geredet haben, um Monsieur Poirot zu imponieren) diese Leute begangen haben, und das kann uns vielleicht darauf bringen, wer dieses neue Verbrechen begangen hat.«
»Nun, haben Sie irgend etwas entdeckt?«
»Ich bin bei einem von ihnen fündig geworden.«
»Bei welchem?«
»Bei Dr. Roberts.«
Mrs. Oliver blickte ihn mit gespannter Erwartung an.
»Wie Monsieur Poirot weiß, habe ich allerlei Theorien ausprobiert. Ich habe mit ziemlicher Bestimmtheit festgestellt, daß niemand aus seiner engsten Familie eines plötzlichen Todes gestorben ist. Ich habe, so gut ich konnte, nach allen Richtungen geforscht, und die ganze Sache reduziert sich auf eine Möglichkeit, und die ist eher ausgefallen. Vor einigen Jahren muß Roberts sich mit einer seiner Patientinnen zumindest einer Leichtfertigkeit schuldig gemacht haben. Es mag nichts daran gewesen sein – es war sogar wahrscheinlich nichts daran. Aber die Frau war eine jener sentimentalen Hysterikerinnen, die gerne Szenen machen, und entweder hat der Gatte von der Sache Wind bekommen, oder seine Frau hat gebeichtet. Jedenfalls war für den Doktor Feuer im Dach. Der beleidigte Gatte drohte, ihn bei der Ärztekammer anzuzeigen – was wahrscheinlich das Ende seiner beruflichen Laufbahn bedeutet hätte.«
»Und was geschah?« fragte Mrs. Oliver atemlos.
»Scheinbar gelang es Roberts, den aufgeregten Herrn vorübergehend zu beruhigen – und er starb fast unmittelbar darauf an Anthrax.«

»Anthrax, aber das ist doch eine Rinderkrankheit.«
Der Superintendent grinste.
»Sehr richtig, Mrs. Oliver. Es ist nicht das unaufspürbare Pfeilgift der südamerikanischen Indianer! Sie entsinnen sich vielleicht, daß es damals einen Skandal wegen infizierter Rasierpinsel billiger Fabrikation gab. Nachgewiesenermaßen war Craddocks Rasierpinsel die Ursache der Infektion.«
»Hat Dr. Roberts ihn behandelt?«
»O nein! Dazu war er zu gerissen. Ich glaube, Craddock hätte ihn auch keinesfalls gewollt. Das einzige Indiz, das ich habe – und das ist verdammt wenig –, ist, daß damals ein Fall von Anthrax unter den Patienten des Doktors war.«
»Sie meinen, daß der Doktor den Rasierpinsel infiziert hat?«
»Das ist meine Idee. Und vergessen Sie nicht, daß es nur eine Idee ist. Keinerlei Handhabe. Reine Vermutung. Aber es könnte sein.«
»Er hat Mrs. Craddock nachher nicht geheiratet?«
»O du meine Güte, nein. Ich vermute, die Liebe war immer nur auf seiten der Dame. Ich hörte, daß sie Lärm schlagen wollte, aber plötzlich ganz frohgemut über den Winter nach Ägypten fuhr. Sie starb dort. Ein Fall irgendeiner obskuren Blutvergiftung. Sie hat einen komplizierten Namen. Hier äußerst selten, aber unter den Eingeborenen dort ziemlich häufig.«
»Also kann der Doktor sie nicht vergiftet haben?«
»Ich weiß nicht«, sagte Battle langsam, »ich habe mich mit einem befreundeten Bakteriologen unterhalten – schrecklich schwer, aus diesen Leuten eine deutliche Antwort herauszukitzeln. Sie sagen nie ja oder nein. Es heißt immer, ›es könnte unter gewissen Umständen möglich sein‹ – ›es kommt auf den Gesundheitszustand des Betreffenden an‹ – ›es sind solche Fälle vorgekommen‹ – ›viel hängt von der individuellen Empfindlichkeit ab‹ – und lauter solches Zeug. Aber soweit ich meinen Freund festnageln konnte, bin ich auf folgendes gekommen: Es wäre möglich gewesen, den Keim oder vielmehr die Keime vor ihrer Abreise aus England ins Blut zu injizieren. Die Symptome treten erst nach einiger Zeit auf.«
Poirot fragte:

»Wurde Mrs. Craddock gegen Typhus geimpft, ehe sie England verließ? Ich glaube, die meisten Leute lassen das machen.«
»Bravo, Monsieur Poirot.«
»Und Dr. Roberts hat die Impfung vorgenommen?«
»Ja. Da wären wir wieder – wir können nichts beweisen. Sie bekam die üblichen zwei Impfungen – und soviel wir wissen, können es Typhusimpfungen gewesen sein. Oder die eine kann eine Typhusimpfung gewesen sein und die andere – etwas anderes. Wir wissen es nicht, und wir werden es nie wissen. Das Ganze ist eine reine Hypothese. – Alles, was wir sagen können, ist: Es könnte sein.«
Poirot nickte nachdenklich.
»Es stimmt sehr gut mit gewissen Bemerkungen überein, die Shaitana mir gegenüber machte. Er pries den erfolgreichen Mörder – den Mann, dem man sein Verbrechen nie nachweisen kann.«
»Wie hat es dann aber Shaitana erfahren?« fragte Mrs. Oliver.
Poirot zuckte die Achseln.
»Das wird wohl immer ein Rätsel bleiben. Er selbst war einmal in Ägypten. Das wissen wir, weil er Mrs. Lorrimer dort kennenlernte. Er mag irgendeinen Arzt dort über sonderbare Symptome von Mrs. Craddocks Krankheit sprechen gehört haben – ein Staunen darüber, wie die Infektion entstand. Ein andermal mag er einen Klatsch über Mrs. Craddock und Roberts gehört haben. Es hat ihm vielleicht Spaß gemacht, dem Doktor gegenüber eine geheimnisvolle Andeutung zu machen, und dann hat er das Erschrecken in seinem Blick bemerkt – all das wird man nie wissen. Manche Leute haben eine unheimliche Gabe, Geheimnisse zu erraten. Shaitana gehörte dazu. Aber all das geht uns nichts an. Wir können nur sagen – er mutmaßte! Hatte er aber mit seinen Mutmaßungen recht?«
»Ich glaube ja«, sagte Battle. »Ich habe das Gefühl, als hätte unser munterer, jovialer Doktor nicht allzu viele Skrupel. Ich habe einen oder zwei wie ihn gekannt – es ist unglaublich, wie gewisse Typen einander ähneln. Meiner Meinung nach

ist er ein Mörder. Er hat Craddock getötet, er mag Mrs. Craddock getötet haben, als sie anfing, lästig zu werden und Lärm zu schlagen. *Aber hat er Shaitana ermordet?* Das ist die eigentliche Frage. Und wenn wir die Verbrechen vergleichen, möchte ich es eher bezweifeln. Im Fall der Craddocks hat er beide Male medizinische Methoden angewendet. Die Todesfälle schienen natürliche Ursachen zu haben. Wenn er Shaitana getötet hätte, so hätte er es meiner Meinung nach ebenfalls auf medizinische Art getan. Er hätte den Krankheitskeim verwendet und nicht das Messer.«

»Ich habe nie gedacht, daß er es war«, meinte Mrs. Oliver. »Nicht einen Augenblick. Er ist irgendwie zu durchsichtig.«

»Abgang Roberts«, murmelte Poirot. »Und die anderen?«

Battle machte eine ungeduldige Bewegung.

»Da habe ich eine völlige Niete gezogen. Mrs. Lorrimer ist seit zwanzig Jahren Witwe. Sie hat zumeist in London gelebt und ist gelegentlich über den Winter ins Ausland gegangen. In zivilisierte Gegenden, wie die Riviera oder Ägypten. Ich kann in Verbindung mit ihr keine mysteriösen Todesfälle finden. Sie scheint ein völlig normales, achtbares Leben geführt zu haben – das Leben einer Frau von Welt. Sie ist allgemein geachtet, und alle scheinen die höchste Meinung von ihrem Charakter zu haben. Das Ärgste, was man ihr nachsagt, ist, daß sie mit dummen Leuten keine Geduld hat. Ich gebe gern zu, daß ich in diesem Fall auf der ganzen Linie geschlagen wurde. Und doch muß etwas gewesen sein. Shaitana hat es geglaubt.«

Er seufzte entmutigt.

»Und Miss Meredith. Ich habe ihre Lebensgeschichte zur Gänze aufgerollt. Die übliche Geschichte: Offizierstochter, mittellos zurückgeblieben. Mußte sich ihr Brot verdienen. Hatte nichts Rechtes gelernt. Ich habe über ihre frühe Jugend in Cheltenham Erkundigungen eingezogen. Alles ganz normal – jedermann bedauerte das arme kleine Ding. Zuerst ging sie zu irgendwelchen Leuten auf die Isle of Wight – als Kinderfräulein und Stütze der Hausfrau. Die Frau, bei der sie war, ist in Palästina, aber ich habe mit ihrer Schwester gesprochen, die sagte, daß Mrs. Eldon das Mädchen sehr gerne hatte. Sicher keine mysteriösen Todesfälle oder etwas dergleichen. Als Mrs. Eldon ins Ausland ging, kam Miss Meredith nach Devonshire und nahm einen Posten als Gesellschafterin an, bei der Tante einer Schulfreundin. Die Schulfreundin ist das Mädchen, mit dem sie jetzt zusammenwohnt – Miss Rhoda Dawes. Sie war über zwei Jahre dort, bis Mrs. Deering zu krank wurde und eine Berufspflegerin haben mußte. Krebs, hörte ich. Sie lebt noch, aber sie ist nicht mehr ganz bei sich. Wird ständig unter Morphium gehalten, glaube ich. Ich hatte eine Unterredung mit ihr. Sie erinnert sich an Anne und sagt, daß sie ein liebes Mädchen war. Ich habe auch mit einer Nachbarin von ihr gesprochen, die sich besser an die Geschehnisse der letzten Jahre erinnern konnte. Keine Todesfälle in der Gemeinde, außer ein bis zwei der älteren Dorfbewohner, mit denen, so weit ich sehen kann, Anne Meredith nie in Berührung kam. Dann kam die Schweizer Reise. Ich dachte, ich würde da auf die Spur eines tödlichen Unfalls kommen. Aber meine Bemühungen waren erfolglos, ebenso wie in Wallingford.«

»Ist Anne Meredith demnach freigesprochen?« fragte Poirot.

Battle zögerte.

»Das möchte ich nicht sagen. Es fällt mir etwas auf. – Sie hat einen verängstigten Blick, der sich mit dem Schock wegen Shaitanas Tod nicht ganz erklären läßt. Sie ist zu sehr auf der Hut. Ich könnte schwören, daß etwas nicht stimmt. Aber da haben wir es wieder: Sie hat ein makelloses Leben geführt.«

Mrs. Oliver holte tief Atem – es war ein Atemzug reinen Genusses.

»Und doch«, verkündete sie, »war Anne Meredith im Haus, als eine Frau irrtümlich Gift nahm und starb.«

Sie hatte sich über die Wirkung ihrer Worte nicht zu beklagen. Battle fuhr in seinem Stuhl herum und sah sie verblüfft an.

»Ist das wahr, Mrs. Oliver? Wieso wissen Sie es?«

»Ich habe Detektiv gespielt«, erklärte Mrs. Oliver. »Ich verstehe mich gut mit jungen Mädchen. Ich habe diese beiden besucht und ihnen ein Ammenmärchen aufgebunden, daß ich Dr. Roberts verdächtige. Die kleine Rhoda war freund-

lich – oh, und ein wenig beeindruckt durch die Vorstellung von meiner Berühmtheit. Die kleine Meredith war wütend über mein Kommen und machte kein Hehl daraus. Sie war mißtrauisch. Warum, wenn sie nichts zu verbergen hatte? Ich forderte beide Mädchen auf, mich in London zu besuchen. Die kleine Rhoda kam und platzte mit der ganzen Geschichte heraus. Wie Anne neulich so unhöflich zu mir gewesen sei, weil ich etwas gesagt hatte, das sie an ein peinliches Erlebnis erinnert habe, und dann fuhr sie fort, das besagte Erlebnis zu schildern.«
»Sagte sie, wo und wann es geschah?«
»Vor drei Jahren in Devonshire.«
Der Superintendent murmelte etwas Unverständliches und kritzelte auf seinen Block. Seine hölzerne Ruhe war erschüttert.
Mrs. Oliver kostete ihren Triumph aus. Es war ein herrlicher Augenblick für sie.
Battle gewann seinen Gleichmut wieder.
»Hut ab, Mrs. Oliver, Hut ab«, lobte er, »Sie haben uns diesmal übertrumpft. Das ist eine sehr wertvolle Information. Und es zeigt wieder, wie leicht einem etwas entgehen kann.«
Er runzelte ein wenig die Stirn.
»Sie kann nicht lange dort – wo immer es war – gewesen sein. Längstens zwei Monate. Es muß zwischen der Isle of Wight und ihrem Antritt bei Mrs. Deering gewesen sein. Ja, das könnte stimmen. Natürlich erinnert sich Mrs. Eldon nur daran, daß sie in eine Stellung nach Devonshire ging – sie erinnert sich nicht genau, zu wem und wohin.«
»Sagen Sie mir«, ließ Poirot sich vernehmen, »war diese Mrs. Eldon eine unordentliche Frau?«
Battle sah ihn erstaunt an.
»Es ist merkwürdig, daß Sie das sagen, Monsieur Poirot. Ich verstehe nicht, wieso Sie es wissen können. Die Schwester war eine sehr pedantische Person, und ich erinnere mich, daß sie während unseres Gesprächs sagte: ›Meine Schwester ist so schrecklich unordentlich und nachlässig.‹ Aber wie können *Sie* das wissen?«
»Weil sie eine Stütze brauchte«, riet Mrs. Oliver.

Poirot schüttelte den Kopf.
»Nein, nein, das war es nicht. Es hat keine Bedeutung. Ich war nur neugierig. Fahren Sie fort, Superintendent.«
»Ebenso hielt ich es für selbstverständlich, daß sie von der Isle of Wight direkt zu Mrs. Deering kam. Das Mädchen ist schlau. Sie hat mich gründlich getäuscht. Sie hat die ganze Zeit gelogen.«
»Lügen ist nicht immer ein Zeichen von Schuld«, bemerkte Poirot.
»Ich weiß, Monsieur Poirot, es gibt die geborenen Lügner. Ich würde übrigens sagen, daß sie das ist. Sie sagen immer, was am besten klingt. Aber es ist trotzdem ein ziemliches Risiko, derartige Tatsachen zu verheimlichen.«
»Sie konnte nicht wissen, daß Sie irgendeine Ahnung von früheren Verbrechen haben«, gab Mrs. Oliver zu bedenken.
»Um so mehr Grund, diese kleine Information nicht zu verheimlichen. Es muß damals in gutem Glauben angenommen worden sein, daß ein Tod durch Unglücksfall vorlag, also hatte sie nichts zu befürchten – außer sie war schuldig.«
»Außer sie war an dem Todesfall in Devonshire schuldig, ja«, wiederholte Poirot.
Battle wandte sich an ihn.
»Oh, ich weiß. Sogar wenn sich herausstellt, daß dieser zufällige Todesfall nicht ganz so zufällig war, folgt daraus nicht, daß sie Shaitana getötet hat. Aber diese anderen Morde sind auch Morde. Ich will einen Verbrecher seiner Tat überführen können.«
»Nach Ansicht von Mr. Shaitana ist das in manchen Fällen unmöglich«, bemerkte Poirot.
»In Roberts' Fall ist es so. Es bleibt abzuwarten, ob es in Miss Merediths Fall auch so ist. Ich fahre morgen nach Devon.«
»Wissen Sie, wohin Sie gehen müssen?« fragte Mrs. Oliver.
»Ich wollte Rhoda nicht nach weiteren Einzelheiten ausfragen.«
»Nein, das war sehr klug von Ihnen. Es wird nicht schwer sein, es muß ja eine Leichenschau stattgefunden haben. Ich

werde es in den Berichten des Leichenbeschauers finden. Das gehört zum polizeilichen Handwerk. Bis morgen früh werden sie alles für mich herausgeschrieben haben.«

»Und Major Despard?« wollte Mrs. Oliver wissen. »Haben Sie etwas über ihn herausgefunden?«

»Ich habe auf Colonel Races Bericht gewartet. Ich ließ ihn natürlich beobachten. Er fuhr nach Wallingford, Miss Meredith besuchen. Sie erinnern sich doch, daß er gesagt hat, er hätte sie vor jenem Abend nie gesehen.«

»Aber sie ist ein sehr hübsches Mädchen«, murmelte Poirot.

Battle lachte.

»Ja, ich vermute, daß nicht mehr dran ist. Übrigens will Despard es nicht einfach darauf ankommen lassen. Er hat sich schon mit seinem Anwalt beraten. Das sieht aus, als würde er Unannehmlichkeiten befürchten.«

»Er ist ein vorausblickender Mann«, sagte Poirot, »ein Mann, der auf jede Möglichkeit vorbereitet sein will.«

»Und deshalb nicht der Mann, in Eile einen anderen zu erstechen«, sagte Battle seufzend.

»Außer es wäre der einzige Ausweg«, meinte Poirot. »Bedenken Sie, daß er schnell handeln kann.«

Battle blickte ihn über den Tisch hinweg an.

»Nun, Poirot, was ist mit Ihnen? Sie haben Ihre Karten noch nicht aufgedeckt.«

Poirot lächelte.

»Mein Spiel ist so leer. Sie glauben vielleicht, daß ich Ihnen irgendwelche Fakten verheimliche? Dem ist nicht so. Ich habe nicht viel Tatsächliches erfahren. Ich habe mit Dr. Roberts, mit Mrs. Lorrimer und mit Major Despard gesprochen (mit Miss Meredith muß ich noch sprechen), und was habe ich erfahren? Folgendes: daß Dr. Roberts ein scharfer Beobachter ist, daß Mrs. Lorrimer ihrerseits eine hervorragende Konzentrationsgabe besitzt, aber als Folge davon für ihre Umgebung fast blind ist. Aber sie ist eine Blumenfreundin. Despard bemerkte nur die Sachen, die ihn interessieren: Teppiche, Jagdtrophäen. Er hat weder, was ich die äußere Vision nenne (das Auffassen der Einzelheiten um einen herum – was man auch Beobachtungsgabe nennt) noch die innere

Vision – Konzentration, Einstellen des Geistes auf ein bestimmtes Objekt. Er hat ein rein zweckmäßig funktionierendes Gesichtsfeld. Er sieht nur das, was sich mit seinen Neigungen deckt.«

»Also das ist, was *Sie* Tatsachen nennen – wie?« bemerkte Battle erstaunt.

»Es *sind* Tatsachen, wenn auch vielleicht nur winzige.«

»Und Miss Meredith?«

»Ich habe sie zum Schluß gelassen, aber ich werde auch sie fragen, an was sie sich in jenem Zimmer erinnert.«

»Es ist eine sonderbare Methode, an die Sachen heranzugehen«, sagte Battle nachdenklich, »rein psychologisch. Und wenn sie zu nichts führt?«

Poirot schüttelte lächelnd den Kopf.

»Nein, das ist unmöglich. Ob sie nun versuchen zu verschleiern oder zu helfen, verraten sie notgedrungen ihre Geistesart.«

»Es hat zweifellos etwas für sich«, meinte Battle nachdenklich, »obwohl ich nicht so arbeiten könnte.«

Poirot sagte, noch immer lächelnd:

»Ich fühle, daß ich im Vergleich zu Ihnen, zu Mrs. Oliver und zu Colonel Race sehr wenig geleistet habe. Meine Karten, die ich auf den Tisch lege, sind sehr niedrige Karten.«

Battle zwinkerte ihm zu.

»Was das betrifft, so ist die Trumpf Zwei eine sehr niedrige Karte, aber sie kann jedes der drei Asse stechen. Trotzdem werde ich Sie ersuchen, einen praktischen Auftrag in der Sache durchzuführen.«

»Und zwar?«

»Ich möchte Sie bitten, die Witwe von Professor Luxmore aufzusuchen.«

»Und warum tun Sie es nicht selbst?«

»Weil ich, wie gesagt, nach Devonshire fahre.«

»Warum tun Sie es nicht selbst?« wiederholte Poirot.

»Sie lassen sich nicht so einfach abspeisen, wie? Nun, um die Wahrheit zu sagen, weil ich glaube, daß Sie mehr aus ihr herausbekommen werden als ich.«

»Weil meine Methoden weniger offen sind?«

»Sie können es auch so auffassen, wenn Sie wollen«, räumte Battle ein. »Inspektor Japp sagt, daß Sie so Ihre Tricks haben.«
»Wie der verstorbene Shaitana?«
»Sie glauben, daß er was aus ihr herausbekommen hätte?«
Poirot sagte langsam: »Ich würde eher meinen, daß er Sachen aus ihr herausbekommen *hat.*«
»Wie kommen Sie darauf?«
»Durch eine zufällige Bemerkung von Despard.«
»Er hat sich verraten, wie? Das sieht ihm nicht ähnlich.«
»Oh, mein lieber Freund, es ist unmöglich sich *nicht* zu verraten – außer man macht den Mund nie auf! Die Sprache ist die grausamste Verräterin!«
»Auch wenn die Menschen lügen?« fragte Mrs. Oliver.
»Ja, Madame, weil sie auf eine charakteristische Art lügen.«
»Mir wird unheimlich«, sagte Mrs. Oliver und stand auf.
Superintendent Battle begleitete sie bis zur Tür und schüttelte ihr herzlich die Hand.
»Sie waren großartig, Mrs. Oliver«, sagte er. »Sie sind ein viel besserer Detektiv als Ihr langer, magerer Lappländer.«
»Finne«, korrigierte Mrs. Oliver. »Natürlich ist er ein bißchen verrückt, aber die Leute haben ihn gern. Auf Wiedersehen.«
Battle kritzelte eine Adresse auf ein Blatt Papier und reichte es Poirot.
»So, gehen Sie und bearbeiten Sie es.«
Poirot lächelte.
»Und was wollen Sie, daß ich herauskriege?«
»Die Wahrheit über Professor Luxmores Tod.«
»*Mon cher* Battle! Erfährt je irgend jemand die Wahrheit über irgend etwas?«
»Ich werde sie jetzt über die Angelegenheit in Devonshire erfahren«, sagte der Superintendent grimmig.
Poirot murmelte:
»Wer weiß?«

Das Mädchen, das in Mrs. Luxmores Haus in South Kensington die Tür öffnete, sah Hercule Poirot mit tiefer Mißbilligung an. Sie schien nicht geneigt, ihn einzulassen.
Ungerührt reichte Poirot ihr eine Visitenkarte.
Es war eine von seinen eindrucksvolleren Visitenkarten. Das Wort »Privatdetektiv« stand in einer Ecke. Er hatte sie eigens drucken lassen, um beim sogenannten schönen Geschlecht vorgelassen zu werden. Fast jede Frau, ob unschuldig oder nicht, war begierig, einen Privatdetektiv aus der Nähe zu sehen und zu erfahren, was er wollte.
In beschämender Weise vor der Tür stehengelassen, betrachtete Poirot angeekelt den ungeputzten Türklopfer.
»Hätte ich nur ein Putzmittel und einen Lappen«, murmelte er. Das Mädchen kam schnaufend zurück, und Poirot durfte eintreten.
Er wurde in ein Zimmer im ersten Stock geführt – ein Zimmer, in dem es nach welken Blumen und kalter Asche roch. Eine Menge großer, nicht allzu sauberer Seidenkissen lagen umher. Die Wände waren smaragdgrün und die Decke kupferfarben.
Eine große, ziemlich hübsche Frau stand am Kamin. Sie kam auf ihn zu und sagte mit einer tiefen, rauhen Stimme:
»Monsieur Hercule Poirot?«
Poirot verbeugte sich. Er benahm sich anders als sonst. Er gerierte sich nicht nur ausländisch, sondern betont ausländisch. Seine Bewegungen waren affektiert, sein Gehaben erinnerte eine Spur an den verstorbenen Mr. Shaitana.
»Weshalb wollen Sie mich sprechen?«
Poirot verbeugte sich nochmals.
»Wenn ich Platz nehmen dürfte. Es wird eine gewisse Zeit in Anspruch nehmen . . .«
Sie wies ihm ungeduldig einen Stuhl an und setzte sich selbst auf den Rand des Sofas.
»Ja? Nun?«
»Madame, ich ziehe nämlich Erkundigungen ein – private Erkundigungen, verstehen Sie?«

Je bedächtiger er vorfühlte, desto neugieriger wurde sie.
»Ja – ja?«
»Ich ziehe Erkundigungen über den Tod des verstorbenen Professors Luxmore ein.«
Sie schnappte nach Luft. Ihre Bestürzung war offenbar.
»Aber warum? Was meinen Sie? Was haben Sie damit zu schaffen?«
Poirot beobachtete sie aufmerksam, ehe er fortfuhr.
»Es erscheint nämlich ein Buch. Eine Biographie Ihres hervorragenden Gatten. Der Autor möchte sich natürlich aller Fakten genau vergewissern. Was zum Beispiel den Tod Ihres Gatten betrifft . . .«
Sie unterbrach ihn sofort.
»Mein Mann ist an Tropenfieber gestorben – am Amazonas.«
Poirot lehnte sich in seinem Stuhl zurück, ganz langsam wiegte er den Kopf hin und her – eine irritierende monotone Bewegung.
»Madame, Madame«, protestierte er.
»Aber ich weiß es. Ich war dabei.«
»O ja, gewiß. Sie waren dabei. Ja, so lautet auch meine Information.«
Sie kreischte.
»Welche Information?«
Poirot beobachtete sie scharf und sagte:
»Eine Information, die mir der verstorbene Mr. Shaitana gab.«
Sie zuckte zurück wie vor einem Peitschenhieb.
»Shaitana«, flüsterte sie.
»Ein Mann«, erklärte Poirot, »der sehr viel wußte. Ein außergewöhnlicher Mann, der viele Geheimnisse kannte.«
»Vermutlich«, murmelte sie und fuhr sich mit der Zunge über die trockenen Lippen.
Poirot beugte sich vor. Er berührte mit der Hand leicht ihr Knie.
»Er wußte zum Beispiel, daß Ihr Gatte nicht an Tropenfieber starb.«
Sie starrte ihn an. Ihre Augen blickten verstört.

Er lehnte sich zurück und beobachtete die Wirkung seiner Worte.
Sie riß sich zusammen.
»Ich weiß nicht – ich weiß nicht, was Sie meinen.«
Es klang keineswegs überzeugend.
»Madame«, sagte Poirot. »Ich will nicht Verstecken spielen. Ich will« – er lächelte – »meine Karten auf den Tisch legen. Ihr Gatte starb nicht an Tropenfieber, er starb an einer Kugel!«
»Oh!« rief sie.
Sie bedeckte ihr Gesicht mit den Händen. Sie wiegte sich hin und her. Sie war in schrecklicher Verzweiflung. Aber in irgendeiner geheimen Kammer ihres Herzens genoß sie ihre eigenen Gefühle; Poirot war fest davon überzeugt.
»Und deshalb«, bemerkte Poirot trocken, »können Sie mir ebensogut die ganze Geschichte erzählen.«
Sie nahm die Hände von ihrem Gesicht.
»Es war nicht im geringsten so, wie Sie glauben.«
Wieder beugte sich Poirot vor, und wieder berührte er mit der Hand ihr Knie.
»Sie mißverstehen mich – Sie mißverstehen mich vollkommen. Ich weiß sehr gut, daß nicht Sie es waren, die ihn erschossen hat. Es war Major Despard, aber Sie waren der Grund.«
»Ich weiß nicht. Ich weiß nicht. Vermutlich war ich es. Es war alles zu furchtbar. Ich werde von einem Verhängnis verfolgt.«
»Oh, wie wahr das ist«, rief Poirot. »Wie oft habe ich das gesehen! Es gibt solche Frauen. Sie ziehen Tragödien geradezu an. Es ist nicht ihre Schuld. Die Dinge geschehen ohne ihr Zutun.«
Mrs. Luxmore holte tief Atem.
»Sie verstehen. Ich sehe, daß Sie verstehen. Es geschah alles wie von selbst, so natürlich.«
»Sie sind zusammen ins Innere gereist, nicht wahr?«
»Ja, mein Mann verfaßte ein Buch über verschiedene seltene Pflanzen. Major Despard wurde uns als ein Mann vorgestellt, der die Verhältnisse dort kannte und die Expedition arrangieren würde. Er gefiel meinem Mann sehr gut. Wir brachen auf.«

Es entstand eine kleine Pause. Poirot ließ sie anderthalb Minuten währen und sagte dann, wie zu sich selbst:
»Ja, ich sehe es vor mir. Der sich dahinschlängelnde Fluß, die tropische Nacht, das Summen der Insekten – der starke, tapfere Mann – die schöne Frau . . .«
Mrs. Luxmore seufzte.
»Mein Mann war natürlich um viele Jahre älter als ich. Ich heiratete ihn als halbes Kind, ohne recht zu wissen, was ich tat . . .«
Poirot schüttelte traurig den Kopf.
»Ich weiß. Ich weiß. Die alte Geschichte.«
»Keiner von uns wollte zugeben, was geschah«, fuhr Mrs. Luxmore fort. »John Despard sagte nie ein Wort. Er war die Ehrenhaftigkeit selbst.«
»Aber eine Frau weiß immer«, soufflierte Poirot.
»Wie recht Sie haben . . . Ja, eine Frau weiß immer . . . aber ich gab ihm nie zu verstehen, daß ich es wußte. Wir blieben bis zum bittern Ende Major Despard und Mrs. Luxmore füreinander . . . Wir waren entschlossen, ein ehrliches Spiel zu spielen.«
Sie schwieg, in Bewunderung ihrer edlen Haltung versunken.
»Ja«, murmelte Poirot. »Wie sagte einer Ihrer Dichter so schön? ›Ich könnte dich nicht so sehr lieben, Liebste, liebt ich die Ehre nicht noch mehr.‹«
»Diese Worte könnten für uns geschrieben sein«, flüsterte Mrs. Luxmore. »Was immer auch kommen mochte, wir waren beide entschlossen, nie das schicksalsschwere Wort auszusprechen.«
»Und dann . . .« drängte Poirot.
»Jene grauenhafte Nacht.« Mrs. Luxmore schauderte.
»Ja?«
»Ich vermute, sie mußten sich gestritten haben – John und Timothy, meine ich. Ich kam aus meinem Zelt . . . ich kam aus meinem Zelt . . .«
»Ja – ja?«
Mrs. Luxmores Augen wurden groß und dunkel. Sie sah die Szene, als würde sie sich vor ihr wiederholen.
»Ich kam aus meinem Zelt«, wiederholte sie. »John und Ti-

mothy waren – oh!« Sie schauderte. »Ich kann mich nicht mehr genau an alles erinnern. Ich warf mich zwischen sie ... Ich sagte: ›Nein – nein, es ist nicht wahr!‹ Timothy wollte nicht hören, er bedrohte John; John mußte schießen – in Notwehr. Ah!!« Sie stieß einen Schrei aus und bedeckte ihr Gesicht mit den Händen. »Er war tot – sofort – ins Herz getroffen.«

»Ein furchtbarer Augenblick für Sie, Madame.«

»Ich werde ihn nie vergessen. John war so edel. Er wollte sich unbedingt stellen. Ich wollte nichts davon hören. Wir diskutierten die ganze Nacht. ›Mir zuliebe‹, sagte ich immer – endlich sah er es ein. Natürlich konnte er mich nicht büßen lassen. Der schreckliche Skandal! Denken Sie an die Schlagzeilen: *Zwei Männer und eine Frau im Dschungel – Urinstinkte werden frei.*« Sie fuhr fort: »Ich versuchte alles, um John zu überzeugen. Endlich gab er nach. Die Träger hatten nichts gesehen oder gehört. Timothy hatte einen Fieberanfall gehabt. Wir sagten, er sei daran gestorben. Wir begruben ihn dort am Ufer des Amazonas.«

Ein tiefer, qualvoller Seufzer entrang sich ihr.

»Und dann zurück in die Zivilisation – um für immer voneinander zu scheiden.«

»Mußte das sein, Madame?«

»Ja, ja. Der tote Timothy stand genauso zwischen uns wie der lebende – ja noch mehr. Wir sagten einander auf ewig Lebewohl. Ich begegne John Despard zuweilen – in der Welt draußen. Wir lächeln, wir sprechen höflich miteinander – niemand würde ahnen, daß je etwas zwischen uns war. Aber ich sehe in seinen Augen – und er in den meinen –, daß wir nie vergessen werden ...«

Es entstand eine lange Kunstpause. Poirot respektierte den Aktschluß, indem er sie nicht unterbrach.

Mrs. Luxmore nahm ihre Puderdose und puderte sich die Nase – der Bann war gebrochen.

»Welche Tragödie«, kommentierte Poirot, aber sein Ton war schon trockener.

»Sie sehen, Monsieur Poirot, daß man die Wahrheit nie erfahren darf«, sagte Mrs. Luxmore ernst.

»Es wäre peinlich . . .«
»Es wäre unmöglich. Dieser Freund, dieser Schriftsteller – möchte doch sicher nicht das Leben einer völlig unschuldigen Frau zerstören?«
»Oder sogar einen völlig unschuldigen Mann an den Galgen bringen«, murmelte Poirot.
»Sie sehen es so. Das macht mich glücklich. Er *ist* unschuldig. Ein Verbrechen aus Leidenschaft ist nicht wirklich ein Verbrechen, und auf jeden Fall war es Notwehr. Er *mußte* schießen. Sie begreifen also, Monsieur Poirot, daß die Welt weiterhin glauben muß, Timothy sei an Tropenfieber gestorben.«
Poirot murmelte: »Schriftsteller sind zuweilen eigentümlich herzlos.«
»Ist Ihr Freund ein Frauenfeind? Will er sich an uns rächen? Das dürfen Sie nicht zulassen. Ich werde es nicht dulden. Wenn nötig, werde ich die Schuld auf mich nehmen. Ich werde sagen, daß *ich* Timothy erschossen habe.«
Sie hatte sich erhoben und warf den Kopf in den Nacken. Poirot erhob sich auch.
»Madame«, sagte er, als er ihre Hand nahm, »eine so heldenhafte Selbstaufopferung ist nicht nötig. Ich werde mein möglichstes tun, damit die Wahrheit nie an den Tag kommt.«
Ein reizendes Lächeln von Mrs. Luxmore dankte ihm. Sie hob ihre Hand leicht, so daß Monsieur Poirot sie, ob er nun wollte oder nicht, küssen mußte.
»Eine unglückliche Frau dankt Ihnen, Monsieur Poirot.«
Es war das Abschiedswort einer verfolgten Königin an einen Günstling. Ein deutlicher Aktschluß. Poirot ging programmgemäß ab.
Auf der Straße angelangt, machte er einen tiefen Atemzug.

21

»Quelle femme«, murmelte Hercule Poirot. *»Ce pauvre* Despard! *Ce qu'il a dû souffrir! Quel voyage épouvantable!«*
Plötzlich begann er zu lachen.
Er ging nun die Brompton Road entlang, blieb stehen, zog seine Uhr heraus und dachte kurz nach.
»Aber ja, ich habe noch Zeit. Jedenfalls wird es ihm nicht schaden zu warten. Ich kann mich jetzt der anderen kleinen Angelegenheit widmen.«
Eine längst vergessene Melodie summend, betrat Hercule Poirot ein luxuriös aussehendes Geschäft, das sich hauptsächlich mit der Bekleidung und allgemeinen Verschönerung der Damen befaßte, und ging in die Strumpfabteilung.
Er wandte sich an ein sympathisch und nicht allzu hochmütig aussehendes weibliches Wesen und nannte seine Wünsche.
»Seidenstrümpfe? O ja, wir haben eine sehr schöne Auswahl. Garantiert reine Seide.«
Poirot winkte ab und drückte sich deutlicher aus.
»Französische Seidenstrümpfe! Mit dem Zoll, wissen Sie . . . sie sind sehr teuer.«
Es erschien ein neuer Stoß Schachteln.
»Sehr hübsch, Mademoiselle, aber ich hatte mir etwas noch Zarteres vorgestellt.«
»Das sind Hunderter, aber natürlich haben wir noch extrafeine, aber ich fürchte, sie kommen auf ungefähr fünfunddreißig Shilling das Paar. Und natürlich nicht sehr haltbar. Wie Spinnweben.«
C'est ça. C'est ça exactement.«
Diesmal blieb die junge Dame länger weg. Endlich kehrte sie zurück.
»Leider kosten sie tatsächlich siebenunddreißig Shilling das Paar. Aber wundervoll, nicht wahr?«
Sie nahm sie behutsam aus einer durchsichtigen Hülle – sie waren wirklich nur ein Hauch.
»*Enfin* – das ist genau das, was ich suche!«
»Wunderschön, nicht wahr? Wieviel Paar, Sir?«

»Ich brauche – warten Sie, neunzehn Paar.«
Die junge Dame fiel fast hinter den Ladentisch.
»Bei zwei Dutzend gäbe es einen Rabatt«, sagte sie matt.
»Nein, ich brauche neunzehn Paar, in leicht verschiedenen Schattierungen, bitte.«
Das Mädchen sortierte sie gehorsam, verpackte sie und stellte die Rechnung aus.
Als Poirot mit seinem Einkauf verschwand, meinte eine Kollegin:
»Wer wohl die Glückliche sein mag? Er muß ein widerwärtiger alter Mann sein. Nun, sie muß ihn gut im Griff haben – Strümpfe zu siebenunddreißig Shilling. Ich muß schon sagen, alle Achtung!«
In Unkenntnis der Geringschätzung, mit der die jungen Damen in der Firma Messrs. Harvey Robinson's über seinen Charakter urteilten, trabte Poirot heimwärts.
Er war ungefähr eine halbe Stunde zu Hause, als es klingelte, und wenige Minuten darauf betrat Major Despard das Zimmer.
Er hielt nur mit Mühe an sich.
»Was zum Teufel ist Ihnen eingefallen, Mrs. Luxmore aufzusuchen?« fragte er.
Poirot lächelte.
»Ich wollte die wahre Geschichte von Professor Luxmores Tod hören.«
»Die wahre Geschichte? Glauben Sie, daß diese Frau imstande ist, über irgend etwas die Wahrheit zu sagen?« meinte Despard wütend.
»*Eh bien*, das habe ich mich auch gefragt«, gestand Poirot.
»Das will ich meinen, die Frau ist verrückt.«
Poirot wandte ein:
»Keineswegs. Sie ist eine romantische Frau. Das ist alles.«
»Zum Teufel mit der Romantik. Sie ist eine ausgemachte Lügnerin. Manchmal glaube ich sogar, daß sie an ihre eigenen Lügen glaubt.«
»Das ist leicht möglich.«
»Sie ist ein fürchterliches Frauenzimmer. Ich habe dort draußen meine liebe Not mit ihr gehabt.«

»Auch das will ich gern glauben.«
Despard setzte sich plötzlich hin.
»Hören Sie, Monsieur Poirot, ich will Ihnen jetzt die Wahrheit sagen.«
»Sie meinen, Sie wollen mir Ihre Version der Geschichte erzählen.«
»Meine Version ist die richtige.«
Poirot antwortete nicht.
»Ich sehe vollkommen ein, daß ich es mir nicht als Verdienst anrechnen kann, jetzt mit der Geschichte rauszurükken. Ich sage die Wahrheit, weil es in diesem Stadium das einzig Mögliche ist. Ob Sie mir nun glauben oder nicht, liegt bei Ihnen – ich habe keine Beweise, daß meine Geschichte die richtige ist.« Er hielt einen Augenblick inne und begann:
»Ich habe die Expedition für die Luxmores arrangiert. Er war ein netter alter Knabe, ganz närrisch mit Farnen und Pflanzen und solchem Zeug. Sie war – nun, Sie werden zweifellos gesehen haben, was sie ist! Die Reise war ein Alptraum. Ich habe mich den Teufel um die Frau geschert, sie war mir eher unsympathisch. Sie gehört zu der gewissen aufdringlichen, sentimentalen Sorte, bei der es mich vor Verlegenheit immer juckt. Die ersten vierzehn Tage ging alles glatt. Dann hatten wir alle einen Anfall von Fieber. Sie und ich leicht, der alte Luxmore ziemlich schwer. Eines Nachts – jetzt müssen Sie gut aufpassen – saß ich vor meinem Zelt. Plötzlich sehe ich in der Ferne Luxmore in den Busch am Fluß wanken. Er war im Fieberwahn und hatte keine Ahnung, was er tat. In spätestens einer Minute wäre er beim Fluß gewesen – und an dieser besonderen Stelle hätte es seinen Tod bedeutet. Keine Möglichkeit, ihn zu retten. Es war keine Zeit mehr, ihm nachzustürzen – es blieb nur ein Ausweg. Mein Gewehr lag wie immer neben mir. Ich packte es. Ich bin ein ziemlich guter Schütze. Ich war ganz sicher, den alten Knaben nicht zu verfehlen – ihn ins Bein zu treffen. Und dann, gerade als ich feuern wollte, warf sich dieses blöde Frauenzimmer von irgendwo auf mich und kreischte: ›Nicht schießen, um Himmels willen,

nicht schießen.‹ Sie packte meinen Arm, gerade als das Gewehr losging – mit dem Erfolg, daß die Kugel ihn im Rücken traf und auf der Stelle tötete!
Ich kann Ihnen sagen, das war ein ziemlich schauriger Augenblick. Und diese verdammte Närrin begriff noch immer nicht, was sie getan hatte. Anstatt zu erfassen, daß sie am Tod ihres Mannes schuld war, glaubte sie steif und fest, daß ich aus Liebe zu ihr – ich bitte Sie – kaltblütig versucht hatte, den armen Kerl zu erschießen Wir hatten eine höllische Szene – sie bestand darauf, wir sollten sagen, er sei an Tropenfieber gestorben. Sie tat mir leid, besonders als ich sah, daß sie nicht begriff, was sie getan hatte. Aber die Augen würden ihr schon aufgehen, wenn die Wahrheit herauskam! Und ihre absolute Gewißheit, daß ich bis über beide Ohren in sie verliebt sei, jagte mir einen gelinden Schrecken ein. Das könnte eine schöne Geschichte werden, wenn sie das ausstreuen würde. Endlich gab ich nach. Teils um des lieben Friedens willen, gestehe ich. Schließlich schien es nicht viel auszumachen. Tropenfieber oder Unglücksfall. Und ich wollte die Frau nicht durch diese ganzen Abscheulichkeiten zerren – auch wenn sie eine komplette Närrin war. Die Träger kannten natürlich die Wahrheit, aber sie waren mir alle ergeben, und ich wußte, daß sie gegebenenfalls meine Aussagen beschwören würden. Wir begruben den alten Luxmore und kehrten in die Zivilisation zurück. Seitdem habe ich ein gut Teil meiner Zeit damit verbracht, dieser Frau auszuweichen.«
Er machte eine Pause und sagte dann ruhig:
»Das ist meine Geschichte, Monsieur Poirot.«
»Glauben Sie, daß Mr. Shaitana an jenem Abend bei Tisch auf diesen Vorfall anspielte?«
Despard nickte.
»Er muß es von Mrs. Luxmore gehört haben. Es ist nicht schwer, ihr die Geschichte zu entlocken. Das muß ihn amüsiert haben.«
»In der Hand eines Mannes wie Shaitana hätte die Geschichte für Sie gefährlich werden können.«
Despard zuckte die Achseln.

»Ich hatte keine Angst vor Shaitana.«
Poirot antwortete nicht.
Despard sagte ruhig:
»Auch dafür muß Ihnen mein Wort genügen. Es stimmt vermutlich, daß ich in gewisser Weise Grund hatte, Shaitanas Tod zu wünschen. Nun, die Wahrheit ist jetzt heraus – Sie können mir glauben oder nicht.«
Poirot streckte ihm die Hand entgegen.
»Ich glaube Ihnen, Major Despard. Ich zweifle nicht, daß die Sache in Südamerika sich genau so abgespielt hat, wie Sie sie geschildert haben.«
Despards Gesicht leuchtete auf.
»Danke«, sagte er lakonisch und drückte Poirot herzlich die Hand.

22

Superintendent Battle war auf dem Polizeirevier von Combeacre. Inspektor Harper sprach mit seiner leisen Stimme.
»So war es, Sir. Scheinbar alles in schönster Ordnung. Der Arzt war zufrieden. Alle waren zufrieden. Warum auch nicht?«
»Bitte wiederholen Sie noch mal die Fakten.«
»Die eine Flasche war eine Flasche Feigensirup. Sie nahm ihn scheinbar regelmäßig. Dann war dieses Färbemittel für Hüte, das sie verwendet hatte – oder vielmehr das die junge Dame, ihre Gesellschafterin, für sie verwendet hatte, um einen Gartenhut aufzufrischen. Es war ziemlich viel übriggeblieben, und als die Flasche zerbrach, sagte Mrs. Benson selbst: ›Schütten Sie es in diese alte Flasche – die Feigensirupflasche‹, das stimmt. Die Dienstboten hatten es gehört, die junge Dame, Miss Meredith, das Stubenmädchen und die Köchin sind sich darüber einig. Das Färbemittel wurde in die alte Feigensirupflasche gegossen und in das oberste Fach im Badezimmer gestellt.«
»Nicht frisch etikettiert?«

»Nein, sehr unvorsichtig. Der Leichenbeschauer hat es beanstandet.«

»Fahren Sie fort.«

»An besagtem Abend ging die Verstorbene ins Badezimmer, griff nach einer Flasche Feigensirup, goß sich eine gute Dosis ein und trank sie. Sie merkte sofort, was sie getan hatte, und schickte eilends nach dem Arzt. Er war unterwegs, und es dauerte einige Zeit, ehe man ihn erreichte. Man tat alles, was man konnte, aber sie starb.«

»Glaubte sie selbst an einen unglücklichen Zufall?«

»O ja – jedermann glaubte es. Es schien klar, daß die Flaschen irgendwie verwechselt worden waren. Man vermutete, das Stubenmädchen habe es beim Abstauben getan, aber das schwört, dem sei nicht so.«

Battle schwieg – er überlegte. Wie leicht, ein Kinderspiel. Nur zwei Flaschen waren vertauscht worden. Schwer, einem derartigen scheinbaren Irrtum auf die Spur zu kommen. Vermutlich hatte sie dabei Handschuhe getragen, so daß auf jeden Fall die letzten Fingerabdrücke von Mrs. Benson stammen würden. So leicht – so einfach. Aber trotzdem ein perfekter Mord!

Aber warum? Das war ihm noch ein Rätsel – warum?

»Diese junge Gesellschafterin, diese Miss Meredith, hat sie von Mrs. Benson etwas geerbt?« fragte er.

Inspektor Harper schüttelte den Kopf.

»Nein. Sie war nur ungefähr sechs Wochen da. Kein leichter Posten, glaube ich. Die jungen Damen blieben nie lange. Offensichtlich eine schwierige Frau. Aber wenn Anne Meredith unglücklich war, so hätte sie wie ihre Vorgängerinnen fortgehen können. Kein Grund zu töten, außer aus reiner, sinnloser Rachsucht.« Er schüttelte den Kopf. Diese Vermutung klang äußerst unwahrscheinlich.

»Wer hat Mrs. Benson beerbt?«

»Das weiß ich nicht, Sir. Neffen und Nichten, glaube ich. Aber es konnte nicht sehr viel sein – besonders wenn es aufgeteilt wurde, und ich habe gehört, daß der größte Teil ihres Einkommens aus einer dieser Leibrenten stammte.«

Das war es also nicht. Aber Mrs. Benson war gestorben, und

Anne Meredith hatte ihm verschwiegen, daß sie in Combeacre war.
Es war alles höchst unbefriedigend.
Er zog peinlich genaue Erkundigungen ein. Die Aussage des Arztes war klar und eindeutig. Kein Grund anzunehmen, daß es etwas anderes war als ein Unglücksfall. Miss – er konnte sich nicht an den Namen erinnern, ein nettes, aber etwas hilfloses Mädchen – war sehr aufgeregt und unglücklich gewesen. Der Vikar erinnerte sich an Mrs. Bensons letzte Gesellschafterin – ein nettes, bescheidenes junges Mädchen. Kam immer mit Mrs. Benson in die Kirche. Mrs. Benson war – nicht schwierig – aber ein bißchen streng gegen junge Leute gewesen und sehr rigide in ihrem Glauben.
Battle versuchte es noch mit ein, zwei anderen Leuten, erfuhr aber nichts Wesentliches. Man erinnerte sich kaum mehr an Anne Meredith. Sie hatte einige Monate in ihrer Mitte gelebt – das war alles. Und ihre Persönlichkeit war nicht lebendig genug, einen dauernden Eindruck zu hinterlassen. Ein nettes kleines Ding, lautete das allgemeine Urteil. Mrs. Benson trat klarer hervor. Ein selbstherrlicher Grenadier von einer Frau, die ihre Gesellschafterin nicht schonte und ihre Dienstboten häufig wechselte. Eine unangenehme Frau – aber mehr nicht.
Dessenungeachtet verließ Superintendent Battle Devonshire mit dem festen Eindruck, daß Anne Meredith aus irgendeinem unbekannten Grund ihre Arbeitgeberin vorsätzlich ermordet hatte.

23

Während Superintendent Battles Zug ostwärts durch England brauste, waren Anne Meredith und Rhoda Dawes in Hercule Poirots Wohnzimmer.
Anne hatte die Einladung, die mit der Morgenpost gekommen war, nicht annehmen wollen, aber Rhoda hatte sie bewogen, doch zu gehen.

»Anne – du bist ein Feigling – ja, ein Feigling. Es hat keinen Sinn, Vogel Strauß zu spielen und den Kopf in den Sand zu stecken. Es ist ein Mord geschehen, und du bist eine der Verdächtigen – die am wenigsten glaubhafte vielleicht . . .«
»Das wäre das Schlimmste«, sagte Anne mit einem Anflug von Humor. »Es ist immer die unwahrscheinlichste Person, die es getan hat.«
»Aber du bist eine davon«, fuhr Rhoda fort, ohne den Einwurf zu beachten, »und es hat daher gar keinen Sinn, die Nase in die Luft zu strecken und so zu tun, als wäre Mord ein übler Geruch, der nichts mit dir zu tun hat.«
»Er hat nichts mit mir zu tun«, beharrte Anne. »Ich bin gern bereit, alle Fragen zu beantworten, die die Polizei mir stellt, aber dieser Mann, dieser Hercule Poirot, ist ein Outsider.«
»Und was soll er denken, wenn du dich versteckst und versuchst dich zu drücken? Er wird glauben, daß du vor Schuldbewußtsein birst.«
»Ich berste sicher nicht vor Schuldbewußtsein«, wehrte Anne ab.
»Das weiß ich. Du könntest beim besten Willen keinen Mord begehen. Aber abscheuliche, mißtrauische Ausländer wissen das nicht. Ich glaube, wir sollten ruhig zu ihm gehen, sonst kommt er her und wird versuchen, den Dienstboten die Würmer aus der Nase zu ziehen.«
»Wir haben doch gar keine Dienstboten!«
»Wir haben Mutter Astwell. Sie schwatzt mit jedem! Komm, Anne, gehen wir! Du wirst sehen, es wird ganz lustig sein.«
»Ich weiß nicht, warum er mich sehen will.« Anne war eigensinnig.
»Um der Polizei eins auszuwischen, natürlich«, meinte Rhoda ungeduldig. »Das wollen sie immer – die Amateure, meine ich. Sie wollen beweisen, daß in Scotland Yard nur Dummheit und Drill herrschen.«
»Glaubst du, daß dieser Poirot klug ist?«
»Er sieht nicht aus wie ein Sherlock Holmes«, sagte Rhoda. »Ich vermute, er war zu seiner Zeit ganz tüchtig. Jetzt ist er natürlich schon zu alt. Er muß mindestens sechzig sein.

Oh, komm, Anne, besuchen wir den alten Jungen. Vielleicht erzählt er uns Schauergeschichten über die anderen.«
»Na gut«, seufzte Anne und fügte hinzu: »Mir scheint, du genießt all das, Rhoda.«
»Vermutlich weil es nicht mein eigenes Begräbnis ist«, gab Rhoda zu. »Zu schade, daß du nicht im richtigen Moment aufgeblickt hast. Wenn, so könntest du für den Rest deines Lebens wie eine Fürstin leben – von Erpressungen.«
So kam es, daß um ungefähr drei Uhr nachmittags des gleichen Tages Rhoda Dawes und Anne Meredith artig im sauberen Wohnzimmer Monsieur Poirots auf ihren Stühlen saßen und aus altmodischen Gläsern Heidelbeersirup (den sie verabscheuten, aber aus Höflichkeit nicht abgelehnt hatten) nippten.
»Es war sehr liebenswürdig von Ihnen, Mademoiselle, meiner Einladung zu folgen«, sagte Poirot.
»Ich will Ihnen gewiß in jeder Hinsicht behilflich sein«, murmelte Anne ausweichend.
»Es ist eine Sache des Gedächtnisses.«
»Des Gedächtnisses?«
»Ja, ich habe diese Frage bereits Mrs. Lorrimer, Dr. Roberts und Major Despard gestellt. Leider konnte mir keiner die gewünschte Antwort geben.«
Anne fuhr fort, ihn forschend anzusehen.
»Ich möchte, daß Sie Ihre Gedanken auf jenen Abend im Salon Mr. Shaitanas konzentrieren.«
Ein müder Schatten zog über Annes Züge. Würde sie nie von diesem Alpdruck befreit werden?
Poirot bemerkte ihren Gesichtsausdruck.
»Ich weiß, Mademoiselle, ich weiß«, meinte er gutmütig. »*C'est pénible, n'est-ce pas?* Das ist sehr begreiflich. Wenn man so jung wie Sie zum erstenmal in Kontakt mit dem Grauen gerät. Vermutlich haben Sie noch nie einen gewaltsamen Tod miterlebt oder gesehen?«
Rhodas Augen irrten etwas unbehaglich am Boden umher.
»Nun?« fragte Anne.
»Lassen Sie Ihre Gedanken zurückschweifen. Ich möchte, daß Sie mir sagen, an was in jenem Zimmer Sie sich erinnern.«

Anne sah ihn mißtrauisch an.
»Ich verstehe nicht.«
»Aber ja. Die Stühle, die Tische, die herumstehenden Nippsachen, die Tapete, die Vorhänge, die Feuereisen. Sie haben sie alle gesehen, können Sie sie nicht beschreiben?«
»Oh, ich verstehe«, Anne zögerte stirnrunzelnd, »es ist nicht so leicht. Ich glaube, ich kann mich wirklich nicht erinnern. Ich weiß nicht, wie die Tapete aussah. Ich glaube, die Wände waren bemalt – in irgendeiner neutralen Farbe. Es lagen Teppiche auf dem Boden. Es stand ein Klavier da.« Sie schüttelte den Kopf. »Ich kann Ihnen wirklich nicht mehr sagen.«
»Aber Sie geben sich keine Mühe, Mademoiselle. Sie müssen sich doch an irgendeinen Gegenstand erinnern, irgendein Ornament, irgendeine Nippsache.«
»Ich erinnere mich an eine Vitrine mit ägyptischem Schmuck«, sagte Anne langsam, »drüben beim Fenster.«
»O ja, ganz am entgegengesetzten Ende des Zimmers, wo der Tisch mit dem kleinen Dolch darauf stand!«
Anne blickte ihn an.
»Ich habe nicht gewußt, auf welchem Tisch er lag.«
»*Pas si bête*«, dachte Poirot im stillen, »aber Hercule Poirot ist auch nicht dumm! Würde sie mich besser kennen, wüßte sie, daß ich nie eine so plumpe Falle stelle.«
Laut sagte er:
»Eine Vitrine mit ägyptischem Schmuck, sagten Sie?«
»Ja, einige Stücke waren wundervoll. Blau und rot. Emaillen. Ein oder zwei wunderschöne Ringe und Gemmen, aber die mag ich weniger.«
»Mr. Shaitana war ein großer Sammler«, murmelte Poirot.
»Gewiß«, stimmte Anne zu. »Das Zimmer war voller Antiquitäten. Man wußte nicht, wohin man zuerst schauen sollte.«
»So daß Sie mir nichts anderes nennen können, was Ihnen aufgefallen ist?«
»Nur eine Vase mit Chrysanthemen, die dringend frisches Wasser gebraucht hätten.«
»Ach ja, die Dienstboten sind da nicht immer genügend aufmerksam!«
Poirot schwieg einige Augenblicke.

Anne sagte schüchtern:
»Ich fürchte, ich habe nicht das bemerkt – was ich bemerken sollte.«
Poirot lächelte gutmütig.
»Es macht nichts, *mon enfant*. Es war nur eine winzige Chance. Sagen Sie, haben Sie unseren Major Despard kürzlich gesehen?«
Er sah, wie ein zartes Rot in ihre Wangen stieg. Sie erwiderte:
»Er versprach, uns sehr bald wieder zu besuchen.«
Rhoda sagte ungestüm: »*Er* war es jedenfalls nicht! Anne und ich sind fest davon überzeugt.«
Poirot zwinkerte ihnen zu.
»Welches Glück – zwei so reizende junge Damen von seiner Unschuld überzeugt zu haben.«
»O weh«, dachte Rhoda, »jetzt wird er französisch, und das ist immer so peinlich.«
Sie stand auf und begann einige Stiche an der Wand zu betrachten.
»Das sind ausgezeichnete Stiche«, bemerkte sie.
»Sie sind nicht schlecht«, untertrieb Poirot.
Er zögerte und sah Anne an.
»Mademoiselle«, sagte er schließlich, »dürfte ich Sie bitten, mir einen großen Gefallen zu tun – oh, es hat nichts mit dem Mord zu tun. Es ist eine völlig private und persönliche Sache.«
Anne machte ein erstauntes Gesicht. Poirot fuhr fort und markierte Verlegenheit.
»Weihnachten steht nämlich vor der Tür, und ich muß für meine Nichten und Großnichten Geschenke kaufen. Und es ist ein wenig schwer, den Geschmack der jungen Damen heutzutage zu treffen. Ich habe leider einen sehr altmodischen Geschmack!«
»Ja?« ermunterte Anne ihn freundlich.
»Zum Beispiel Seidenstrümpfe – sind Seidenstrümpfe ein willkommenes Geschenk?«
»O ja. Es macht immer Freude, Seidenstrümpfe geschenkt zu bekommen.«
»Mir fällt ein Stein vom Herzen. Ich darf Ihnen jetzt meine

Bitte vortragen. Ich habe eine Reihe Strümpfe in verschiedenen Schattierungen gekauft. Ich glaube, es sind fünfzehn oder sechzehn Paar. Wären Sie so gut, sie durchzuschauen und sechs Paar beiseite zu legen, die Ihnen am besten gefallen?«

»Natürlich«, erklärte Anne und stand lachend auf.

Poirot führte sie zu einem Tisch in einem Erker – einem Tisch, dessen Durcheinander, hätte sie es nur gewußt, in sonderbarem Kontrast zu Hercule Poirots wohlbekannter Genauigkeit und Ordnungsliebe stand. Strümpfe lagen in ungeordneten Haufen darauf – pelzgefütterte Handschuhe – Kalender und Bonbonnieren.

»Ich schicke meine Pakete immer sehr *à l'avance*«, erklärte Poirot. »Sehen Sie, Mademoiselle, hier sind die Strümpfe. Suchen Sie mir bitte sechs Paar aus.«

Er wandte sich um und nahm Rhoda beim Arm, die ihm gefolgt war.

»Und Ihnen möchte ich etwas ganz Besonderes zeigen.«

»Was denn?« rief Rhoda.

Er senkte seine Stimme.

»Ein Messer, Mademoiselle, mit dem einmal zwölf Leute einen Mann erstachen. Es wurde mir als Andenken von der Schlafwagengesellschaft überlassen.«

»Abscheulich«, rief Anne.

»Ooh! Lassen Sie mich sehen«, sagte Rhoda.

Poirot führte sie plaudernd ins andere Zimmer.

»Es wurde mir von der Schlafwagengesellschaft überlassen, weil ...«

Sie gingen aus dem Zimmer und kehrten nach drei Minuten wieder zurück.

Anne kam ihnen entgegen.

»Ich glaube, diese sechs sind die schönsten, Monsieur Poirot. Diese beiden Farben sind sehr gut für den Abend, und diese lichtere Nuance ist sehr schön, wenn der Sommer kommt und abends noch Tageslicht ist.«

»*Mille remerciements,* Mademoiselle.«

Er bot ihnen noch Sirup an, den sie ablehnten, und begleitete sie munter plaudernd zur Tür.

Als sie schließlich fortgegangen waren, kehrte er in das Zimmer zurück und ging schnurstracks zu dem vollgehäuften Tisch. Der Stoß Strümpfe lag noch in wirrem Durcheinander da. Poirot zählte die sechs ausgewählten Paare und ging sodann daran, die anderen zu zählen.
Er hatte neunzehn Paare gekauft. Jetzt waren es nur mehr achtzehn. Er nickte langsam mit dem Kopf.

24

In London angekommen, fuhr Superintendent Battle direkt zu Poirot. Anne und Rhoda waren vor ungefähr einer Stunde fortgegangen.
Battle berichtete ohne Umschweife vom Ergebnis seiner Nachforschungen in Devonshire.
»Wir sind auf der richtigen Spur – ohne Zweifel«, schloß er. »Das war es, worauf Shaitana mit seinen ›häuslichen Unfällen‹ anspielte. Aber was mich beschäftigt, ist das Motiv. Warum wollte sie die Frau umbringen?«
»Ich glaube, da kann ich Ihnen helfen, mein Freund.«
»Los, Monsieur Poirot.«
»Heute nachmittag habe ich ein kleines Experiment gemacht. Ich habe Mademoiselle und ihre Freundin bewogen herzukommen. Ich habe Miss Meredith meine übliche Frage nach den Gegenständen in Shaitanas Zimmer gestellt.«
Battle sah ihn neugierig an.
»Sie legen großen Wert auf diese Frage.«
»Ja, sie ist sehr nützlich. Die Antwort darauf sagt mir ziemlich viel. Mademoiselle Meredith war mißtrauisch – äußerst mißtrauisch. Diese junge Dame wittert hinter allem etwas Böses. Also vollführt dieser gelehrige Hund, Poirot, einen seiner besten Tricks. Er legt eine plumpe dilettantische Falle. Mademoiselle erwähnt eine Vitrine voll Schmuck. Ich sage: ›War das nicht die Vitrine am entgegengesetzten Ende des Zimmers, wo der Tisch mit dem kleinen Dolch darauf stand?‹ Mademoiselle geht nicht in die Falle. Sie weicht geschickt

aus. Und dann ist sie mit sich zufrieden, und ihre Wachsamkeit läßt nach. Also das war der Grund meiner Einladung – sie zu bewegen zuzugeben, daß sie wußte, wo der Dolch war und daß sie ihn bemerkt hatte. Ihre Laune bessert sich, als sie glaubt, mich besiegt zu haben. Sie spricht ganz frei über den Schmuck. Sie hat viele Einzelheiten davon bemerkt. Sie erinnert sich sonst an nichts anderes im Zimmer außer an eine Vase mit Chrysanthemen, deren Wasser hätte erneuert werden müssen.«

»Nun?« sagte Battle.

»Nun, das ist sehr charakteristisch. Nehmen wir an, wir wüßten nichts von diesem Mädchen, so würden uns ihre Worte einen Anhaltspunkt für ihren Charakter geben: Blumen fallen ihr auf. Also liebt sie Blumen? Nein, denn sie übersieht eine große Schale früher Tulpen, die sofort die Aufmerksamkeit jedes Blumenliebhabers auf sich gelenkt hätten; es spricht vielmehr für die bezahlte Gesellschafterin – das Mädchen, dessen Pflicht es war, das Wasser in den Vasen zu wechseln –, und dazu haben wir hier ein Mädchen, das Schmuck liebt und bemerkt. Ist das nicht vielsagend?«

»Aha«, sagte Battle. »Ich beginne zu verstehen, worauf Sie hinauswollen.«

»Richtig. Wie ich Ihnen neulich sagte: Ich lege meine Karten auf den Tisch. Als Sie damals Miss Merediths Lebensgeschichte erzählten und Mrs. Oliver ihre sensationelle Eröffnung machte, fiel mir gleich ein wichtiger Punkt auf. Es konnte kein Mord aus Gewinnsucht gewesen sein, da Miss Meredith sich auch nachher noch ihr Brot verdienen mußte. Ich dachte über Annes Charakter nach, wie er bei oberflächlicher Betrachtung erscheint. Ein eher schüchternes junges Mädchen, arm, aber gut angezogen, mit einer Vorliebe für schöne Sachen. Eher der Typ einer Diebin als einer Mörderin? Und ich fragte sofort, ob Mrs. Eldon eine ordnungsliebende Frau war. Sie verneinte das. Ich stellte für mich eine Hypothese auf. Angenommen, Anne Meredith war ein Mädchen mit einer gewissen Charakterschwäche – ein Mädchen, das in den großen Warenhäusern Kleinigkeiten mitgehen läßt, das, arm und für Luxus schwärmend, ihrer Dienst-

geberin ein- oder zweimal kleine Gegenstände entwendete. Vielleicht eine Brosche, ein Geldstück oder zwei, eine Halskette. Die unordentliche, sorglose Mrs. Eldon hätte das Verschwinden dieser Dinge ihrer eigenen Unordentlichkeit zugeschrieben.
Sie hätte ihre sanfte, kleine Stütze nie verdächtigt. Aber nehmen wir eine anders geartete Arbeitgeberin – eine Arbeitgeberin, die solche Dinge bemerken und Anne des Diebstahls beschuldigen würde. Das wäre ein mögliches Motiv für Mord. Wie ich an jenem Abend sagte: Miss Meredith würde nur aus Angst morden. Sie weiß, daß ihre Herrin in der Lage ist, den Diebstahl zu beweisen. Es gibt nur eine Rettung: Die Frau muß sterben. Und so vertauscht sie die Flaschen. Mrs. Benson stirbt – Ironie des Schicksals – überzeugt, daß der Irrtum ihr eigenes Verschulden war, und verdächtigt keinen Augenblick lang das verschüchterte, gedrückte Mädchen, die Hand im Spiel gehabt zu haben.«
»Es ist möglich«, sagte Superintendent Battle, »es ist nur eine Hypothese, aber sie ist möglich.«
»Es ist etwas mehr als möglich, mein Freund – es ist sogar wahrscheinlich. Denn ich habe heute nachmittag eine kleine Falle mit einem guten Köder gestellt – die wirkliche Falle, nachdem die Scheinfalle umgangen worden war. Wenn meine Vermutung stimmt, wird Anne Meredith niemals der Versuchung von einem wirklich schönen teuren Paar Seidenstrümpfen widerstehen können. Ich bat sie, mir behilflich zu sein. Ich gebe ihr *en passant* zu verstehen, daß ich nicht genau weiß, wie viele Paar Strümpfe da sind, ich gehe aus dem Zimmer und lasse sie allein – mit dem Ergebnis, mein Freund, daß ich nun achtzehn statt neunzehn Paar Strümpfe habe und daß ein Paar in Anne Merediths Handtasche mit fortgegangen ist.«
Battle stieß einen leisen Pfiff aus. »Aber was für ein Risiko!«
»*Pas du tout.* Welchen Verdacht, glaubt sie, daß ich habe? Mord. Was riskiert sie also, wenn sie ein Paar Seidenstrümpfe stiehlt? Ich fahnde ja nach keinem Dieb. Und außerdem sind Diebe und Kleptomanen in gleicher Weise immer überzeugt, daß man sie nicht erwischt.«

Battle nickte.
»Das ist wahr. Unglaublich dumm – der Krug geht so lange zum Brunnen – nun, ich glaube, zusammen sind wir der Wahrheit ziemlich auf den Grund gekommen. Anne Meredith wurde beim Stehlen ertappt. Anne Meredith hat die Flaschen auf den Regalen vertauscht. Wir wissen, daß es Mord war, aber der Teufel soll mich holen, wenn wir es je beweisen können. Gelungenes Verbrechen Nr. 2. Roberts entwischt, Anne Meredith entwischt. Aber was ist mit Shaitana? Hat Anne Meredith Shaitana ermordet?«
Er dachte einen Moment nach.
»Die Sache hat einen Haken«, fuhr er widerstrebend fort. »Sie ist keine, die ein großes Risiko eingeht. Zwei Flaschen vertauschen, das ja. Sie wußte, daß niemand ihr das nachweisen könnte. Es war vollkommen ungefährlich – weil jeder es getan haben konnte. Natürlich hätte es mißlingen können. Mrs. Benson hätte es bemerken können, ehe sie das Zeug trank, oder sie hätte überleben können. Es war, was ich einen ›hoffnungsvollen Mord‹ nenne. Er kann gelingen oder nicht. Tatsächlich gelang er; aber Shaitana war eine andere Sache. Das war überlegter, kühner, vorsätzlicher Mord.«
Poirot nickte.
»Ich bin der Meinung, daß dies zwei verschiedene Arten von Verbrechen sind.«
»Da scheint sie also, was Shaitana betrifft, auszuschließen. Roberts und das Mädchen, beide von unserer Liste gestrichen. Und Despard? Hatten Sie bei der Luxmore mehr Glück?«
Poirot schilderte seine Erlebnisse vom Nachmittag zuvor.
Battle grinste.
»Ich kenne diesen Typ. Man kann das, an was sie sich erinnern, nicht von dem unterscheiden, was sie erfinden.«
Poirot schilderte dann Despards Besuch und wiederholte die Geschichte, die er erzählt hatte.
»Glauben Sie ihm?« fragte Battle kurz.
»Ja.«
Battle seufzte.
»Ich auch. Er ist nicht der Mann, einen anderen zu erschießen,

weil er dessen Frau haben will. Und außerdem, wozu gibt es Scheidungen? Alle Welt läßt sich heute scheiden. Und er ist kein Arzt oder Anwalt oder so etwas, es würde weder seiner Karriere schaden noch sonst irgendwie. Nein, ich bin der Ansicht, daß unser armer, verstorbener Shaitana da auf dem Holzweg war. Mörder Nr. 3 war gar kein Mörder!«
Er blickte Poirot an.
»Also bleibt nur?«
»Mrs. Lorrimer«, ergänzte Poirot.
Das Telefon klingelte. Poirot ging zum Apparat. Er sprach kurz, wartete und sprach wieder. Dann legte er den Hörer auf und kehrte zu Battle zurück. Sein Gesicht war ernst.
»Das war Mrs. Lorrimer«, sagte er. »Sie bittet mich, zu ihr zu kommen, und zwar gleich.«
Er und Battle blickten einander an. Letzterer schüttelte langsam den Kopf.
»Irre ich mich? Oder haben Sie etwas Derartiges erwartet?«
»Ich habe mich gefragt«, gab Hercule Poirot zu. »Das war alles. Ich habe mich gefragt.«
»Gehen Sie lieber gleich!« drängte Battle. »Vielleicht kommen wir jetzt endlich der Wahrheit auf den Grund.«

25

Es war ein trüber Tag, und Mrs. Lorrimers Zimmer wirkte düster und freudlos. Sie selbst sah fahl aus und viel älter als bei Poirots erstem Besuch.
Sie begrüßte ihn mit ihrer üblichen liebenswürdigen Gewandtheit.
»Es ist sehr lieb von Ihnen, so prompt zu kommen, Monsieur Poirot. Ich weiß, daß Sie ein vielbeschäftigter Mann sind.«
»Ich stehe zu Ihren Diensten, Madame«, erwiderte Poirot mit einer kleinen Verbeugung.
Mrs. Lorrimer drückte auf die Klingel neben dem Kamin.
»Wir werden den Tee kommen lassen. Ich weiß nicht, wie

Sie darüber denken, aber ich halte es immer für einen Fehler, mit den Geständnissen zu beginnen, ohne vorher ein wenig das Terrain zu sondieren.«
»Handelt es sich um ein Geständnis, Madame?«
Mrs. Lorrimer antwortete nicht, da in diesem Augenblick das Mädchen erschien. Als es seinen Auftrag erhalten und das Zimmer wieder verlassen hatte, meinte Mrs. Lorrimer trokken:
»Als Sie das letzte Mal bei mir waren, sagten Sie mir, Sie würden kommen, falls ich Sie rufen ließe, erinnern Sie sich? Ich glaube, Sie ahnten den Grund, der mich dazu veranlassen würde.«
Für den Augenblick schwieg sie. Der Tee wurde serviert, Mrs. Lorrimer schenkte ihn ein und plauderte angenehm und klug über verschiedene Tagesereignisse.
Eine Gesprächspause nutzend, bemerkte Poirot:
»Ich hörte, daß Sie und die kleine Meredith dieser Tage zusammen Tee getrunken haben.«
»Ja, haben Sie sie kürzlich gesehen?«
»Heute nachmittag.«
»Ist sie in London, oder waren Sie in Wallingford?«
»Nein. Sie und Ihre Freundin waren so liebenswürdig, mir einen Besuch zu machen.«
»Ich kenne die Freundin nicht.«
Poirot lächelte ein wenig und sagte:
»Dieser Mord hat zu einem *rapprochement* geführt. Sie und Mademoiselle Meredith haben zusammen Tee getrunken. Major Despard sucht auch gern die Gesellschaft von Miss Meredith. Nur Dr. Roberts scheint aus dem Spiel zu sein.«
»Ich traf ihn neulich bei einer Bridgepartie«, sagte Mrs. Lorrimer. »Er schien ganz der alte, frisch und munter.«
»Ein so eifriger Bridgespieler wie immer?«
»Ja – und macht weiter die tollsten Ansagen – und sehr oft mit Erfolg.«
Sie schwieg einige Augenblicke und sagte dann:
»Haben Sie Superintendent Battle kürzlich gesehen?«
»Ebenfalls heute nachmittag. Er war gerade bei mir, als Sie anriefen.«

Sie schützte mit der Hand ihr Gesicht vor dem Kaminfeuer und fragte: »Wie kommt er mit der Sache vorwärts?«
Poirot erwiderte ernst:
»Unser guter Battle ist nicht sehr geschwind. Er verfolgt sein Ziel langsam, aber am Ende erreicht er es immer.«
»Wahrhaftig?« Ihre Lippen kräuselten sich leicht ironisch.
»Er hat mir sehr viel Beachtung geschenkt. Er hat, glaube ich, meine Vergangenheit bis in meine Mädchenzeit durchforscht. Er hat meine Freunde ausgefragt und mit meinen Dienstboten geplaudert – mit meinen jetzigen und mit denen aus früheren Jahren. Ich weiß nicht, was er zu finden hoffte, aber er hat es jedenfalls nicht gefunden. Er hätte sich ebensogut mit dem zufriedengeben können, was ich ihm sagte. Es war die Wahrheit. Ich kannte Mr. Shaitana nur flüchtig. Ich traf ihn in Luxor, und unsere Bekanntschaft war nie mehr als eine Bekanntschaft. Superintendent Battle wird an diesen Tatsachen nicht vorbeikommen.«
»Vielleicht nicht.«
»Und Sie, Monsieur Poirot, haben Sie irgendwelche Erkundigungen eingezogen?«
»Über Sie, Madame?«
»Das meine ich.«
Der kleine Mann schüttelte langsam den Kopf.
»Das hätte keinen Sinn gehabt.«
»Was meinen Sie damit, Monsieur Poirot?«
»Ich will ganz offen sein, Madame. Mir war von Anfang an klar, daß von den vier Personen, die an jenem Abend in Mr. Shaitanas Salon waren, Sie diejenige mit dem logischsten Kopf, dem schärfsten Verstand und der größten Kaltblütigkeit sind. Hätte ich wetten müssen, daß eine dieser vier Personen einen Mord plant und ihn erfolgreich durchführt, ohne ertappt zu werden, so hätte ich mein Geld auf Sie gesetzt, Madame.«
Mrs. Lorrimer hob die Augenbrauen.
»Soll ich das vielleicht als ein Kompliment auffassen?« fragte sie trocken.
Poirot fuhr fort, ohne ihren Einwurf zu beachten.
»Damit ein Verbrechen gelingt, muß gewöhnlich jedes De-

tail vorbedacht werden. Alle Möglichkeiten müssen in Betracht gezogen, Ort und Zeit genauestens bestimmt werden. Dr. Roberts könnte ein Verbrechen durch allzu großes Selbstvertrauen und Hast verpfuschen. Major Despard wäre wahrscheinlich zu vorsichtig, eines zu begehen, Miss Meredith wäre imstande, den Kopf zu verlieren und sich zu verraten. Sie, Madame, würden keinen dieser Fehler begehen. Sie wären klar und besonnen. Sie haben genügend Entschlußkraft und könnten von einer Idee genügend besessen sein, um alle Vorsicht beiseite zu schieben. Sie sind nicht die Frau, die den Kopf verliert.«

Mrs. Lorrimer schwieg, während ein eigentümliches Lächeln ihre Lippen umspielte. Endlich sagte sie:

»Also das ist Ihre Meinung über mich, Monsieur Poirot, daß ich die richtige Person bin, den perfekten Mord zu begehen.«

»Sie haben wenigstens die Liebenswürdigkeit, diesen Gedanken nicht übelzunehmen.«

»Ich finde ihn sehr interessant. Sie sind also der Meinung, daß ich die einzige bin, die Shaitana mit Erfolg hätte ermorden können.«

»Aber die Geschichte hat einen Haken«, gab Poirot zu.

»Und zwar?«

»Sie haben vielleicht bemerkt, daß ich mich soeben ungefähr folgendermaßen ausdrückte: ›Damit ein Verbrechen gelingt, muß es gewöhnlich vorher sorgfältig geplant werden.‹ ›Gewöhnlich‹ ist das Wort, auf das ich Ihre Aufmerksamkeit lenken möchte, denn es gibt noch eine Art, ein Verbrechen erfolgreich durchzuführen. Haben Sie je plötzlich zu jemandem gesagt: ›Schleudern Sie einen Stein, und versuchen Sie, diesen Baum da zu treffen?‹ Der Aufgeforderte gehorcht schnell und ohne nachzudenken, und – erstaunlich oft trifft er tatsächlich den Baum! Aber wenn er den Wurf wiederholen soll, ist es schon schwieriger – denn er hat begonnen nachzudenken. Das erstemal war es eine fast unbewußte Handlung, der Körper gehorchte dem Geist wie der Körper eines Tieres. *Eh bien,* Madame, es gibt ein derartiges Verbrechen, das instinktiv begangen wird – eine Eingebung – ein Geistesblitz – ohne Zeit, zu zaudern oder zu überlegen. Und

so ein Verbrechen war es, dem Mr. Shaitana zum Opfer gefallen ist. Eine plötzlich tragische Notwendigkeit – eine Eingebung – eine rasche Durchführung.«
Er schüttelte den Kopf.
»Und das, Madame, ist ganz und gar nicht Ihre Art von Verbrechen. Hätten Sie Mr. Shaitana umgebracht, wäre es ein vorbedachtes Verbrechen gewesen.«
»Ich verstehe. Und da es natürlich kein vorbedachtes Verbrechen war, so kann ich ihn nicht getötet haben – nicht wahr, Monsieur Poirot?«
Poirot verbeugte sich.
»Stimmt, Madame.«
»Und doch . . .«, sie beugte sich vor, »habe ich Shaitana getötet, Monsieur Poirot.«

26

Es entstand eine lange, lange Pause.
Es wurde dunkel, das Kaminfeuer flackerte.
Mrs. Lorrimer und Hercule Poirot sahen einander nicht an, sondern blickten beide ins Feuer. Es war, als würde die Zeit einen Augenblick lang stillstehen.
Dann regte Hercule Poirot sich und seufzte.
»Also das war es – die ganze Zeit . . . *Warum* haben Sie ihn getötet, Madame? Weil er etwas über Sie wußte – etwas, das vor langer Zeit geschah?«
»Ja.«
»Und dieses Etwas war – ein anderer Todesfall, Madame?«
Sie senkte den Kopf.
Poirot sagte sanft:
»Warum haben Sie es mir gesagt? Warum ließen Sie mich heute kommen?«
»Sie sagten mir einmal, daß ich es eines Tages tun würde.«
»Ja – das heißt, ich hoffte . . . ich wußte, Madame, daß es nur einen Weg gibt, in Ihrem Fall die Wahrheit zu erfahren, und das ist durch Ihren eigenen freien Willen. Wenn Sie nicht

sprechen wollten, so würden Sie nicht sprechen, und Sie würden sich nie verraten. Aber es bestand eine Möglichkeit – daß Sie selbst den Wunsch hätten zu sprechen.«

Mrs. Lorrimer nickte.

»Es war sehr klug von Ihnen, das vorauszusehen – die Müdigkeit – die Einsamkeit . . .«

Ihre Stimme erstarb.

Poirot sah sie prüfend an.

»Also war es so. Ja, ich verstehe, es könnte . . .«

»Allein, ganz allein«, sagte Mrs. Lorrimer. »Niemand weiß, was das bedeutet, der nicht so gelebt hat wie ich, mit dem Bewußtsein dessen, was man getan hat.«

Poirot fragte behutsam:

»Ist es unverschämt von mir, Madame, oder darf ich Ihnen meine Teilnahme ausdrücken?«

Sie senkte ein wenig den Kopf.

»Ich danke Ihnen, Monsieur Poirot.«

Es entstand eine neuerliche Pause, und dann sagte Poirot:

»Soll ich es so verstehen, Madame, daß Sie die Worte, die Mr. Shaitana bei Tisch sprach, als direkte, auf Sie gezielte Drohung auffaßten?«

Sie nickte.

»Ich begriff sofort, daß er sprach, um von einer bestimmten Person verstanden zu werden. Diese Person war ich. Die Anspielung, daß Gift die Waffe der Frau sei, galt mir. Er *wußte* es. Ich hatte es schon einmal zuvor vermutet. Er hatte das Gespräch auf einen berühmten Prozeß gebracht, und ich sah, wie seine Augen mich fixierten. Es war eine Art unheimliches Wissen in ihnen. Aber dann, an jenem Abend, war ich meiner Sache sicher.«

»Und Sie waren auch seiner künftigen Absichten sicher?«

»Es war höchst unwahrscheinlich, daß die Anwesenheit von Superintendent Battle und Ihre Anwesenheit ein Zufall waren. Ich nahm an, Shaitana wolle mit seiner Klugheit posieren und Ihnen beiden beweisen, daß er etwas entdeckt habe, das niemand anderer geahnt hatte.«

»Wie bald entschlossen Sie sich zu handeln, Madame?«

Mrs. Lorrimer zögerte mit der Antwort.

»Es ist schwer, mich genau zu erinnern, wann mir der Gedanke kam«, gestand sie. »Ich hatte den Dolch bemerkt, ehe wir zu Tisch gingen. Als wir in den Salon zurückkehrten, nahm ich ihn und ließ ihn in meinen Ärmel gleiten. Ich vergewisserte mich, daß niemand es sah.«

»Ich bezweifle nicht, daß es geschickt gemacht wurde.«

»Dann entwarf ich einen genauen Plan. Ich mußte ihn nur noch ausführen. Es war vielleicht riskant, aber ich hielt es für der Mühe wert.«

»Da zeigt sich Ihre Kaltblütigkeit und Ihr richtiges Abwägen der Chancen.«

»Wir begannen, Bridge zu spielen.« Ihre Stimme war kühl und unbewegt. »Endlich ergab sich eine Gelegenheit. Ich war Strohmann. Ich durchquerte langsam das Zimmer und trat zum Kamin. Shaitana war eingenickt. Ich sah zu den anderen hinüber. Sie waren alle in ihr Spiel vertieft. Ich beugte mich vor und – und tat es . . .«

Ihre Stimme bebte ein wenig, wurde aber sofort wieder kühl und distanziert.

»Ich sprach zu ihm. Mir fiel ein, daß das eine Art Alibi für mich bedeuten könnte. Ich machte eine Bemerkung über das Feuer, dann tat ich, als hätte er mir geantwortet, sprach weiter und sagte ungefähr: ›Ich bin völlig Ihrer Ansicht, ich mag auch keine Radiatoren‹.«

»Und hat er überhaupt nicht aufgeschrien?«

»Nein. Ich glaube, er stöhnte ein wenig, das war alles. Man hätte es aus der Ferne für Worte halten können.«

»Und dann?«

»Und dann ging ich zum Bridgetisch zurück. Der letzte Stich wurde eben ausgespielt.«

»Und Sie setzten sich wieder hin und spielten weiter?«

»Ja.«

»Mit genügendem Interesse, um mir zwei Tage später alle Ansagen und alle Blätter schildern zu können?«

»Ja«, sagte Mrs. Lorrimer einfach.

»*Epatant*«, kommentierte Hercule Poirot.

Er lehnte sich in seinen Stuhl zurück und nickte mehrmals mit dem Kopf, dann schüttelte er ihn zur Abwechslung.

»Aber da ist noch ein Punkt, den ich nicht verstehe, Madame.«
»Ja?«
»Mir scheint ein Faktor entgangen zu sein. Sie sind eine Frau, die alles sorgfältig überlegt und abwägt. Sie beschließen aus irgendeinem Grund, ein enormes Risiko einzugehen. Sie tun es, es gelingt Ihnen, und dann, kaum zwei Wochen später, ändern Sie Ihre Meinung. Offen gesagt, Madame, das ist mir unerklärlich.«
Ein sonderbares kleines Lächeln spielte um ihre Lippen.
»Sie haben recht, Monsieur Poirot, es spielt ein Faktor mit, den Sie nicht kennen. Hat Ihnen Miss Meredith gesagt, wo sie mich neulich traf?«
»Ich glaube, sie sagte in der Nähe von Mrs. Olivers Wohnung.«
»Ich denke, das stimmt. Aber ich meine den Namen der Straße. Anne Meredith begegnete mir in der Harley Street.«
»Ah«, er sah sie aufmerksam an, »ich beginne zu verstehen.«
»Ich dachte mir, daß Sie es verstehen würden. Ich habe einen Spezialisten konsultiert. Er eröffnete mir, was ich bereits halb vermutet hatte.«
Ihr Lächeln wurde deutlicher. Es war plötzlich warm und innig.
»Ich werde nicht mehr viel Bridge spielen, Monsieur Poirot. Oh, er hat es mir nicht so direkt gesagt. Er hat die Pille ein wenig verzuckert. Bei sorgfältiger Pflege usw., usw. könnte ich noch einige Jahre leben. Aber ich werde mich nicht sorgfältig pflegen. Das ist nicht meine Art.«
»Ja, ja. Ich beginne zu verstehen.«
»Das machte einen Unterschied, wissen Sie. Einen – vielleicht zwei Monate – mehr nicht. Und dann, gerade als ich den Arzt verlassen hatte, begegnete ich Miss Meredith. Ich bat sie, mit mir Tee zu trinken.«
Sie machte eine kleine Pause und fuhr fort:
»Ich bin schließlich keine völlig böse Frau. Die ganze Zeit, während wir Tee tranken, überlegte ich. Durch meine Tat an jenem Abend hatte ich nicht nur den Menschen Shaitana seines Lebens beraubt. (Das war geschehen und ließ sich nicht mehr rückgängig machen.) Ich hatte auch in verschiedenem

Ausmaß das Leben von drei anderen Menschen ungünstig beeinflußt. Durch meine Tat durchlebten Doktor Roberts, Major Despard und Miss Meredith, von denen keiner mir je irgend etwas angetan hatte, eine schwere Zeit und mochten sogar in Gefahr schweben. Das, zumindest, könnte ich wiedergutmachen. Die schwierige Situation von Dr. Roberts und Major Despard berührte mich nicht sonderlich, obwohl vermutlich beide eine viel längere Lebenszeit vor sich haben als ich. Sie sind Männer und können bis zu einem gewissen Grad selbst auf sich aufpassen. Aber wenn ich Anne Meredith ansah . . .«
Sie stockte und fuhr dann langsam fort:
»Anne Meredith ist ein junges Mädchen. Sie hat noch ihr ganzes Leben vor sich.
Und schließlich, Monsieur Poirot, begriff ich, daß Sie recht gehabt hatten, daß ich mein Schweigen brechen mußte. Und heute nachmittag rief ich Sie an . . .«
Einige Minuten verstrichen.
Hercule Poirot beugte sich vor. Er starrte durch das wachsende Dunkel Mrs. Lorrimer an. Sie erwiderte diesen eindringlichen Blick, ohne mit der Wimper zu zucken.
Endlich sagte er:
»Mrs. Lorrimer, sind Sie sicher – sind Sie ganz sicher (Sie sagen mir die Wahrheit, nicht wahr?) –, daß der Mord an Mr. Shaitana *nicht vorbedacht* war? Haben Sie das Verbrechen nicht eigentlich vorher geplant, so daß Sie schon mit dem fertigen Konzept zu diesem Diner gingen?«
Mrs. Lorrimer starrte ihn einen Augenblick an, dann schüttelte sie energisch den Kopf.
»Nein«, sagte sie.
»Sie haben den Mord nicht vorher geplant?«
»Gewiß nicht.«
»Dann – dann . . . Oh, Sie belügen mich, Sie müssen lügen . . .!«
Mrs. Lorrimers Stimme klang schneidend und eisig: »Monsieur Poirot, ich glaube, Sie vergessen sich.«
Der kleine Mann sprang auf. Er ging im Zimmer auf und ab, Stoßgebete murmelnd.

Plötzlich sagte er:
»Gestatten Sie?«
Er ging zum Schalter und drehte das Licht höher.
Er kam zurück, setzte sich nieder, legte beide Hände auf seine Knie und starrte seiner Gastgeberin gerade ins Gesicht.
»Der springende Punkt ist«, sagte er: »Kann Hercule Poirot sich irren?«
»Niemand kann immer recht haben«, erwiderte Mrs. Lorrimer kalt.
»Ich«, behauptete Hercule Poirot, »ich habe immer recht. Ich bin so unfehlbar, daß es mich verblüfft. Aber jetzt sieht es sehr danach aus, als würde ich mich irren. Und das regt mich auf. Vermutlich wissen Sie, was Sie sagen. Es ist ja Ihr Mord. Es ist demnach phantastisch, daß Hercule Poirot besser wissen sollte als Sie selbst, wie er begangen wurde.«
»Phantastisch und absurd«, bestätigte Mrs. Lorrimer eisig.
»Dann bin ich also verrückt. Es ist klar, ich bin verrückt. Nein – ich bin nicht verrückt. Ich habe recht. Ich muß recht haben. Ich will glauben, daß Sie Mr. Shaitana getötet haben – *aber Sie können ihn nicht auf diese Weise getötet haben, wie Sie behaupten!* Niemand kann etwas tun, was nicht *dans son caractère* ist!«
Er hielt inne. Mrs. Lorrimer zog zornig die Luft ein und biß sich auf die Lippen. Sie wollte sprechen, aber Monsieur Poirot kam ihr zuvor.
»Entweder der Mord an Shaitana war von langer Hand geplant – oder Sie haben Shaitana *nicht* ermordet!«
Mrs. Lorrimer sagte: »Ich glaube, Sie sind wirklich verrückt, Monsieur Poirot. Wenn ich gewillt bin, das Verbrechen zu gestehen, warum sollte ich über die Art und Weise lügen, wie ich es begangen habe? Welchen Sinn hätte das?«
Poirot stand wieder auf und ging einmal im Zimmer herum. Als er wieder zu seinem Stuhl zurückkam, hatte sein Benehmen sich verändert. Er war wieder milde und gütig.
»Sie haben Mr. Shaitana nicht ermordet«, sagte er sanft. »Ich sehe das jetzt. Ich sehe alles. Harley Street. Die kleine Anne Meredith steht einsam und verlassen auf dem Bürgersteig. Ich sehe auch ein anderes Mädchen – vor sehr, sehr langer Zeit – ein Mädchen, das immer allein durchs Leben ging –

schrecklich allein. Ja, ich sehe das alles. Aber etwas sehe ich nicht. – Warum sind Sie so überzeugt, daß Anne Meredith es getan hat?«

»Aber ich bitte Sie, Monsieur Poirot!«

»Es ist völlig nutzlos zu protestieren, Madame, oder mich weiter zu belügen. Ich sage Ihnen, ich kenne die Wahrheit. Ich kenne genau die Gefühle, die Sie an jenem Tag in der Harley Street überwältigten. Sie hätten es nicht für Dr. Roberts getan – o nein! Sie hätten es nicht für Major Despard getan, *non plus*. Aber Anne Meredith ist etwas anderes. Sie haben Mitleid mit ihr, weil sie das tat, was Sie einst taten. Sie wissen nicht einmal – nehme ich an –, warum sie es tat, aber Sie sind fest davon überzeugt, daß sie es getan hat. Sie waren an jenem ersten Abend überzeugt – an dem Abend, da es geschah – als Superintendent Battle Sie bat, sich über den Fall zu äußern. Ja, ich weiß das alles, sehen Sie. Es ist ganz nutzlos, zu lügen. Sie sehen das doch ein, nicht wahr?«

Er wartete auf eine Antwort, aber es erfolgte keine. Er nickte befriedigt.

»Ja, Sie sind ein mitfühlender Mensch. Das ist gut. Es ist eine sehr edle Tat, die Schuld auf sich zu nehmen, um dieses Kind frei ausgehen zu lassen.«

»Sie vergessen eines«, sagte Mrs. Lorrimer trocken. »Ich bin keine unschuldige Frau. Ich habe vor Jahren meinen Mann ermordet, Monsieur Poirot . . .«

Einen Augenblick lang herrschte Schweigen.

»Ich verstehe«, erwiderte Poirot, »es entspricht Ihrem Gerechtigkeitsgefühl. Sie halten es einfach für recht und billig. Sie haben einen logischen Verstand. Sie sind gewillt, für Ihre Tat zu büßen. Mord ist Mord – gleichviel, wer das Opfer war. Madame, Sie haben Mut, und Sie haben Verstand. Aber ich frage Sie nochmals: Wieso können Sie so sicher sein? Wieso können Sie wissen, daß es Anne Meredith war, die Mr. Shaitana ermordet hat?«

Ein tiefer Seufzer entrang sich Mrs. Lorrimers Brust. Ihr letzter Widerstand war durch Poirots Beharrlichkeit gebrochen. Sie beantwortete seine Frage schlicht wie ein Kind:

»Weil ich sie sah.«

27

Plötzlich lachte Poirot auf. Er konnte sich nicht beherrschen. Er warf den Kopf zurück, und sein schrilles französisches Lachen erfüllte den Raum.

»Pardon, Madame«, sagte er und wischte sich die Augen, »ich konnte mir nicht helfen. Da diskutieren wir und zerbrechen uns den Kopf. Wir stellen Verhöre an! Wir berufen uns auf die Psychologie – und die ganze Zeit über hatten wir eine Augenzeugin des Verbrechens! Ich bitte Sie inständigst, berichten Sie mir.«

»Es war schon ziemlich spät. Anne Meredith war Strohmann. Sie stand auf und sah in das Blatt ihres Partners, dann ging sie im Zimmer umher. Das Spiel war nicht interessant und ich mußte mich nicht sonderlich auf die Karten konzentrieren. Der Ausgang war unvermeidlich. Gerade als wir zu den letzten drei Stichen kamen, blickte ich zum Kamin hinüber. Anne Meredith stand über Mr. Shaitana gebeugt da. Während ich sie beobachtete, richtete sie sich auf – ihre Hand war in der Tat auf seiner Brust gewesen, eine Bewegung, die mich erstaunt hatte. Sie richtete sich auf, und ich sah ihr Gesicht und ihren hastigen Blick in unsere Richtung. Schuldbewußtsein und Angst standen auf ihrem Gesicht geschrieben. Natürlich wußte ich damals noch nicht, was geschehen war. Ich fragte mich nur, was in aller Welt das Mädchen gemacht haben konnte? Später – wußte ich es.«

»Aber sie wußte nicht, daß Sie es wußten. Sie wußte nicht, daß Sie es gesehen hatten?«

»Armes Kind«, meinte Mrs. Lorrimer. »Jung, verängstigt – sie muß sich mühsam durchschlagen. Wundern Sie sich – nun, daß ich den Mund hielt?«

»Nein, nein, ich wundere mich nicht.«

»Besonders in dem Bewußtsein, daß ich selbst . . .« Sie vollendete den Satz mit einem Achselzucken. »Es war sicher nicht meine Sache, den Ankläger zu spielen. Das war schließlich Aufgabe der Polizei.«

»Gewiß – aber heute sind Sie weiter gegangen als das.«

Mrs. Lorrimer sagte grimmig:

»Ich war nie eine sehr weichherzige oder mitfühlende Seele, ich vermute, diese Eigenschaften entwickeln sich mit zunehmendem Alter. Ich versichere Ihnen, ich handle nicht oft aus Mitleid.«
»Es ist nicht immer ein besonders kluger Ratgeber, Madame. Mademoiselle Anne ist jung, sie ist zart, sie sieht schüchtern und ängstlich aus – o ja, sie scheint ein sehr würdiger Gegenstand des Mitleids zu sein. Aber ich für mein Teil bin nicht dieser Ansicht. Soll ich Ihnen sagen, Madame, warum Miss Meredith Mr. Shaitana ermordet hat? Weil er wußte, daß sie seinerzeit eine ältere Dame ermordet hatte, bei der sie Gesellschafterin war – weil besagte Dame sie bei einem kleinen Diebstahl ertappt hatte.«
Mrs. Lorrimer machte ein etwas verblüfftes Gesicht.
»Ist das wahr, Monsieur Poirot?«
»Ich zweifle nicht im geringsten daran. Sie ist so sanft – so lieb – könnte man sagen. Pah! Diese kleine Mademoiselle Anne ist gefährlich, Madame. Wenn es sich um ihre eigene Sicherheit, ihr eigenes Wohlbefinden handelt, kann sie brutal zuschlagen. Und es wird bei ihr auch nicht bei diesen zwei Verbrechen bleiben. Sie werden ihr Selbstvertrauen stärken . . .«
Mrs. Lorrimer unterbrach ihn scharf: »Was Sie sagen, Monsieur Poirot, ist entsetzlich – entsetzlich.«
Poirot stand auf.
»Madame, ich werde mich jetzt verabschieden. Denken Sie über das, was ich gesagt habe, nach.«
Mrs. Lorrimer hatte etwas von ihrer Sicherheit eingebüßt. Aber sie sagte mit einem Versuch, zu ihrer gewohnten Haltung zurückzukehren:
»Wenn es mir paßt, Monsieur Poirot, werde ich dieses ganze Gespräch ableugnen. Bedenken Sie, daß Sie keine Zeugen haben. Was ich Ihnen über jenen fatalen Abend erzählte, ist – nun, ein Geheimnis zwischen uns beiden.«
Poirot bestätigte ernst:
»Nichts soll ohne Ihre Einwilligung geschehen. Und seien Sie beruhigt. Ich habe meine eigenen Methoden. Jetzt, wo ich weiß, worauf ich achten muß . . .«

Er hob ihre Hand an seine Lippen.
»Gestatten Sie mir, Ihnen zu sagen, Madame, daß Sie eine höchst bemerkenswerte Frau sind. Alle Hochachtung. Ja, Sie sind fürwahr eine unter tausend. Sie haben sogar einer Versuchung widerstanden, der neunhundertneunundneunzig erlegen wären.«
»Und das wäre?«
»Sie haben mir nicht gesagt, warum Sie Ihren Gatten getötet haben und wie vollauf berechtigt ein solches Vorgehen eigentlich war.«
Mrs. Lorrimer richtete sich zu ihrer ganzen Größe auf.
»Wirklich, Monsieur Poirot. Meine Gründe waren ganz und gar meine Privatangelegenheit.«
»Magnifique!« sagte Poirot. Er führte nochmals ihre Hand an seine Lippen und verließ das Zimmer.
Draußen war es kalt, und er sah sich nach einem Taxi um, aber es war keines in Sicht.
Also begann er, in Richtung King's Road zu gehen.
Beim Gehen dachte er angestrengt nach, gelegentlich nickte er mit dem Kopf. Einmal schüttelte er ihn.
Er blickte über seine Schulter zurück. Jemand stieg die Treppe zu Mrs. Lorrimers Haus empor. Die Gestalt erinnerte sehr an Anne Meredith. Er zögerte einen Moment, fragte sich, ob er umkehren sollte oder nicht, und ging schließlich weiter.
Zu Hause angelangt, sah er, daß Battle fortgegangen war, ohne eine Botschaft zu hinterlassen.
Er rief ihn an.
»Hallo«, hörte er die Stimme des Superintendenten: »Wissen Sie etwas Neues?«
»*Je crois bien, mon ami.* Wir müssen den Fall der kleinen Meredith verfolgen, und zwar schnell.«
»Das tue ich ja – aber warum schnell?«
»Weil sie gefährlich werden kann, mein Freund.«
Battle schwieg einige Augenblicke. Dann sagte er:
»Ich weiß, was Sie meinen. Aber ich sehe niemanden ... Jedenfalls dürfen wir nichts riskieren. Ich habe ihr übrigens geschrieben. Eine offizielle Note des Inhalts, daß ich sie mor-

gen früh aufsuchen werde. Ich hielt es für gut, sie ein wenig einzuschüchtern.«
»Das kann bestimmt nicht schaden. Darf ich Sie begleiten?«
»Natürlich. Ich fühle mich sehr geehrt, wenn Sie mitkommen, Monsieur Poirot.«
Poirot legte mit nachdenklichem Gesicht den Hörer auf. Er saß lange mit gefurchter Stirn vor seinem Kamin. Endlich schob er seine Sorgen und Zweifel beiseite und ging zu Bett.
»Morgen früh werden wir weiter sehen«, murmelte er.
Er konnte ja nicht ahnen, was der Morgen bringen würde.

28

Die Nachricht kam per Telefon, in dem Augenblick, als Poirot sich zu seinem Morgenkaffee niederließ.
Er hob den Hörer ab und hörte Battles Stimme:
»Monsieur Poirot?«
»Ja. *Qu'est-ce qu'il y a?*«
Er hatte am bloßen Tonfall Battles erkannt, daß etwas geschehen war. Seine eigenen vagen Befürchtungen kamen ihm in den Sinn.
»Schnell, mein Freund, sagen Sie mir, was los ist?«
»Mrs. Lorrimer.«
»Mrs. Lorrimer – ja?«
»Was, zum Teufel, haben Sie ihr oder hat sie Ihnen gestern gesagt? Sie haben mir nichts erzählt. Sie haben mir im Gegenteil zu verstehen gegeben, daß wir hinter der kleinen Meredith her sein müßten.«
Poirot sagte ruhig:
»Was ist geschehen?«
»Selbstmord.«
»Mrs. Lorrimer hat Selbstmord begangen?«
»Ja. Scheinbar war sie in letzter Zeit sehr deprimiert und verändert. Ihr Arzt hatte ihr ein Schlafmittel verordnet. Letzte Nacht hat sie eine zu starke Dosis genommen.«

Poirot atmete tief.
»Kommt eine andere Version – nicht in Frage?«
»Ausgeschlossen. Es ist alles sonnenklar. Sie hat den dreien geschrieben.«
»Welchen dreien?«
»Den anderen dreien. Roberts, Despard und Miss Meredith. Ganz klar und deutlich – ohne Umschweife. Sie schrieb nur, daß sie ihnen mitteilen wolle, daß sie aus all dem Durcheinander den kürzesten Ausweg gewählt habe, daß sie es war, die Shaitana getötet habe, und daß sie alle drei um Entschuldigung bäte – um Entschuldigung! – für die Unannehmlichkeiten und den Verdruß, den sie erdulden mußten. Ein vollkommen nüchterner, sachlicher Brief. Sehr charakteristisch für die Frau. Sie war kalt wie eine Hundeschnauze.«
Das also war Mrs. Lorrimers letztes Wort. Sie hatte sich trotz allem entschlossen, Anne Meredith zu schützen. Ein schneller, schmerzloser Tod, statt einem langsamen, qualvollen, und als letztes ein Akt der Selbstlosigkeit – die Rettung eines Mädchens, mit dem sie sich durch ein geheimes Band des Schicksals verbunden fühlte. Die ganze Sache mit eiserner Konsequenz geplant und durchgeführt – ein den drei Beteiligten sorgsam mitgeteilter Selbstmord. Was für eine Frau! Seine Bewunderung stieg. Es entsprach ganz ihrer Persönlichkeit, ihrer ausgeprägten Willenskraft, ihrer Beharrlichkeit, die einmal gefaßten Beschlüsse durchzuführen.
Er hatte geglaubt, sie überzeugt zu haben – aber augenscheinlich hatte sie ihr eigenes Urteil vorgezogen. Eine Frau von Format.
Battles Stimme schnitt seine Betrachtungen ab.
»Was, zum Teufel, haben Sie ihr gestern gesagt? Sie müssen ihr Angst eingejagt haben; und das ist der Erfolg. Aber Sie haben mir zu verstehen gegeben, daß das Ergebnis ein definitiver Verdacht auf die kleine Meredith war.«
Poirot schwieg einige Augenblicke. Er fühlte, daß die tote Mrs. Lorrimer ihn ihrem Willen noch mehr unterwarf, als die lebende es vermocht hätte.

Endlich sagte er langsam: »Ich habe mich geirrt.«
Es waren ungewohnte Worte in seinem Munde, und die schmeckten ihm bitter.
»Sie haben sich geirrt, wie? Trotzdem muß sie geglaubt haben, daß Sie ihr auf die Spur gekommen waren. Es ist eine unangenehme Geschichte, daß sie uns so durch die Finger geschlüpft ist.«
»Sie hätten ihr nichts beweisen können«, erwiderte Poirot.
»Nun – das stimmt vermutlich ... Vielleicht ist es so am besten. Sie haben das – hm – nicht gewollt, Monsieur Poirot?«
Poirot verneinte entrüstet. Dann bat er:
»Berichten Sie mir genau, was geschehen ist.«
»Roberts öffnete seine Briefe knapp vor acht Uhr. Er verlor keine Zeit, fuhr sofort mit seinem Auto los und überließ es seinem Stubenmädchen, uns zu verständigen, was es auch tat. Er kam ins Haus und erfuhr, daß Mrs. Lorrimer noch nicht geweckt worden war, raste in ihr Schlafzimmer – aber es war zu spät. Er versuchte künstliche Beatmung, aber vergeblich. Unser Bezirksarzt kam bald darauf und fand die Behandlungsmethode korrekt.«
»Was für ein Schlafmittel war es?«
»Ich glaube Veronal. Jedenfalls ein Barbiturat. Es lag ein Röhrchen mit Tabletten auf ihrem Nachttisch.«
»Was ist mit den anderen beiden? Haben sie nicht versucht, sich mit Ihnen in Verbindung zu setzen?«
»Despard ist nicht in der Stadt. Er hat seine Morgenpost noch nicht gelesen.«
»Und Miss Meredith?«
»Ich habe sie eben angerufen.«
»Eh bien?«
»Sie hatte den Brief wenige Minuten vor meinem Anruf erhalten. Die Post kommt dort später.«
»Wie war ihre Reaktion?«
»Vollkommen normal. Intensive Erleichterung, anstandshalber bemäntelt. Tief ergriffen usw.«
Poirot sagte nach einer kleinen Pause:
»Wo sind Sie jetzt, mein Freund?«
»In Cheyne Lane.«

»*Bien.* Ich komme sofort.«

In der Halle von Cheyne Lane begegnete er Dr. Roberts, im Begriff fortzugehen.

Von dem üblichen frisch-fröhlichen Benehmen des Doktors war an diesem Morgen wenig zu merken. Er sah blaß und erschüttert aus.

»Das ist eine abscheuliche Geschichte, Monsieur Poirot. Ich will nicht behaupten, daß ich, von meinem persönlichen Standpunkt aus, nicht erleichtert bin, aber aufrichtig gestanden, ist es doch ein Schock. Ich habe nicht einen Augenblick ernstlich gedacht, daß es Mrs. Lorrimer gewesen sein könnte, die Shaitana erstochen hat. Es ist die größte Überraschung für mich.«

»Ich bin auch überrascht.«

»Eine ruhige, kultivierte, beherrschte Frau. Ich kann mir nicht vorstellen, daß sie etwas so Gewalttätiges getan hat. Ich frage mich, was das Motiv gewesen sein mag. Das werden wir wohl nicht mehr erfahren, aber ich gestehe, daß ich neugierig bin.«

»Ihnen muß durch diesen Vorfall ein Stein vom Herzen fallen.«

»Oh, zweifellos. Es wäre Heuchelei, das zu leugnen. Es ist nicht sehr angenehm, unter Mordverdacht zu stehen. Was die Arme selbst betrifft, so war es zweifellos der beste Ausweg.«

»Das war auch ihre eigene Meinung.«

Roberts nickte.

»Gewissensbisse vermutlich«, sagte er, als er sich verabschiedete.

Poirot schüttelte nachdenklich den Kopf. Der Doktor hatte die Situaiton mißverstanden. Es war nicht Reue, die Mrs. Lorrimer zum Selbstmord getrieben hatte.

Auf seinem Weg nach oben blieb er stehen, um dem ältlichen Stubenmädchen, das still vor sich hin weinte, ein paar tröstende Worte zu sagen.

»Es ist so schrecklich, Sir. So entsetzlich. Wir haben sie alle so liebgehabt. Und Sie haben erst gestern so ruhig und gemütlich mit ihr Tee getrunken. Und heute ist sie fort. Ich

werde diesen Morgen nie vergessen – nie, solange ich lebe. Der Herr läutete Sturm. Er läutete dreimal, ehe ich die Tür erreichen konnte. ›Wo ist Ihre Herrin?‹ fuhr er mich an. Ich war so aufgeregt, daß ich kaum antworten konnte. Wissen Sie, wir sind nie zu ihr hineingegangen, ehe sie klingelte, das war ihr Wunsch. Und ich konnte einfach kein Wort herausbringen. Und der Doktor schreit: ›Wo ist ihr Zimmer?‹ und rennt die Stufen hinauf und ich hinter ihm drein, wirft einen Blick auf sie, wie sie daliegt, und sagt: ›Zu spät‹. Sie war schon tot, Sir. Aber er schickte mich um Branntwein und heißes Wasser, und er machte verzweifelte Versuche, sie wieder ins Leben zurückzubringen, aber es war nichts mehr zu machen. Und dann kam die Polizei und alles – es ist nicht – es gehört sich nicht, Sir. Mrs. Lorrimer hätte es nicht gemocht. Und warum die Polizei? Es geht sie sicher nichts an, sogar wenn ein Unglücksfall geschehen ist und meine arme Herrin irrtümlich ein zu starkes Schlafmittel genommen hat.«
Poirot ließ ihre Frage unbeantwortet.
»War Mrs. Lorrimer gestern abend wie immer? Erschien sie Ihnen nicht aufgeregt oder deprimiert?«
»Nein, das könnte ich nicht behaupten. Sie war müde – und – ich glaube, sie hatte Schmerzen. Es ging ihr in letzter Zeit nicht gut, Sir.«
»Ja, ich weiß.«
Die Teilnahme in seiner Stimme ließ die Frau fortfahren.
»Sie hat nie geklagt, Sir. Aber wir, die Köchin und ich, haben uns schon einige Zeit Sorgen um sie gemacht. Sie konnte nicht mehr so viel unternehmen wie früher, und alles hat sie ermüdet. Vielleicht hat die junge Dame, die nach Ihnen zu Besuch kam, sie zu sehr in Anspruch genommen.«
Mit dem Fuß auf der Treppe kehrte Poirot wieder um.
»Die junge Dame? War noch eine junge Dame gestern abend hier?«
»Ja, Sir, sie kam gerade, nachdem Sie fortgegangen waren. Sie hieß Miss Meredith.«
»Blieb sie lange?«
»Ungefähr eine Stunde, Sir.«
Poirot schwieg eine Weile, dann sagte er:

»Und nachher?«
»Nachher ging die Herrin zu Bett und aß auch im Bett zu Abend. Sie sagte, sie sei müde.«
»Wissen Sie, ob Mrs. Lorrimer gestern abend irgendwelche Briefe geschrieben hat?«
»Meinen Sie, nachdem sie zu Bett gegangen war? Ich glaube nicht, Sir.«
»Aber Sie sind sich nicht sicher?«
»Es lagen einige Briefe zum Wegschicken auf dem Vorzimmertisch, Sir. Aber ich glaube, sie lagen schon früher am Tag da.«
»Wie viele waren es?«
»Zwei oder drei. Ich bin nicht ganz sicher, Sir.«
»Sie oder die Köchin – wer immer die Briefe aufgab – haben nicht zufällig gelesen, an wen sie adressiert waren? Verzeihen Sie meine Frage, aber die Angelegenheit ist von größter Wichtigkeit.«
»Ich selbst habe die Briefe zur Post gebracht. Ich habe die Adresse des obersten bemerkt – er war an Fortnum & Mason's. Was die anderen betrifft, so weiß ich es nicht.«
Was die Frau sagte, klang ernst und aufrichtig.
»Sind Sie sicher, daß es nicht mehr als drei Briefe waren?«
»Ja, ganz sicher.«
Poirot nickte ernst mit dem Kopf. Wieder im Begriff, die Treppe hinaufzugehen, sagte er:
»Ich nehme an, Sie wußten, daß Mrs. Lorrimer Schlafmittel nahm?«
»O ja, Sir, der Arzt hatte sie ihr verordnet, Dr. Lang.«
»Wo wurde dieses Schlafmittel aufbewahrt?«
»Im Schränkchen im Schlafzimmer.«
Poirot stellte keine weiteren Fragen. Er ging hinauf. Sein Gesicht war todernst.
Auf dem oberen Treppenabsatz begrüßte ihn Battle. Der Superintendent sah nervös und besorgt aus.
»Ich bin froh, daß Sie gekommen sind, Monsieur Poirot. Darf ich Sie mit Dr. Davidson bekannt machen.«
Der Bezirksarzt schüttelte Poirot die Hand. Er war ein großer, melancholisch aussehender Mann.

»Wir hatten kein Glück«, sagte er, »ein oder zwei Stunden früher, und wir hätten sie noch retten können.«
»Hm«, meinte Battle, »ich darf es offiziell nicht zugeben, aber ich bin nicht unglücklich darüber. Sie war, nun, sie war eine Dame. Ich weiß nicht, welche Gründe sie hatte, Shaitana umzubringen, aber ich kann mir irgendwie vorstellen, daß es triftige Gründe waren.«
»Jedenfalls«, sagte Poirot, »ist es fraglich, ob sie ihren Prozeß noch erlebt hätte. Sie war eine schwerkranke Frau.«
Der Arzt nickte bestätigend.
Er wollte die Treppe hinuntergehen.
Battle ging ihm nach.
»Einen Moment noch, Doktor.«
Poirot, die Hand auf der Klinke der Schlafzimmertür, fragte:
»Darf ich hinein?«
Battle nickte über seine Schulter hinweg: »Gewiß. Wir sind fertig.«
Poirot betrat das Zimmer und schloß die Tür hinter sich.
Er trat an das Bett und blickte auf das friedliche Gesicht der Toten. Er war tief ergriffen und beunruhigt.
War die Tote in einem letzten verzweifelten Bemühen gestorben, ein junges Mädchen vor Tod und Schande zu bewahren – oder gab es eine andere düstere Erklärung?
Es gab da so einige Punkte ...
Plötzlich beugte er sich herab und betrachtete einen dunklen, verfärbten Fleck am Arm der Toten.
Er richtete sich wieder auf. Ein sonderbares katzenhaftes Glitzern, das manche seiner engeren Mitarbeiter erkannt hätten, trat in seine Augen.
Er verließ eilends das Zimmer und ging hinunter. Battle und einer seiner Untergebenen waren am Telefon. Letzterer legte den Hörer auf und sagte:
»Er ist nicht zurückgekommen, Sir.«
Battle erklärte:
»Despard. Ich habe versucht, ihn zu erreichen. Es ist wirklich ein Brief für ihn mit dem Stempel Chelsea angekommen.«

Poirot stellte eine irrelevante Frage:
»Hatte Dr. Roberts bereits gefrühstückt, als er herkam?«
Battle machte große Augen.
»Nein, ich erinnere mich, daß er erwähnt hat, er sei ohne Frühstück hergekommen.«
»Dann wird er jetzt zu Hause sein. Wir können ihn erreichen.«
»Aber warum . . .«
Aber Poirot war schon dabei, die Nummer zu wählen. Dann sprach er in den Apparat.
»Dr. Roberts. Ist da Dr. Roberts? *Mais oui,* hier spricht Poirot. Eine Frage. Kennen Sie die Handschrift von Mrs. Lorrimer gut?«
»Mrs. Lorrimers Handschrift? Ich – nein. Ich kann mich nicht erinnern, sie früher schon mal gesehen zu haben.«
»Je vous remercie.« Poirot legte schnell den Hörer auf.
Battle starrte ihn an.
»Was für eine Idee haben Sie, Monsieur Poirot«, fragte er.
Poirot nahm ihn beim Arm.
»Hören Sie, mein Freund. Wenige Minuten nachdem ich gestern dieses Haus verlassen hatte, erschien Anne Meredith. Ich sah sie mit meinen eigenen Augen die Treppe hinaufgehen, obwohl ich sie damals nicht sicher identifizieren konnte. Sofort nachdem Anne Meredith fortgegangen war, legte sich Mrs. Lorrimer zu Bett. Soviel das Mädchen weiß, hat sie dann *keine Briefe mehr geschrieben.* Und aus Gründen, die Sie verstehen werden, wenn ich Ihnen über unsere Unterredung berichte, glaube ich nicht, daß sie diese Briefe *vor* meinem Besuch geschrieben hatte. Wann hat sie sie demnach geschrieben?«
»Nachdem die Dienerschaft zu Bett gegangen war«, meinte Battle. »Sie stand auf und gab sie selbst auf.«
»Ja, das ist möglich, aber es gibt noch eine andere Möglichkeit – daß sie sie *überhaupt nicht* geschrieben hat.«
Battle stieß einen leisen Pfiff aus.
»Um Himmels willen, Sie glauben . . .«
Das Telefon klingelte. Der Sergeant nahm den Hörer ab. Er lauschte einen Augenblick und wandte sich dann an Battle.

»Es ist Sergeant O'Connor aus Major Despards Wohnung. Man nimmt an, daß Major Despard in Wallingford-on-Thames ist.«
Poirot packte Battle am Arm.
»Schnell, mein Freund. Wir müssen auch nach Wallingford. Ich sage Ihnen, ich bin sehr beunruhigt. Das mag noch nicht das Ende der Geschichte sein. Ich wiederhole Ihnen, mein Freund, diese junge Dame ist gefährlich.«

29

»Anne«, sagte Rhoda.
»Mmm?«
»Nein, bitte Anne, antworte mir nicht, solange du in dein Kreuzworträtsel vertieft bist. Ich will, daß du mir zuhörst.«
»Ich höre.«
Anne setzte sich kerzengerade auf und legte die Zeitung fort.
»So ist es schon besser. Schau, Anne ...« Rhoda zögerte.
»Wegen dieses Besuchs.«
»Von Superintendent Battle?«
»Ja, Anne. Ich wollte, du würdest ihm sagen, daß du bei den Bensons warst.«
Annes Stimme wurde kalt.
»Unsinn. Warum denn?«
»Weil – nun, es könnte so aussehen, als würdest du etwas verheimlichen. Ich bin sicher, es wäre besser, es zu erwähnen.«
»Das kann ich jetzt nicht mehr«, meinte Anne kühl.
»Ich wollte, du hättest es gleich getan.«
»Nun, jetzt ist es zu spät, sich darüber Gedanken zu machen.«
»Ja?« Rhoda schien nicht überzeugt.
Anne sagte gereizt:
»Jedenfalls sehe ich nicht ein, warum. Es hat nichts mit all dem zu tun.«
»Nein, natürlich nicht.«

»Ich war nur ungefähr zwei Monate dort. Er braucht diese Dinge nur als – nun – als Referenzen. Zwei Monate zählen nicht.«
»Nein. Ich weiß. Ich habe bestimmt unrecht, aber es beunruhigt mich. Ich habe das Gefühl, du solltest es sagen. Weißt du, wenn es irgendwie anders herauskäme, würde es einen schlechten Eindruck machen, daß du so etwas geheimhältst.«
»Ich sehe nicht, wie es herauskommen soll. Niemand weiß es außer dir.«
»M-meinst du?«
Anne stürzte sich auf das leichte Stocken in Rhodas Stimme.
»Warum, wer weiß es noch?«
»Nun, allein Combeacre«, sagte Rhoda nach einer Pause.
»Oh, das!« Anne tat es mit einem Achselzucken ab. »Es ist höchst unwahrscheinlich, daß der Superintendent jemandem von dort begegnet. Wenn ja, so wäre es ein unglaublicher Zufall.«
»Aber solche Zufälle kommen vor.«
»Rhoda, was hast du eigentlich damit? Du tust so übertrieben.«
»Ich will dich nicht quälen. Aber du weißt, wie die Polizei sein kann, wenn sie glaubt – nun –, daß du etwas verbirgst.«
»Sie werden es nicht erfahren. Wer soll es ihnen denn sagen? Niemand weiß es außer dir.«
Es war das zweitemal, daß sie diese Worte aussprach. Bei dieser zweiten Wiederholung änderte sich der Tonfall ihrer Stimme ein wenig – er bekam etwas seltsam Lauerndes.
»Ach, ich wollte, du würdest es sagen«, seufzte Rhoda betrübt. Sie blickte entschuldigend auf Anne, aber Anne sah sie nicht an. Sie saß stirnrunzelnd da, als wäre sie mit einem wichtigen Problem beschäftigt.
»Nett, daß Major Despard kommt«, sagte Rhoda.
»Wie? O ja.«
»Anne, er ist wirklich reizend. Wenn du ihn nicht willst, bitte, bitte, bitte überlaß ihn mir!«
»Sei nicht kindisch, Rhoda. Ich bin ihm völlig gleichgültig.«
»Warum kommt er dann immer? Natürlich schwärmt er für dich. Du bist gerade der Typ der verfolgten Unschuld, die er

mit Begeisterung retten möchte. Du schaust so wundervoll hilflos aus, Anne.«

»Er ist zu uns beiden gleich nett.«

»Das ist nur seine gute Erziehung. Aber wenn du ihn nicht willst, könnte ich die mitfühlende Freundin spielen – sein gebrochenes Herz kitten usw., und zum Schluß könnte ich ihn kriegen. Wer weiß?« schloß Rhoda nicht sehr geschmackvoll.

»Ich überlasse ihn dir gern, meine Liebe«, sagte Anne lachend.

»Er hat einen so wunderschönen Nacken«, seufzte Rhoda, »ganz braun und muskulös.«

»Sag mal, mußt du so geschmacklos sein?«

»Magst du ihn, Anne?«

»Ja, sehr.«

»Sind wir nicht züchtig und sittsam? Ich glaube, er mag mich auch ein wenig – nicht so sehr wie dich –, aber ein ganz klein wenig.«

»Oh, er mag dich sehr.«

Wieder war etwas Fremdes in ihrer Stimme, aber Rhoda hörte es nicht.

»Wann kommt unser Spürhund?« fragte sie.

»Um zwölf«, antwortete Anne. Sie schwieg eine Weile, und dann sagte sie:

»Es ist erst halb elf. Gehen wir zum Fluß.«

»Aber ist es nicht – hat nicht – hat nicht Despard gesagt, daß er um elf kommt?«

»Warum sollen wir auf ihn warten. Wir können Mrs. Astwell sagen, wohin wir gegangen sind, und er kann uns am Ufer entlang nachkommen.«

»Das soll heißen, daß wir uns ihm nicht an den Hals werfen wollen«, meinte Rhoda lachend. »Also gut, gehen wir.«

Sie ging aus dem Zimmer und durch das Gartentor, Anne folgte ihr.

Major Despard erschien ungefähr zehn Minuten später in Wendon Cottage. Er wußte, daß er vor der Zeit da war, und war daher etwas erstaunt, daß beide Mädchen schon ausgeflogen waren.

Er ging durch den Garten, quer über die Felder und dann nach rechts den Uferweg entlang.
Mrs. Astwell blieb stehen und blickte ihm ein, zwei Minuten lang nach, anstatt mit ihrer Morgenarbeit fortzufahren.
»Verliebt in eine von den beiden«, bemerkte sie zu sich selbst. »Ich glaube, es ist Miss Anne, aber ich bin nicht sicher. Man merkt ihm nichts an. Behandelt beide gleich. Ich weiß nicht, ob sie nicht alle beide auch in ihn verliebt sind. Wenn, so werden sie nicht mehr lange so unzertrennliche Freundinnen bleiben. Wenn ein Mann dazwischenkommt, ist es gleich aus mit der Freundschaft.«
Angenehm erregt durch die Aussicht, eine aufkeimende Romanze mitzuerleben, ging Mrs. Astwell wieder an ihre Arbeit und machte sich daran, das Frühstücksgeschirr abzuwaschen, als es wieder an der Haustür klingelte.
»Zum Teufel mit dieser Tür«, fluchte Mrs. Astwell. »Die Leute machen es absichtlich. Sicher ein Paket oder vielleicht ein Telegramm.«
Sie schritt bedächtig zur Eingangstür.
Zwei Herren standen davor. Ein kleiner, ausländisch aussehender und ein großer, stämmiger. Letzteren erinnerte sie sich, schon einmal gesehen zu haben.
»Ist Miss Meredith zu Hause?« fragte der Große.
Mrs. Astwell schüttelte den Kopf.
»Soeben ausgegangen.«
»Wirklich? In welche Richtung? Wir sind ihr nicht begegnet.«
Mrs. Astwell studierte heimlich den wunderbaren Schnurrbart des anderen Herrn und fand bei sich, daß sie ein recht ungleiches Freundespaar waren, dann gab sie weiter Auskunft.
»Zum Fluß ist sie gegangen«, erklärte sie.
Der andere Herr fiel ein.
»Und die andere Dame? Miss Dawes?«
»Sie sind beide fort.«
»Ah, danke sehr«, sagte Battle, »warten Sie, wie kommt man zum Fluß?«
»Erste Biegung nach rechts, den Feldweg hinunter«, erwi-

derte Mrs. Astwell prompt. »Wenn Sie dann zum Uferweg kommen, gehen Sie nach rechts. Ich hörte sie sagen, daß sie dorthin gehen würden«, fügte sie hilfreich hinzu, »vor einer knappen Viertelstunde, Sie werden sie bald eingeholt haben.«

»Ich frage mich«, überlegte sie im stillen, als sie widerstrebend die Eingangstür schloß, nachdem sie ihnen neugierig nachgestarrt hatte, »wer ihr zwei sein mögt. Es ist mir ein Rätsel.«

Mrs. Astwell ging zum Küchenausguß zurück, und Battle und Poirot nahmen die erste Biegung nach rechts, einen ausgetretenen Feldweg, der bald in den Uferweg mündete.

Poirot beschleunigte seine Schritte, und Battle sah ihn neugierig an.

»Ist etwas los, Poirot? Sie scheinen in großer Eile.«

»Sie haben recht, ich bin beunruhigt, mein Freund.«

»Ist etwas Besonderes los?«

Poirot schüttelte den Kopf.

»Nein. Es gibt vielerlei Möglichkeiten. Man kann nie wissen . . .«

»Sie haben irgendeine Vorahnung«, vermutete Battle. »Sie haben darauf gedrängt, daß wir heute morgen, ohne einen Augenblick zu verlieren, herkommen, und Sie haben Constable Turner gehörig Gas geben lassen. Was befürchten Sie? Das Mädchen hat sein Pulver verschossen.«

Poirot schwieg.

»Was befürchten Sie?« wiederholte Battle.

»Was befürchtet man in solchen Fällen immer?«

Battle nickte.

»Sie haben ganz recht. Ich frage mich . . .«

»Sie fragen sich was, mein Freund?«

Battle sagte langsam:

»Ich frage mich, ob Miss Meredith weiß, daß ihre Freundin Mrs. Oliver gewisse Dinge mitgeteilt hat.«

Poirot nickte anerkennend mit dem Kopf.

»Schnell, mein Freund, beeilen wir uns!« sagte er.

Sie eilten das Flußufer entlang. Auf dem Wasser war kein Fahrzeug zu sehen, aber als sie gleich darauf um eine Ecke

bogen, blieb Poirot plötzlich stocksteif stehen. Battles rascher Blick sah es auch.
»Major Despard«, sagte er.
Despard schritt ungefähr dreißig Meter vor ihnen ebenfalls das Flußufer entlang.
Etwas weiter sah man die beiden Mädchen in einem Kahn auf dem Wasser. Rhoda stakte – Anne lag im Boot und lächelte zu ihr hinauf. Keine von beiden blickte zum Ufer.
Und dann – geschah es. Annes ausgestreckte Hand, Rhodas Schwanken, ihr Sturz über Bord – ihr verzweifeltes Anklammern an Annes Ärmel, das schaukelnde Boot – dann ein umgestürzter Kahn und zwei Mädchen, die im Wasser kämpften.
»Haben Sie es gesehen?« rief Battle, als er zu laufen begann. »Die kleine Meredith hat sie um das Fußgelenk gepackt und hineingestoßen. Mein Gott, das ist ihr vierter Mord!«
Beide liefen nach Leibeskräften. Aber jemand war ihnen voraus. Es war klar, daß keines der Mädchen schwimmen konnte, aber Despard war schnell den Pfad entlang zum nächstgelegenen Punkt gerannt. Jetzt sprang er ins Wasser und schwamm auf sie zu.
»*Mon dieu,* das ist spannend«, rief Poirot. Er packte Battles Arm. »Welche von beiden wird er zuerst retten?«
Die beiden Mädchen waren nicht zusammen. Sie waren ungefähr vier Meter voneinander entfernt.
Despard schwamm kraftvoll auf sie zu. In seinen Tempi war kein Stocken oder Zaudern. Er schwamm geradewegs auf Rhoda zu.
Battle erreichte seinerseits die nächstgelegene Uferstelle und sprang ins Wasser. Despard hatte soeben Rhoda glücklich zum Ufer gebracht, er zog sie herauf, legte sie nieder, tauchte wieder ins Wasser und schwamm zu dem Punkt, wo Anne eben untergegangen war.
»Vorsicht«, rief Battle, »Schlingpflanzen.«
Er und Battle erreichten die Stelle gleichzeitig, aber Anne war bereits untergegangen.
Sie bekamen sie endlich zu fassen und zogen sie gemeinsam ans Ufer.

Rhoda wurde von Poirot betreut. Sie hatte sich aufgesetzt und atmete unregelmäßig. Despard und Battle betteten Anne Meredith auf den Rasen.
»Künstliche Beatmung«, sagte Battle. »Das einzige, was noch zu machen ist. Aber ich fürchte, sie ist schon tot.«
Er ging methodisch zu Werk. Poirot hatte sich zu ihm gesellt, bereit, ihn abzulösen.
Despard ließ sich neben Rhoda niederfallen.
»Fehlt Ihnen nichts?« fragte er heiser.
Sie sagte leise:
»Sie haben mich gerettet. Sie haben *mich* gerettet . . .« Sie streckte ihm die Hände entgegen, und als er sie ergriff, brach sie mit einem Mal in Tränen aus.
»Rhoda«, sagte er.
Ihre Hände klammerten sich aneinander.
Er sah plötzlich den afrikanischen Busch vor sich – und Rhoda lachend und furchtlos an seiner Seite . . .

30

»Wollen Sie sagen«, sagte Rhoda ungläubig, »daß Anne mich hineinstoßen *wollte*? Ich weiß, daß es mir so vorkam. Dabei wußte sie, daß ich nicht schwimmen kann. Aber – aber war es absichtlich?«
»Es geschah mit voller Absicht«, bekräftigte Poirot.
Sie fuhren durch die Vororte von London.
»Aber – aber – warum?«
Poirots Antwort ließ auf sich warten. Er glaubte eines der Motive zu kennen, die Anne Meredith zu ihrer Tat bewogen hatten, und dieses Motiv saß augenblicklich neben Rhoda.
Battle räusperte sich.
»Sie werden sich auf einen kleinen Schock gefaßt machen müssen, Miss Dawes. Der Tod dieser Mrs. Benson, bei der Ihre Freundin arbeitete, war nicht ganz der unglückliche Zufall, der er zu sein schien – wenigstens haben wir allen Grund, das anzunehmen.«

»Was meinen Sie?«
»Wir glauben«, erklärte Poirot, »daß Anne Meredith zwei Flaschen vertauscht hat.«
»Oh, nein, nein, wie schrecklich! Es ist unmöglich. Anne? Und warum?«
»Sie hatte ihre Gründe«, meinte Superintendent Battle. »Aber worauf es ankommt, Miss Dawes, ist, daß, soweit Miss Meredith wissen konnte, Sie der einzige Mensch waren, der uns auf die Spur dieses Verbrechens hätte bringen können. Ich vermute, Sie haben ihr nicht gesagt, daß Sie Mrs. Oliver gegenüber den Vorfall erwähnt hatten?«
Rhoda erwiderte langsam:
»Nein, ich dachte, sie würde sich über mich ärgern.«
»Das hätte sie zweifellos getan«, bestätigte Battle grimmig. »Aber sie dachte, daß die Gefahr nur von Ihnen ausgehen könnte, und das war der Grund, warum sie beschloß, Sie – hm – aus dem Weg zu räumen.«
»Mich? Aus dem Weg zu räumen? Oh, wie abscheulich! Es kann nicht wahr sein.«
»Nun, sie ist jetzt tot«, meinte Battle, »also können wir es dabei belassen; aber sie war nicht die richtige Freundin für Sie, Miss Dawes, das steht fest.«
Das Auto blieb vor einem Haustor stehen.
»Wir gehen jetzt alle zu Monsieur Poirot«, sagte Superintendent Battle, »und werden die ganze Angelegenheit noch einmal besprechen.«
In Poirots Wohnzimmer wurden sie von Mrs. Oliver begrüßt, die Dr. Roberts bewirtete. Sie waren eben dabei, Sherry zu trinken. Mrs. Oliver trug einen dieser flotten, modernen Hüte und ein Samtkleid, das über der Brust mit einer Schleife verziert war, auf der das Kerngehäuse eines Apfels ruhte.
»Herein, herein«, rief Mrs. Oliver gastfreundlich und ganz, als wäre es ihr Haus und nicht das Poirots. »Sowie ich Ihren Anruf bekam, informierte ich Dr. Roberts, und wir kamen her. Alle seine Patienten sind im Begriff zu sterben, aber er macht sich nichts daraus. In Wirklichkeit erholen sie sich wahrscheinlich. Wir wollen alles über alles hören!«

»Ja, wirklich, ich tappe völlig im dunkeln«, sagte Roberts.
»*Eh bien*«, verkündete Poirot, »der Fall ist abgeschlossen. Der Mörder von Mr. Shaitana ist endlich gefunden.«
»Das hat Mrs. Oliver mir gesagt. Das hübsche, kleine Ding, Anne Meredith. Ich kann es kaum glauben. Eine höchst unwahrscheinliche Mörderin«, sagte Battle.
»Unglaublich«, murmelte Roberts.
»Aber trotzdem eine richtige Mörderin«, bekräftigte Battle.
»Gar nicht«, widersprach Mrs. Oliver, »die unwahrscheinlichste Person. Es scheint im Leben genauso zuzugehen wie in den Büchern.«
»Das war ein toller Tag«, meinte Roberts. »Erst Mrs. Lorrimers Brief. Ich vermute, das war eine Fälschung, wie?«
»Genau. Eine Fälschung in dreifacher Ausfertigung.«
»Sie hat sich selbst auch einen geschrieben?«
»Natürlich. Die Fälschung war ganz geschickt gemacht. Einen Fachmann hätte sie natürlich nicht getäuscht – aber es war höchst unwahrscheinlich, daß man einen Fachmann hinzuziehen würde. Alles sprach dafür, daß Mrs. Lorrimer Selbstmord verübt hatte.«
»Sie werden mir meine Neugier vergeben, Monsieur Poirot, aber was ließ Sie vermuten, daß sie nicht Selbstmord verübt hatte?«
»Ein kleines Gespräch, das ich mit dem Stubenmädchen in Cheyne Lane führte.«
»Sie erzählte Ihnen von Anne Merediths Besuch am Vorabend?«
»Unter anderem auch das. Und dann, wissen Sie, hatte ich meine Schlußfolgerungen hinsichtlich der Identität des Täters – das heißt, der Person, die Mr. Shaitana ermordet hat – schon gezogen. Diese Person war nicht Mrs. Lorrimer.«
»Was lenkte Ihren Verdacht auf Miss Meredith?«
Poirot hob die Hand.
»Einen Moment. Lassen Sie mich diese Sache auf meine eigene Art behandeln. Das heißt durch Ausschaltung. Der Mörder von Mr. Shaitana war nicht Mrs. Lorrimer, noch war er Major Despard und sonderbarerweise war er auch nicht Miss Meredith . . .«

Er beugte sich vor. Seine Stimme schnurrte sanft und katzenhaft.
»Sehen Sie, Dr. Roberts, *Sie sind die Person, die Mr. Shaitana ermordet hat*; und Sie haben auch Mrs. Lorrimer ermordet . . .«
Es entstand eine Pause von mindestens drei Sekunden. Dann stieß Roberts ein drohendes Lachen aus. »Mein lieber Battle«, er wandte sich an den Scotland-Yard-Mann, »unterstützen Sie das?«
»Ich glaube, Sie hören lieber zu, was Poirot zu sagen hat«, erwiderte Battle ruhig.
»Es stimmt, daß, obwohl ich seit geraumer Zeit wußte, daß Sie und nur Sie – Shaitana ermordet haben konnten, ich auch wußte, daß es nicht leicht sein würde, das zu beweisen. Aber Mrs. Lorrimers Fall liegt ganz anders.« Er beugte sich vor. »Da handelt es sich nicht um mein Wissen. Da ist es viel einfacher – denn da haben wir einen Augenzeugen, der *sah*, wie Sie es taten.«
Roberts wurde sehr still. Seine Augen glitzerten. Er sagte scharf:
»Sie reden Unsinn!«
»O nein, keineswegs. Es war am frühen Morgen. Sie dringen durch einen Bluff in Mrs. Lorrimers Schlafzimmer ein, wo sie noch durch die Wirkung des am Vorabend eingenommenen Schlafmittels in tiefem Schlaf liegt. Sie bluffen wieder – geben vor, auf den ersten Blick zu sehen, daß sie tot ist. Sie schicken das Mädchen um Branntwein, heißes Wasser usw. fort. Sie bleiben allein im Zimmer. Das Mädchen hatte kaum einen Blick hineingeworfen. Und was geschieht jetzt?
Sie wissen es vielleicht nicht, Dr. Roberts. Aber gewisse Fensterputzfirmen sind speziell darauf eingerichtet, am frühen Morgen zu arbeiten. Ein Fensterputzer mit seiner Leiter erschien gleichzeitig mit Ihnen. Er lehnte seine Leiter an die Hausmauer und begann zu arbeiten. Er fing mit Mrs. Lorrimers Fenster an. Als er jedoch sah, was vorging, zog er sich rasch an ein anderes Fenster zurück. Aber er hatte schon etwas gesehen. Er soll uns seine Geschichte selbst erzählen.«
Poirot durchquerte leichten Schrittes das Zimmer, drückte

auf eine Türklinke und rief: »Kommen Sie herein, Stephens«, und kam zurück.
Ein großer, linkisch aussehender, rothaariger Mann trat ein. Er hielt eine Kappe, die er verlegen herumdrehte, in der Hand. Die Kappe trug die Aufschrift »Chelsea Window Cleaner's Association«.
Poirot fragte:
»Ist jemand in diesem Zimmer, den Sie erkennen?«
Der Mann sah sich um und wies dann verschämt mit dem Kopf auf Dr. Roberts.
»Den da«, sagte er.
»Sagen Sie uns, wann Sie ihn zuletzt sahen und was er da machte.«
»Es war heute morgen. Arbeitsantritt acht Uhr im Haus einer Dame in der Cheyne Lane. Ich begann dort mit den Fenstern. Die Dame war im Bett. Sie sah krank aus. Sie drehte gerade ihren Kopf auf dem Kissen herum. Den Herrn da hielt ich für eine Arzt. Er schob ihren Ärmel hinauf und stach ihr etwas in den Arm, ungefähr da ...« zeigte er. »Sie fiel einfach wieder auf das Kissen zurück. Ich dachte, ich mache mich lieber an ein anderes Fenster, und das tat ich auch. Ich hoffe, ich habe nichts Schlechtes getan?«
»Sie haben es gut gemacht, mein Freund«, sagte Poirot.
»*Eh bien*, Dr. Roberts?«
»Ein – ein einfaches Belebungsmittel«, stammelte Roberts. »Ein letzter Versuch, sie ins Leben zurückzubringen. Es ist ungeheuerlich ...«
Poirot unterbrach ihn.
»Ein einfaches Belebungsmittel? N-methyl-cyclo-hexenyl-methyl-malonyl-urea«, sagte Poirot und rollte salbungsvoll die Silben. »Besser bekannt unter dem einfachen Namen Evipan. Wird als Narkotikum für kurze Operationen verwendet. Intravenös in großen Dosen gespritzt, erzeugt es sofortige Bewußtlosigkeit. Seine Anwendung ist nach Veronal oder irgendwelchen anderen Barbituraten gefährlich. Ich bemerkte die verfärbte Stelle am Arm, wo offensichtlich irgend etwas in eine Vene gespritzt worden war. Ein Wink an den Polizeiarzt, und das Medikament wurde durch keinen Geringeren

als Sir Charles Imphrey, den analytischen Chemiker des Innenministeriums, festgestellt.«
»Das bricht Ihnen, glaube ich, den Hals«, stellte Superintendent Battle befriedigt fest. »Wir brauchen jetzt den Fall Shaitana natürlich nicht mehr zu beweisen. Wenn nötig, können wir eine weitere Anklage wegen Mordes an Mr. Charles Craddock – und möglicherweise auch an seiner Frau – erheben.«
Die Erwähnung dieser beiden Namen gab Roberts den Rest, er lehnte sich in seinen Stuhl zurück.
»Ich passe. Ich lege meine Karten auf den Tisch. Sie haben gewonnen. Ich vermute, Shaitana, der schlaue Teufel, hat Sie aufgeklärt, bevor Sie an jenem Abend gekommen sind. Und ich hatte mir eingebildet, so gut mit ihm abgerechnet zu haben.«
»Das verdanken Sie nicht Shaitana«, sagte Battle. »Die Ehre gebührt allein unserem Monsieur Poirot.«
Er ging zur Tür und ließ zwei Männer eintreten.
Superintendent Battles Stimme wurde streng dienstlich, als er die offizielle Verhaftung vornahm.
Als sich die Tür hinter dem Beschuldigten schloß, sagte Mrs. Oliver strahlend, wenn auch nicht ganz wahrheitsgetreu:
»Ich habe immer gesagt, daß er es war.«

31

Es war Poirots großer Augenblick, alle Augen waren in gespannter Erwartung auf ihn gerichtet.
»Sie sind sehr gütig«, sagte er lächelnd. »Wissen Sie, ich glaube, daß ich meinen kleinen Vortrag genieße. Ich bin ein geschwätziger alter Kerl.
Dieser Fall war für mich einer der interessantesten meiner Laufbahn. Sie wissen, wir hatten nichts, wovon wir ausgehen konnten. Wir hatten vier Leute, von denen einer den Mord begangen haben *mußte*. Aber wer von den vieren? Gab es einen Fingerzeig? In materiellem Sinne – nein – keine Finger-

abdrücke – keine kompromittierenden Papiere oder Dokumente. Wir hatten nur – die Leute selbst.
Und einen einzigen greifbaren Anhaltspunkt – die Bridgeabrechnungen.
Sie werden sich vielleicht erinnern, daß ich diesen Abrechnungen von Anfang an ein besonderes Interesse gewidmet habe. Sie sagten mir etwas über die Leute, die sie gemacht hatten, und mehr als das. Sie gaben mir einen wertvollen Wink. Ich bemerkte sofort im dritten Robber die Zahl 1500 über dem Strich. Diese Zahl konnte nur eines bedeuten – die Ansage eines großen Slam. Nun, wenn eine Person sich entschließen sollte, unter diesen etwas außergewöhnlichen Umständen (das heißt, während einer Bridgepartie) ein Verbrechen zu begehen, so riskierte sie klarerweise zwei Dinge. Erstens könnte das Opfer aufschreien, und zweitens könnte, sogar wenn das Opfer nicht aufschrie, einer der drei anderen zufällig im entscheidenden Moment aufschauen und zum Augenzeugen der Tat werden.
Nun, was das erste Risiko betrifft, so war nichts dagegen zu machen. Es war reine Glückssache. Aber das zweite konnte man ausschalten. Es versteht sich, daß während eines interessanten und aufregenden Spiels die Aufmerksamkeit der drei Spieler gänzlich auf das Spiel konzentriert ist, wogegen sie bei einem langweiligen Spiel viel eher umherblicken. Nun ist die Ansage eines großen Slam immer aufregend. Sie wird sehr oft (wie auch in diesem Fall) gedoppelt. Jeder der drei Spieler spielt mit höchster Aufmerksamkeit. Der Ansager, um seinen Kontrakt zu erfüllen; die Gegner, um richtig abzuwerfen und ihn zu Fall zu bringen. Es bestand also eine gewisse Wahrscheinlichkeit, daß der Mord während dieses Spieles begangen wurde, und ich beschloß, wenn möglich, herauszubekommen, wie geboten wurde. Ich erfuhr bald, daß während dieses besonderen Spiels Dr. Roberts Strohmann gewesen war. Ich prägte mir das ein und betrachtete die Sache nun von meinem zweiten Gesichtspunkt aus – der psychologischen Wahrscheinlichkeit. Von den vier Verdächtigen schien mir Mrs. Lorrimer bei weitem am fähigsten, einen Mord zu planen und erfolgreich durchzuführen – aber

ich konnte mir nicht vorstellen, daß sie imstande wäre, ein spontanes Verbrechen zu begehen.
Andererseits gab mir ihr Benehmen an jenem ersten Abend zu denken. Es ließ vermuten, daß sie entweder den Mord selbst begangen hatte oder wußte, wer der Täter war.
Ich machte daraufhin ein zweites Experiment. Ich ließ mir von jedem der Reihe nach sagen, an was in dem Zimmer er sich erinnerte. Daraus bezog ich sehr wertvolle Informationen. Erstens war die bei weitem geeignetste Person, den Dolch zu bemerken, Dr. Roberts. Er ist von Natur aus jemand, dem allerlei Kleinigkeiten auffallen – eben das, was man einen guten Beobachter nennt. Andererseits hatte er sich von den einzelnen Bridgeblättern fast überhaupt nichts gemerkt. Ich hatte nicht erwartet, daß er sich an vieles erinnern würde, aber ein völliges Versagen in diesem Punkt sah aus, als hätte er den ganzen Abend etwas anderes im Kopf gehabt. Sehen Sie, wieder deutete alles auf Dr. Roberts.
Mrs. Lorrimer hatte, so fand ich, ein wunderbares Kartengedächtnis, und ich konnte mir gut vorstellen, daß bei jemandem mit ihrer Konzentrationsfähigkeit ein Mord leicht unter ihrer Nase begangen werden könnte, ohne daß sie das Geringste davon bemerken würde. Sie gab mir eine sehr wertvolle Information. Der große Slam wurde von Dr. Roberts (ganz ungerechtfertigt) angesagt, und zwar sagte er ihn in ihrer Farbe an, so daß sie notgedrungen das Spiel machen mußte.
Der dritte Punkt, in den Superintendent Battle und ich ein gut Teil unserer Hoffnungen setzten, war die Aufdeckung der früheren Morde, um eine Verwandtschaft der Methoden festzustellen. Die Ehre für diese Entdeckungen gebührt Superintendent Battle, Mrs. Oliver und Colonel Race. Als ich die Sache mit meinem Freund Battle besprach, schien er enttäuscht, weil seiner Meinung nach keine Vergleichsmomente zwischen den beiden früheren Morden und dem Mord an Mr. Shaitana bestanden. Das war aber nicht der Fall. Die beiden Dr. Roberts zugeschriebenen Morde erwiesen sich bei genauerer Betrachtung und vom psychologischen, nicht vom materiellen Standpunkt aus, als fast identisch.

Auch sie waren das, was ich ›öffentliche Morde‹ nennen würde. Einen Rasierpinsel im Ankleidezimmer des Opfers frech zu infizieren, während der Doktor sich offiziell nach einer Visite die Hände wäscht. – Der Mord an Mrs. Craddock, unter dem Deckmantel einer Typhusimpfung. Wieder ganz offen durchgeführt – sozusagen vor den Augen der Welt. Und auch die Reaktion des Mannes ist immer die gleiche. In die Ecke getrieben, ergreift er eine Gelegenheit und handelt sofort – purer frecher Bluff, genau wie sein Bridgespiel. Genau wie beim Bridge wagte er beim Mord an Shaitana viel und spielte sein Spiel gut. Der Schlag wurde vollendet und genau im richtigen Moment geführt.

Und in dem Augenblick, da ich fest überzeugt war, daß Roberts der Täter sei, bat Mrs. Lorrimer mich, sie aufzusuchen – und beschuldigte sich selbst in ganz überzeugender Weise des Verbrechens! Fast hätte ich ihr geglaubt! Ein oder zwei Minuten glaubte ich ihr tatsächlich – und dann gewannen meine kleinen grauen Zellen wieder die Oberhand. Es *konnte* nicht so sein – ergo war es nicht so!

Aber, was sie mir sagte, machte den Fall noch schwieriger.

Sie versicherte mir, mit eigenen Augen gesehen zu haben, wie Anne Meredith die Tat beging.

Erst am nächsten Morgen, als ich an ihrem Totenbett stand – begriff ich, daß ich noch immer recht haben und Mrs. Lorrimer trotzdem die Wahrheit gesagt haben konnte.

Anne Meredith ging nämlich damals zum Kamin und sah, daß Mr. Shaitana tot war! Sie beugte sich über ihn – streckte vielleicht ihre Hand nach dem glitzernden Kopf der edelsteinbesetzten Nadel aus. Ihre Lippen öffnen sich, um zu schreien, aber sie schreit nicht. Sie erinnert sich an Shaitanas Worte bei Tisch. Vielleicht hat er irgendwelche Schriftstücke hinterlassen. Sie, Anne Meredith, hat einen Grund, seinen Tod zu wünschen. Jedermann wird sagen, daß sie ihn getötet hat. Sie wagt nicht aufzuschreien. Zitternd vor Angst und Schrecken geht sie an ihren Platz zurück.

Demnach hatte Mrs. Lorrimer recht, da sie ihrer Meinung nach sah, wie das Verbrechen begangen wurde – aber ich habe auch recht, weil sie es eigentlich nicht sah.

Wenn Roberts sich in diesem Stadium ruhig verhalten hätte, bezweifle ich, daß wir ihn je hätten überführen können. Vielleicht durch eine Mischung von Bluff und verschiedenen erfinderischen Tricks. Ich hätte es jedenfalls versucht.
Aber er verlor seine Kaltblütigkeit und überbot wieder einmal sein Blatt. Und diesmal lagen die Karten für ihn falsch, und er kam gründlich zu Fall.
Er war zweifellos unruhig. Er wußte, daß Battle herumschnüffelte. Er sah voraus, daß die gegenwärtige Situation sich auf unbestimmte Zeit hinausziehen würde; inzwischen würde die Polizei weiter nachforschen – und kam vielleicht durch irgendeinen Zufall auf die Spur seiner früheren Verbrechen. Da hatte er die glänzende Idee, Mrs. Lorrimer zum Sündenbock der ganzen Gesellschaft zu machen. Sein geübtes Auge hatte zweifellos erraten, daß sie krank war und ihre Tage gezählt waren. Wie begreiflich wäre es unter diesen Umständen, einen raschen Ausweg zu wählen und vorher ihr Verbrechen einzugestehen! So verschafft er sich eine Probe ihrer Handschrift – fälscht drei gleichlautende Briefe und kommt in der Früh in wilder Hast mit seiner Geschichte von den Briefen angesaust. Sein Stubenmädchen wird ordnungsgemäß instruiert, die Polizei anzurufen. Alles, was er braucht, ist ein Vorsprung. Und er bekommt ihn. Als der Polizeiarzt erscheint, ist alles vorbei. Dr. Roberts hat seine Geschichte mit der künstlichen Beamtung, die versagt hat, bereit. Es ist alles völlig plausibel – völlig korrekt.
Bei all dem fällt es ihm nicht ein, den Verdacht auf Anne Meredith zu lenken. Er weiß nicht einmal von ihrem Besuch am Vorabend. Er erstrebt nichts als den Schein des Selbstmords – und Sicherheit.
Es ist ein peinlicher Augenblick, als ich ihn frage, ob er Mrs. Lorrimers Handschrift kennt. Wenn die Fälschung herauskommt, muß er sich retten, indem er vorgibt, die Handschrift nie gesehen zu haben. Sein Verstand arbeitet schnell, aber nicht schnell genug.
Aus Wallingford rufe ich Mrs. Oliver an. Sie spielt ihre Rolle sehr gut, schläfert sein Mißtrauen ein und bringt ihn hierher. Und gerade als er sich beglückwünscht, daß alles gut gelau-

fen ist, wenn auch nicht ganz so, wie er geplant hatte, fällt der Schlag. Hercule Poirot springt los! Und so wird der Spieler keine Stiche mehr einziehen. Er hat die Karten auf den Tisch geworfen. *C'est fini.*«

Es herrschte tiefe Stille, Rhoda brach das Schweigen mit einem Seufzer.

»Welch unglaubliches Glück, daß der Fensterputzer zufällig da war«, sagte sie.

»Glück? Glück? Das war kein Glück, Mademoiselle. Das waren Hercule Poirots kleine graue Zellen. Und dabei fällt mir ein . . .«

Er ging zur Tür.

»Herein, herein, mein Lieber. Sie haben Ihre Rolle *à merveille* gespielt.«

Er kam vom Fensterputzer begleitet zurück, der jetzt sein rotes Haar in der Hand hielt und irgendwie ganz anders aussah.

»Mein Freund, Mr. Gerald Hemmingway, ein vielversprechender junger Schauspieler.«

»Also war gar kein Fensterputzer da?« rief Rhoda. »Niemand hat ihn gesehen?«

»*Ich* habe ihn gesehen«, erklärte Poirot. »Das geistige Auge sieht mehr als das körperliche. Man lehnt sich zurück, schließt die Augen . . .«

Despard sagte munter: »Komm, Rhoda, erstechen wir ihn, und warten wir, ob sein Geist wiederkommt und herausfindet, wer es getan hat.«

Agatha Christie

Agatha Mary Clarissa Miller, geboren am 15. September 1890 in Torquay, Devonshire, sollte nach dem Wunsch der Mutter Sängerin werden. 1914 heiratete sie Colonel Archibald Christie und arbeitete während des Krieges als Schwester in einem Lazarett. Hier entstand ihr erster Kriminalroman *Das fehlende Glied in der Kette.* Eine beträchtliche Menge Arsen war aus dem Giftschrank verschwunden – und die junge Agatha spann den Fall aus. Sie fand das unverwechselbare Christie-Krimi-Ambiente.
Gleich in ihrem ersten Werk taucht auch der belgische Detektiv mit den berühmten »kleinen grauen Zellen« auf: Hercule Poirot, der ebenso unsterblich werden sollte wie sein weibliches Pendant, die reizend altjüngferliche, jedoch scharf kombinierende Miss Marple (*Mord im Pfarrhaus*).
Im Lauf ihres Lebens schrieb die »Queen of Crime« 67 Kriminalromane, unzählige Kurzgeschichten, 7 Theaterstücke (darunter *Die Mausefalle*) und ihre Autobiographie.
1956 wurde Agatha Christie mit dem »Order of the British Empire« ausgezeichnet und damit zur »Dame Agatha«. Sie starb am 12. Januar 1976 in Wallingford bei Oxford.

Von Agatha Christie sind erschienen:

Das Agatha Christie Lesebuch
Alibi
Alter schützt vor Scharfsinn nicht
Auch Pünktlichkeit kann töten
Auf doppelter Spur
Der ballspielende Hund
Bertrams Hotel
Der blaue Expreß
Blausäure
Das Böse unter der Sonne
oder Rätsel um Arlena
Die Büchse der Pandora
Der Dienstagabend-Klub
Ein diplomatischer Zwischenfall
Dreizehn bei Tisch
Elefanten vergessen nicht

Die ersten Arbeiten des Herkules
Das Eulenhaus
Das fahle Pferd
Fata Morgana
Das fehlende Glied in der Kette
Ein gefährlicher Gegner
Das Geheimnis der Goldmine
Das Geheimnis der
Schnallenschuhe
Das Geheimnis von Sittaford
Die großen Vier
Das Haus an der Düne
Hercule Poirot's größte Trümpfe
Hercule Poirot schläft nie
Hercule Poirot's Weihnachten
Karibische Affaire
Die Katze im Taubenschlag
Die Kleptomanin
Das krumme Haus
Kurz vor Mitternacht
Lauter reizende alte Damen
Der letzte Joker
Die letzten Arbeiten des Herkules
Der Mann im braunen Anzug
Die Mausefalle und andere Fallen
Die Memoiren des Grafen
Mit offenen Karten
Mörderblumen
Mördergarn
Die Mörder-Maschen
Mord auf dem Golfplatz
Mord im Orientexpreß
Mord im Pfarrhaus
Mord im Spiegel oder
Dummheit ist gefährlich
Mord in Mesopotamien
Mord nach Maß
Ein Mord wird angekündigt
Die Morde des Herrn ABC
Morphium
Nikotin
Poirot rechnet ab
Rächende Geister
Rotkäppchen und der böse Wolf
Ruhe unsanft
Die Schattenhand
Das Schicksal in Person
Schneewittchen-Party
Ein Schritt ins Leere
16 Uhr 50 ab Paddington
Der seltsame Mr. Quin
Sie kamen nach Bagdad
Das Sterben in Wychwood
Der Tod auf dem Nil
Tod in den Wolken
Der Tod wartet
Der Todeswirbel
Tödlicher Irrtum oder
Feuerprobe der Unschuld
Die Tote in der Bibliothek
Der Unfall und andere Fälle
Der unheimliche Weg
Das unvollendete Bildnis
Die vergeßliche Mörderin
Vier Frauen und ein Mord
Vorhang
Der Wachsblumenstrauß
Wiedersehen mit Mrs. Oliver
Zehn kleine Negerlein
Zeugin der Anklage